Elke Bergsma & Anna Johannsen
Juister Mohn

EDITION M

Das Buch

Der Emder Hauptkommissar David Büttner sitzt auf gepackten Koffern, als ihn ein Anruf seiner Sekretärin in den beruflichen Alltag zurückholt: Auf der ostfriesischen Insel Juist wurde ein junges Paar in der Strandtoilette tot aufgefunden. Zunächst sieht alles nach einer Überdosis aus – bis der Staatsanwalt eine genauere Untersuchung fordert, denn bei der Toten handelt es sich um seine Nichte.

Auch die Kieler Hauptkommissarin Lena Lorenzen wird auf den mysteriösen Tod des Paares aufmerksam, gab es doch Monate zuvor in Sankt Peter-Ording einen ähnlich gelagerten Fall. Sie nimmt mit ihrem Kollegen Büttner Kontakt auf, der von ihrer Idee einer Zusammenarbeit zunächst jedoch wenig begeistert ist.

Letztlich aber gilt es, sich trotz aller Unterschiede zusammenzuraufen, denn am Tatort deutet ein Strauß von zehn Mohnblumen auf eine Verbindung beider Fälle und auf weitere geplante Morde hin. Für die beiden Kommissare beginnt ein Wettlauf mit der Zeit, zumal sie wegen ungünstiger Wetterverhältnisse für mehrere Tage auf der Insel festsitzen.

Die Autorinnen

Elke Bergsma, Jahrgang 1968, ist in Ostfriesland aufgewachsen und hat hier, in der wundervollen Weite der von Windmühlen, Leuchttürmen, Deichen, Schafen und Kühen geprägten Landschaft, auch das Lesen gelernt. Mit der Krimireihe »Büttner und Hasenkrug« begeistert sie seit 2013 ihre Leser.

Anna Johannsen lebt seit ihrer Kindheit in Nordfriesland. Sie liebt die Landschaft und Menschen der Region, besonders verbunden ist sie den nordfriesischen Inseln, auf denen die Krimireihe »Die Inselkommissarin« spielt.

»Juister Mohn« ist das erste Gemeinschaftsprojekt der beiden Autorinnen.

Elke Bergsma &
Anna Johannsen

Juister Mohn

Ein Fall für Büttner & Lorenzen

Krimi

EDITION M

Deutsche Erstveröffentlichung bei
Edition M, Amazon Media EU S.à r.l.
38, avenue John F. Kennedy, L-1855 Luxembourg
Mai 2019

Umschlaggestaltung: semper smile, München, www.sempersmile.de
Umschlagmotiv: © Loop Images/Jon Gibbs / Getty; © gyn9037 / Shutterstock; © Sabphoto / Shutterstock; © irin-k / Shutterstock
1. Lektorat: Kanut Kirches
2. Lektorat: Rotkel Textwerkstatt
Gedruckt durch:
Amazon Distribution GmbH, Amazonstraße 1, 04347 Leipzig / Canon Deutschland Business Services GmbH, Ferdinand-Jühlke-Str. 7, 99095 Erfurt /
CPI books GmbH, Birkstraße 10, 25917 Leck

ISBN: 978-2-91980-826-7

www.edition-m-verlag.de

Eins

Die Koffer standen gepackt im Flur und warteten nur darauf, ins Auto geladen zu werden. Zufrieden warf David Büttner einen Blick auf die Flugtickets, die ihn und seine Frau Susanne am Abend nach Andalusien bringen würden. Jetzt im März würden sich im Süden Spaniens noch nicht sehr viele Touristen aufhalten und auch die Temperaturen würden ganz nach Büttners Geschmack sein. Nicht zu heiß und nicht zu kalt. Die Vorhersage versprach das perfekte Wetter. Dazu ein gutes Glas Rotwein und ein paar Tapas – herrlich! Obwohl er diesem Klein-Klein beim Essen eigentlich nicht viel abgewinnen konnte. Gemeinhin war ihm die gehaltvolle deutsche Küche um einiges lieber. Im Urlaub aber wollte er mal nicht so sein, zumal Susanne ein ausgesprochener Fan der mediterranen Küche war und hier zu Hause seinetwegen nur allzu oft darauf verzichtete. Also würde er sich ihr zuliebe zusammenreißen. Zur Not gab es sicherlich auch irgendwo einen Imbisswagen, an dem ein in Andalusien gestrandeter Deutscher Currywurst und Pommes kredenzte.

Seufzend warf Büttner einen Blick auf Heinrichs verwaisten Korb. Leider konnten sie ihren Hund nicht mit in den Urlaub nehmen. Büttners Tochter Jette hatte ihn bereits am gestrigen Abend abgeholt und würde ihm in den nächsten zwei Wochen in ihrer Bremer Studentenbude Asyl gewähren. Büttner vermisste ihn schon jetzt, obwohl ihn der temperamentvolle hellbraune Mischlingsrüde im Alltag nur allzu oft zur Verzweiflung trieb. Vor allem wenn Heinrich ausgerechnet bei schlechtem Wetter Lust verspürte, sich nach Herzenslust an der frischen Luft auszutoben. Denn wenn Büttner eines nicht leiden konnte, dann war es ein Übermaß an Bewegung.

Büttner schaute zur Uhr an der Wand und beschloss, sich vor dem Beladen des Autos noch einen Kaffee zu machen. Susanne musste jeden Augenblick aus der Schule kommen und würde sich sicherlich freuen, wenn … Er hatte diesen Gedanken noch nicht zu Ende gedacht, als er hörte, wie der Schlüssel im Haustürschloss umgedreht wurde. Bereits im nächsten Moment trat Susanne zur Tür herein und stöhnte: »Puh! Endlich Ferien!«

»Kaffee?«, fragte er.

»Zwei Liter, bitte.« Susanne ließ sich mit einem Stöhnen auf einen Küchenstuhl sinken. »Endlich Ferien«, wiederholte sie. »So kurz vor den Ferien drehen immer alle durch. Schüler wie Lehrer. Es ist einfach unfassbar.«

Büttner stellte Milch und Zucker auf den Tisch. »Was mich viel eher verwundert, ist, dass sie erst dann durchdrehen. Bei unserem verkorksten Schulsystem ist es erstaunlich, dass überhaupt noch irgendetwas funktioniert.«

Susanne nahm mit einem dankbaren Lächeln ihren Becher Kaffee entgegen und gab einen Schuss Milch hinein. »Na ja, egal. Sinnvolle Veränderungen wird es in diesem Schulsystem sowieso nicht mehr geben. Darauf warten wir schließlich schon seit Jahrzehnten. Ich würde es ja als ein desaströses politisches Versagen bezeichnen – wenn es irgendjemanden interessieren würde, was ich dazu zu sagen habe.« Sie blies in ihren Kaffee und nahm vorsichtig einen Schluck. Dann fügte sie hinzu: »Aber darauf kann ich vermutlich auch in meinen nächsten drei Leben nicht hoffen.«

Büttner wollte gerade etwas erwidern, als sein Diensthandy auf dem Tisch klingelte. Missmutig betrachtete er das rhythmische Aufblinken des Geräts.

»Willst du nicht rangehen?«, fragte Susanne.

»Nein. Ich habe Urlaub.«

»Wer ist es denn?«

Büttner warf einen Blick aufs Display. »Frau Weniger.«

»Deine Sekretärin würde sicher nicht anrufen, wenn es nicht wichtig wäre«, stellte Susanne fest.

»Siehst du«, sagte Büttner gequält, »und genau das ist der Grund, warum ich dieses Gespräch nicht entgegennehmen werde.« Was Frau Weniger nicht sonderlich zu beeindrucken schien, denn sie ließ es weiter klingeln. »Soll sie doch Hasenkrug anrufen«, knurrte er. »Wozu habe ich denn einen Assistenten?«

»Vielleicht ist er ja nicht erreichbar.«

»Das kann ja wohl nicht mein Problem sein.«

»Nun geh schon ran. Vielleicht will sie dir ja nur einen schönen Urlaub wünschen.«

»Hat sie schon«, brummte Büttner. Das Läuten verstummte, nur um gleich darauf erneut einzusetzen.

Susanne machte eine auffordernde Geste, woraufhin Büttner einen tiefen Seufzer ausstieß und sich geschlagen gab. »Ja, Frau Weniger?«, meldete er sich.

Am anderen Ende war ein Rascheln zu hören, dann keuchte seine sonst so gelassene Sekretärin in den Hörer: »Herr Büttner? Na Gott sei Dank. Ich dachte schon, Sie sind womöglich schon auf dem Weg zum Flughafen.«

»Bin ich eigentlich auch.«

»Aber nur eigentlich, das ist gut.« Frau Weniger klang nun regelrecht erleichtert. »Wir haben einen Leichenfund.«

Büttner hatte es schon fast befürchtet. »Schön für Sie«, knurrte er. »Und was geht mich das an?«

»Der Staatsanwalt besteht darauf, dass Sie sich persönlich darum kümmern.« Noch bevor Büttner etwas erwidern konnte, fügte sie schnell hinzu: »Ich weiß, Chef, Sie haben Urlaub. Das hab ich dem Staatsanwalt auch gesagt.«

»Und was genau hat er daran nicht verstanden?«

»Es … Es ist pikant. Es geht um seine Nichte.«

»Die Nichte des Staatsanwalts? Was hat die damit zu tun?« Büttner sah ungeduldig in Richtung der Koffer.

»Sie ist die Leiche.«

»Ups.« Büttner schwieg betroffen.

»Ja. Und ihr Freund auch.«

»Zwei Leichen?«

»Ja.«

»Hm. Und wieso sagen Sie Hasenkrug nicht Bescheid? Er kann das genauso gut wie ich«, sagte der Kommissar unwirsch.

»Er ist doch für ein paar Tage dienstlich unterwegs. Sie wissen schon, dieser Gerichtsprozess … Es sieht alles nach Selbstmord aus. Der Staatsanwalt möchte nur, dass Sie sich am Tatort ein Bild machen. Er hat bereits einen Hubschrauber geordert. Sie wären am späten Nachmittag wieder zurück auf dem Festland und könnten in Ruhe in den Urlaub fliegen. Ihr Flug geht doch erst um einundzwanzig Uhr, wenn ich es richtig in Erinnerung habe.«

Büttner horchte auf. »Sagten Sie Hubschrauber? Und wieso Festland?«

»Ach so, ja. Die beiden Toten wurden auf Juist gefunden.«

Büttner stöhnte gequält auf. »Nicht das auch noch. Ich soll auf die Insel fliegen? Nicht Ihr Ernst!« Sein Blick fiel auf Susanne, die ihn nach diesen Worten fixierte, als gäbe es bald ein drittes Mordopfer.

»Bitte, Chef, nur für ein paar Stunden. Es geht doch um …«

»Die Nichte des Staatsanwalts, jaja, ich weiß. Ich verstehe ja, dass ihm das wichtig ist.«

»Okay, vielen Dank, Chef. Ich sage Bescheid, dass Sie in einer halben Stunde am Flugplatz sind.« Noch ehe Büttner etwas erwidern konnte, hatte die Sekretärin aufgelegt.

»Hallo? Frau Weniger?« Verdutzt schaute er auf sein Handy. »Das kann doch wohl nicht wahr sein.«

»Ich gebe dir genau vier Stunden«, sagte Susanne gepresst. »Vier Stunden und keine Sekunde länger. Solltest du nicht pünktlich wieder hier sein, sehen wir uns in zwei Wochen an genau dieser Stelle. Nach meinem Single-Urlaub in Andalusien. Ich hoffe, du hast verstanden.« Mit diesen Worten stellte sie ihren Becher geräuschvoll auf dem Tisch ab und rauschte zur Tür hinaus.

»Na bravo.« Büttner warf einen beschwörenden Blick auf die Koffer, als läge es in ihrer Macht, ihn rechtzeitig wieder zurückzubeamen. Dann machte er sich auf den Weg zum Kommissariat.

Vom Polizeihubschrauber aus bot sich Büttner ein fantastischer Blick über die sieben Ostfriesischen Inseln, die sich, einer Perlenkette gleich, parallel zur Küste aneinanderreihten. Mit ihren siebzehn Kilometern war die Insel Juist die längste unter ihnen und bestach insbesondere durch ihren endlos erscheinenden Sandstrand, der sich über ihre gesamte Nordseite erstreckte.

Der Helikopter landete auf dem Juister Flugplatz, der sich im Osten der Insel befand. Neben Hauptkommissar David Büttner saß Staatsanwalt Arnold Franzen, ein untersetzter Mann um die sechzig. Während des Fluges war er nicht müde geworden zu betonen, wie dankbar er Büttner sei, dass er sich trotz seines Urlaubs die Zeit nehme, sich ein Bild von der Situation zu machen. Seine Schwester, also die Mutter der Toten, sei außer sich vor Kummer und wolle einfach nicht akzeptieren, dass sich ihr Kind womöglich das Leben genommen habe, schließlich sei sie gerade auf einem guten Weg gewesen. Wohin auch immer. Büttner hatte nicht danach gefragt. Für ihn zählte einzig und allein, dass er heute Abend den Flieger nach Málaga bekam. Den Gedanken, es könnte sich womöglich um Mord handeln, wies er energisch von sich. Denn das würde vermutlich bedeuten, dass man ihn dazu verpflichtete, diesen Mordfall aufzuklären. Gut, auf die Tapas konnte er zur Not verzichten. Auf das Donnerwetter aber, das seine Frau vom Stapel lassen würde, allerdings noch viel mehr. Alles außer einem erweiterten Selbstmord war also völlig inakzeptabel.

Während sie ausstiegen, verlangsamte sich die Drehung der Rotorblätter merklich. Dennoch fühlte sich der Kommissar beim Ausstieg wie einmal durch den Ventilator gewirbelt. Er konnte Helikopter nicht leiden.

Zu allem Überfluss packte ihn Arnold Franzen nun auch noch am Ärmel seiner Jacke und zog ihn im Laufschritt hinter sich her in Richtung eines roten Kleinbusses, der in etwa einhundert Metern Entfernung auf sie wartete. Büttner schüttelte ihn empört ab.

»Kommen Sie, schnell!«, rief der Staatsanwalt ihm unbeeindruckt zu. »Je schneller wir am Tatort sind, desto schneller können wir diese Insel wieder verlassen.«

Die Luftbewegung ließ zu Büttners Verwunderung auch dann nicht nach, als sie längst außer Reichweite des Hubschraubers waren.

»Der Wind frischt ordentlich auf«, hörte er den Fahrer des Kleinbusses sagen. Er trug eine Uniform der freiwilligen Feuerwehr. »Sieht nach einem handfesten Orkan aus. Hm.« Er runzelte die Stirn. »Ich hoffe, dass meine Frau die Gartenmöbel reingeholt hat, sonst liegen sie nachher beim Nachbarn.«

Na, der hatte Sorgen! Büttner warf einen sehnsüchtigen Blick zum Helikopter zurück, der jetzt wie eine zu groß geratene Hummel dastand und keinen Mucks von sich gab. Die pfeifenden Geräusche, die er hörte, waren also tatsächlich dem zunehmenden Wind geschuldet. Keine rosigen Aussichten für den Rückflug, wie er fand.

»Seien Sie dankbar, dass wir nicht mit der Pferdekutsche fahren müssen«, deutete Franzen Büttners skeptischen Blick falsch. »Das wäre eine echte Zumutung gewesen, finden Sie nicht?«

Doch, das fand Büttner auch, obwohl er über die Tatsache, dass es sich bei Juist eigentlich um eine autofreie Insel handelte, noch gar nicht nachgedacht hatte. Als ihn nun die nächste kalte Windböe am Kopf traf, war er für die Umsicht des Staatsanwalts wirklich dankbar. Unvorstellbar, sich bei diesem Wetter auch noch von zwei Gäulen in aggressiv gemächlichem Tempo ans andere Ende der Insel schaukeln zu lassen.

Der Kleinbus rollte – wenn auch immer noch viel zu langsam für Büttners Geschmack – entlang des Deiches und der Dünen die wenigen Kilometer bis zur Ortschaft. Auf Höhe des Fährhafens, an dem weit und breit kein größeres Schiff, geschweige denn eine Fähre zu sehen war, bog der Feuerwehrmann nach rechts ab. Ein kleiner Turm aus rotem Backstein hieß die Gäste willkommen und informierte sie gleichzeitig über die Uhrzeit – die für Büttners Geschmack schon viel zu weit fortgeschritten war. Es blieben ihm nur noch zweieinhalb Stunden bis zum anvisierten Rückflug.

Der Wagen bahnte sich im Schritttempo seinen Weg an den in aller Seelenruhe entlangschlendernden Touristen vorbei. Wie schön für sie, dass wenigstens sie ihren Urlaub genießen konnten, dachte Büttner gallig, als sie an einem Mann und einer Frau vorbeifuhren, die genüsslich an einem Eis schleckten. Auch wenn das Wetter dafür eigentlich noch ein wenig zu kühl war, so hätte Büttner doch alles dafür gegeben, jetzt an ihrer Stelle sein zu dürfen. Überhaupt verspürte er ein leichtes Hungergefühl. Er hoffte, wenigstens noch eine Scheibe Brot essen zu können, bevor Susanne und er nachher zum Bremer Flughafen aufbrachen.

Kurz vor der Strandpromenade, die an der Nordseite der Insel lag, hielt der Wagen an und sie stiegen aus. Der Weg war von hier aus noch ein kurzes Stück gepflastert, dann führte er auf Holzbohlen durch die Dünen geradewegs zum Strand. Aus dessen Richtung war das Tosen der Wellen zu hören, die auf den Sand klatschten.

Die Polizeiabsperrung befand sich kurz vor den Holzbohlen. Während das rot-weiße Flatterband im Wind schnalzende Geräusche machte, wachte ein Polizist in Uniform darüber, dass sich kein Unbefugter Zutritt zum Tatort verschaffte. Er stellte sich Büttner als Ralf Ollmers vor.

»Hätte nicht gedacht, dass das hier eine so große Sache wird«, sagte der Inselpolizist mit einem Blick auf Arnold Franzen. »Sieht doch ganz nach einer Überdosis aus. Warum reist dann gleich die Mordkommission an?«

Büttner nahm Ollmers zur Seite. »Wissen Sie nicht, dass es sich bei der Toten um die Nichte des Staatsanwalts handelt?« Er deutete auf Franzen. »Sollte es auch nur den kleinsten Hinweis auf ein Tötungsdelikt geben, dann wird man die Sache hier ganz groß aufziehen, fürchte ich.«

»Nein, das wusste ich nicht«, murmelte Ollmers betroffen.

Als der Staatsanwalt den abgesperrten Bereich ansteuerte, nahm Büttner den Ort des Geschehens erstmals genauer in Augenschein. Er verzog angewidert das Gesicht, als ihm klar wurde, wo genau man die Leichen der beiden Opfer, die nach Aussage des Staatsanwalts Mitte zwanzig waren, gefunden hatte: in den öffentlichen Toiletten, die in die Dünen eingelassen waren. Na prima, dachte er, da hatte man schon mal einen Fall in vermeintlich frischer Seeluft, und dann verschlug es einen in die stinkenden Katakomben der Kanalisation. Die Laune des

Kommissars erreichte den Gefrierpunkt. Als Arnold Franzen das Flatterband anhob, schlüpfte er darunter hindurch.

»Es handelt sich wohl um Heroin«, hörte er gleich darauf eine weibliche Stimme sagen. »Moin, David, schön, dich zu sehen. Ich dachte, du liegst längst unter der Sonne Andalusiens am Strand.«

»Geht erst heute Abend los«, antwortete Büttner. »Moin, Anja. Ich hoffe, du kannst mir bestätigen, dass ich hier fehl am Platz bin.«

»Schauen wir mal.« Die Gerichtsmedizinerin Dr. Anja Wilkens bedeutete ihm und dem Staatsanwalt, ihr zu folgen, und gleich darauf verschwanden sie in den Tiefen der Damentoilette. Der Gestank, der ihnen entgegenschlug, bestätigte Büttners schlimmste Befürchtungen. In das aggressive Aroma der Fäkalien mischte sich jedoch noch ein weiterer, bitterer Geruch, den er nicht auf Anhieb zu identifizieren vermochte.

Allerdings brauchte er nicht lange, bis er auf des Rätsels Lösung kam: Es war Erbrochenes, das seinem Geruchssinn so unangenehm zusetzte. Und das in nicht unerheblichen Mengen. Reflexartig hielt er sich die Nase zu. Die Gerichtsmedizinerin reichte ihm wortlos einen Mundschutz, den er sich um Mund und Nase band, doch dämpfte er den Gestank weniger als erhofft.

Der Anblick, der sich ihnen in dem von grellem Neonlicht ausgeleuchteten Raum bot, genügte, um den Staatsanwalt sofort in die Flucht zu schlagen. Er würgte vernehmlich, dann machte er auf dem Absatz kehrt und rannte hinaus.

Am liebsten wäre Büttner ihm beim Anblick der innig ineinander verschlungenen und mit offenen Mündern und Augen daliegenden Toten gefolgt, doch ließ er den Vortrag, den Dr. Wilkens ihm nun hielt, stoisch über sich ergehen.

»Es handelt sich um zwei Opfer von circa zwanzig bis fünfundzwanzig Jahren«, begann sie mit ihren Ausführungen. »Eines weiblich, eines männlich. Nele Habers und Torben Althuis. Auf den ersten Blick würde ich sagen, sie starben an einer Überdosis Heroin. Möglich, dass sie sich umbringen wollten. Oder dass das Zeug verunreinigt war.« Sie deutete auf eine Spritze, die dalag, als wäre sie dem weiblichen Opfer aus der Hand gefallen. Dann beugte sich Wilkens hinab und besah sich die Armbeugen der jungen Frau. »So wie es aussieht, war das nicht das erste Mal.« Sie zeigte auf die deutlich sichtbaren roten Stellen in den Armbeugen. »Aufgrund der Vernarbungen vermute ich allerdings, dass die letzten Einstiche schon eine Weile her sind.«

Büttner nickte. In Hamburg, wo er früher lange als Ermittler im Rotlichtmilieu tätig gewesen war, hatte er Dutzende Drogentote gesehen. »Und auf den zweiten Blick?«, fragte er, auch wenn es ihm widerstrebte, diese Frage zu stellen.

Wieder beugte sich Dr. Wilkens hinab. Sie ergriff den Arm der Toten und fuhr mit den Fingern am Handgelenk entlang. »Striemen«, sagte sie. »Nicht besonders gut sichtbar, aber mit geschultem Blick zu erkennen. Das gleiche Bild zeigt sich an den Fußgelenken. Bei beiden. Sie wurden gefesselt, eindeutig. Vermutlich, um sie hierherzubringen und ihnen dann den tödlichen Schuss zu verpassen. Außerdem weist der Körper des jungen Mannes mehrere, erst kürzlich beigebrachte Hämatome auf.«

»Dein Fazit?« Büttner hätte sich am liebsten die Ohren zugehalten, um die Antwort nicht hören zu müssen.

»Vorgetäuschter Selbstmord. Also Mord.«

Büttner fluchte stumm. »Du hättest es mir ruhig schonender beibringen können«, sagte er dann.

»Ja, hätte ich. Es hätte jedoch nichts am Ergebnis geändert.« Die Ärztin klopfte Büttner auf die Schulter. »Sieht nicht gut aus für deinen Urlaub. Tut mir leid.«

»Nicht so sehr wie meiner Frau, fürchte ich«, murmelte Büttner und schickte einen weiteren stummen Fluch gen Himmel.

Zwei

Hauptkommissarin Lena Lorenzen stand von ihrem Schreibtisch auf und öffnete das Fenster. Sie reckte sich und zog tief die frische Märzluft ein. Seit sechs Uhr früh saß sie bereits über den Protokollen ihres letzten Falles. Als Ermittlerin des Landeskriminalamts Schleswig-Holstein hatte sie zwei Wochen auf Fehmarn verbracht, um zusammen mit den Kollegen vor Ort einer Schmugglerbande das Handwerk zu legen, die über die Ostsee Drogen ins Land brachte.

Als sich die Tür hinter ihr öffnete und jemand eintrat, grüßte sie ihren jungen Kollegen Johann Grasmann, ohne sich umzudrehen. Selbst ihr Chef, Kriminaldirektor Warnke, wagte es nicht, ohne Anklopfen hereinzukommen.

»Moin, Johann! Lange nicht gesehen.« Lena wandte sich zu ihm um. Normalerweise hätte Johann beim Fehmarn-Fall an ihrer Seite ermittelt, war aber wegen einer dringenden Familienangelegenheit verhindert gewesen. »Wie geht es deiner Mutter?«

»Besser! So langsam kommt sie wieder auf die Beine. In drei Wochen geht es schon in die Reha.« Johanns Mutter hatte einen Schlaganfall erlitten und tagelang auf der Intensivstation der Düsseldorfer Universitätsklinik gelegen.

»Freut mich. Auf Fehmarn hast du nichts verpasst. Lausig kalt, Regen und Sturm. Das wäre nichts für dich gewesen.«

Johann rollte mit den Augen. »Sehe ich aus wie ein Weichei?« Ihre Blicke trafen sich. »Schon klar, du bist auf Amrum aufgewachsen und ich am windarmen Niederrhein.«

Lena musste unwillkürlich über Johanns Bemerkung schmunzeln. Seit ihrem ersten gemeinsamen Fall auf Amrum hatten sie als Team bisher schon einige komplizierte Mordermittlungen auf Föhr und Sylt erfolgreich abgeschlossen.

»Erzähl!«, forderte Lena ihn auf. Sie sah ihm an, dass er interessante Neuigkeiten hatte.

»Ein Kollege aus Emden rief mich vor ein paar Minuten an. Auf Juist sind zwei Personen in der Strandtoilette tot aufgefunden worden. Es könnte auch ein vorgetäuschter Suizid sein.«

Lena horchte auf. »Heroin?«

»So wie es aussieht, ja. Der Kollege hat nur kurz mit dem ermittelnden Hauptkommissar sprechen können, aber wenn mich nicht alles täuscht …« Johann sah sie vielsagend an.

Mitte September waren sie zu einem Fall in Sankt Peter-Ording, dem Surfer-Paradies an der nordfriesischen Küste, hinzugezogen worden. Zunächst war der Tod eines jungen Paares von den Husumer Kollegen als Überdosis Heroin ad acta gelegt worden, bis die Angehörigen der jungen Frau auf eine zweite Obduktion drängten. Diese wurde von Lenas Freundin, der Kieler Gerichtsmedizinerin Dr. Luise Stahnke, durchgeführt. Sie fand Anzeichen für eine Fesselung an Händen und Füßen und entdeckte Hämatome am Körper des Mannes, die auf eine tätliche Auseinandersetzung hindeuteten. Lena und Johann hatten nach einer Woche die Ermittlungen übernommen, traten aber, auch angesichts der verstrichenen Zeit, auf der Stelle. Bis auf Fremd-DNA unter den Fingernägeln des Mannes ließen sich keine weiteren Hinweise auf den Täter finden. Das Paar war nachweislich drogenabhängig gewesen, befand sich aber laut übereinstimmenden Aussagen von Familienmitgliedern nach einer Therapie auf einem guten Weg. Auch die Gerichtsmedizinerin hatte bestätigt, dass die beiden vor dem tödlichen Schuss monatelang clean gewesen waren.

»Wann ist es passiert?«, fragte Lena, die Johann aufgefordert hatte, an dem kleinen Besprechungstisch Platz zu nehmen.

»Die Obduktion ist noch nicht abgeschlossen, aber nach der vorläufigen Einschätzung der Gerichtsmedizinerin muss es am frühen Morgen passiert sein.«

Lena hielt es nicht mehr auf dem Stuhl. »Hast du die Telefonnummer des zuständigen Ermittlers?«

Johann grinste. »Klar!« Er reichte ihr einen Zettel, auf dem er eine Nummer und einen Namen notiert hatte.

»Büttner? Noch nie von ihm gehört«, murmelte sie.

»Emden, Ostfriesland. Das liegt kurz vor Holland und …«

»Lass gut sein, Johann«, sagte Lena und griff nach ihrem Handy.

Erst nach dem sechsten Klingelton meldete sich eine dunkle männliche Stimme. »Moin. Wer stört?«

»Lena Lorenzen, LKA Kiel. Spreche ich mit …?«

»Hauptkommissar Büttner«, brummte der Mann. »Was kann ich für Sie tun? Eigentlich habe ich keine Zeit, weil …«

»Entschuldigen Sie, Kollege Büttner. Ich habe gehört, dass Sie an einem brandaktuellen Fall arbeiten, der von der möglichen Ausführung einem unserer alten Fälle ähneln könnte. Wir haben im letzten September …«

»Frau … ähm …«, fiel Büttner ihr ins Wort.

»Lorenzen«, half Lena ihm aus.

»Frau Lorenzen.« Er klang hörbar genervt. »Ich würde vorschlagen, wir sprechen uns morgen noch mal. Bin gerade etwas in Eile. Einen schönen Tag wünsche ich noch.«

Lena hörte es knacken. Sie sah verwundert auf ihr Handy. »Was war das denn?«

Johann druckste herum. »Anscheinend hat der Emder Kollege so seine Eigenheiten.«

»Schön und gut, aber er kann doch nicht einfach auflegen.« Lena befand sich bereits auf dem Weg zur Tür. »Ich muss zu Warnke. Melde mich nachher bei dir«, sagte sie und rief ihm vom Flur aus zu: »Mach die Tür hinter dir zu.«

Lena klopfte an und trat ins Büro ihres Chefs, ohne auf eine Aufforderung zu warten. Beim Amrumer Fall um einen Toten, der im Strandkorb gefunden wurde, hatte Kriminaldirektor Warnke sie unerklärlicherweise ausgewählt, obwohl sie in der Vergangenheit mehrfach aneinandergeraten waren. Erst im Laufe der Ermittlungen hatte Lena verstanden, warum gerade sie beauftragt worden war. Ihr Verhältnis hatte sich seitdem verbessert, war aber weiterhin recht distanziert.

»Frau Lorenzen! Hatten wir einen Termin?«, fragte der Kriminaldirektor. Er saß hinter seinem klobigen Schreibtisch aus Eichenholz, der erheblich von der üblichen sterilen Landesbehörden-Ausstattung abwich.

»Nein, hatten wir nicht.« Lena grüßte ihn mit einem kurzen Nicken, bevor sie ihm von den beiden Toten auf Juist erzählte.

»Und?«, fragte er und schrieb gleichzeitig eine Notiz in eine Akte.

»Ich denke, ich sollte mich vor Ort informieren und dem ermittelnden Kollegen meine Unterstützung anbieten.«

»Das ist Niedersachsen und wir …«

»Das ist mir bewusst«, unterbrach Lena ihren Chef. »Wenn jetzt wieder Tage oder gar Wochen vergehen, wird der Fall dort womöglich genau wie bei uns im Sande verlaufen.«

»Sie wissen so gut wie ich, dass es schon in unserem eigenen Verantwortungsbereich schwierig genug ist, vor Ort zu ermitteln, ohne dass sich die Kollegen auf den Schlips getreten fühlen.«

Lena stöhnte leise. »Die ersten achtundvierzig Stunden sind entscheidend, das brauche ich nun wirklich nicht zu erwähnen.«

»Nein, brauchen Sie nicht.«

Lena lächelte ihn an. »Sie kennen doch sicher jemanden beim LKA in Hannover, mit dem Sie das auf dem kleinen Dienstweg regeln können.«

Dieses Mal stöhnte Warnke. »Damit sind wir dann aber quitt, Frau Hauptkommissarin.« Als Lena keine Anstalten machte, den Raum zu verlassen, fügte er hinzu: »Ich würde gerne allein mit dem Kollegen aus Hannover telefonieren. Sie können schon mal packen.«

Um kurz nach vier Uhr nachmittags saß Lena im ICE nach Hamburg. Dort würde sie in einen IC umsteigen müssen, der sie nach Bremen bringen würde. Von dort fuhr ein Regionalzug nach Emden. Falls sie alle Anschlusszüge bekommen würde, wäre sie um 20.40 Uhr in der ostfriesischen Hafenstadt. Johann würde bis dahin ein Hotelzimmer gebucht und ihr die neuesten Informationen zum Fall gemailt haben.

Als der ICE sich pünktlich in Bewegung setzte, zog Lena die Sankt-Peter-Ording-Akte aus der Tasche und klappte sie auf.

Das junge Paar – Silja Ebermann und Lukas Helmlinger – hatte damals trotz der im September schon sehr frischen Nachttemperaturen in Strandnähe gezeltet und war am Vormittag von zwei Gemeindemitarbeitern gefunden worden, die für die Ordnung am Strand zuständig waren. Aufgrund der Personalnot im Husumer Kommissariat genoss der Fall niedrige Priorität und der Tatort war nur oberflächlich in Augenschein genommen worden. Während man auf das Ergebnis der Obduktion wartete, wurden nur wenige Zeugen in Strandnähe befragt. Weder hatte einer von ihnen mit dem Paar Kontakt gehabt noch erinnerte sich jemand, die beiden am Strand gesehen zu haben. Als der Bericht der Gerichtsmedizin vorlag, wurde der Fall als tragischer *Drogentod* und ersatzweise *gemeinschaftlicher Suizid* abgehakt. Erst als Lena und Johann offiziell ermittelten, fanden sich Zeugen. Ein Surflehrer, der sich zwei Abende zuvor lange mit den Opfern am Lagerfeuer unterhalten hatte, war davon überzeugt, dass sie nicht auf Drogen gewesen waren. Weiterhin fanden Lena und Johann einen Kioskbetreiber und mehrere Surfer, denen das Paar in den drei Tagen vor der Tat begegnet war. Keinem von ihnen war etwas Verdächtiges aufgefallen.

Lena blätterte weiter und kam zu den Befragungen der Familienmitglieder. Silja Ebermann war in Lüneburg aufgewachsen, Vater Chefarzt, Mutter Lehrerin. Lukas Helmlinger kam aus Hamburg-Harburg, sein Vater hatte sich kurz vor seinem dritten Geburtstag aus dem Staub gemacht, seine Mutter lernte, als Lukas in der vierten Klasse war, einen neuen Mann kennen und zog mit ihm nach München. Lukas blieb bei seiner Großmutter. Silja und Lukas hatten sich in Bremen kennengelernt und zogen eine Weile gemeinsam durch die Szene, bis Lukas wegen Drogenhandels verhaftet wurde und Silja immer weiter abrutschte. Ihre Eltern setzten alle Hebel in Bewegung, um ihr zu helfen, aber sie lehnte jeden Kontakt ab. Erst nach dem totalen Zusammenbruch, bei dem sie und Lukas auf der Intensivstation landeten, hatte sich Siljas Einstellung geändert. Sie überzeugte Lukas, gemeinsam eine Therapie zu beginnen. Als sie in Sankt Peter-Ording starben, waren sie bereits seit einem Jahr clean, Lukas hatte eine neue Ausbildungsstelle und Silja hatte sich bei Eventagenturen beworben, um dort ebenfalls eine Ausbildung anzufangen.

Nach dem Umstieg in Hamburg hielt die Bahn verspätet am Bremer Hauptbahnhof und Lena stieg aus, um den Regionalexpress nach Emden zu erreichen. Glücklicherweise hatte der Zug auf die Gäste aus Richtung Hamburg gewartet.

Lena suchte sich einen Platz und wählte die Nummer ihres Emder Kollegen.

»Büttner«, brummte der offensichtlich immer noch schlecht gelaunte Hauptkommissar ins Telefon.

»Lena Lorenzen, LKA Kiel. Ich bin gerade in Bremen in den Regionalexpress gestiegen und in knapp zwei Stunden bei Ihnen in Emden.«

»Was Sie nicht sagen«, murmelte Büttner leise.

Lena, die ihn sehr wohl verstanden hatte, rief ins Handy: »Ich verstehe Sie nicht. Sind Sie noch da?«

»Wo sollte ich sonst sein«, antwortete er lauter als zuvor.

»Hat das LKA Hannover Sie informiert, dass ich komme?«

»Ja.«

»Ich würde mich gerne heute Abend noch mit Ihnen zusammensetzen. Ist das möglich?«

»Ungern. Ich würde unser Gespräch wirklich lieber auf morgen verschieben«, gab er unwirsch zurück.

»Darf ich Sie vielleicht zum Essen einladen?«, fragte Lena zuckersüß. Den Tipp hatte Johann ihr gegeben, der ihn wiederum von seinem Informanten in Emden hatte. Außerdem hatte er von ihm erfahren, dass Büttner seinen Urlaub auf Anweisung der Staatsanwaltschaft hatte abbrechen müssen und seine Frau den Flug allein angetreten hatte.

»Wo übernachten Sie?«, fragte der Emder Kommissar.

»Augenblick …« Lena suchte in der Nachricht von Johann nach dem Namen. »Parkhotel Upstalsboom. Das ist …«

»Kenne ich. Essen Sie Fleisch?« Er klang milder gestimmt.

»Ich bin keine Vegetarierin, wenn Sie das meinen.«

»Das Steakhaus liegt gleich um die Ecke. Finden Sie das?«

Lena rollte mit den Augen. Der Mann ging ihr schon jetzt ziemlich auf die Nerven. »Ich denke schon.«

»Neun Uhr. Sie nehmen sich ein Taxi zum Hotel?«

Lena hatte nicht vor, auf solch eine plumpe Frage zu antworten. Ganz offensichtlich hatte der Emder Kollege nicht die geringste Lust, sie abzuholen. »Danke, ich werde pünktlich sein.« Sie beendete das Gespräch ohne einen Abschiedsgruß und ließ das Handy zurück in die Tasche gleiten.

Johann hatte sie im Telefongespräch, das sie auf der Fahrt zwischen Hamburg und Bremen geführt hatten, schon vorgewarnt und ihr eingeimpft, vorsichtig mit David Büttner umzugehen. Dieser sei ein sturer Fischkopp, hatte sein Informant bemerkt, aber gleichzeitig darauf hingewiesen, dass seine Aufklärungsquote eine der höchsten im Norden sei. Johann wusste, dass Lena nicht immer die Diplomatie in Person war und selten mit ihrer Meinung hinterm Berg hielt.

»Dann müssen wir halt alle drei Stunden irgendwo einkehren«, murmelte Lena und malte sich aus, was Warnke zu ihrer Spesenabrechnung sagen würde.

Ihr Handy machte sich bemerkbar. Johann.

»Hast du alle Anschlusszüge bekommen?«, fragte er als Erstes.

»Sonst hätte ich dich schon informiert. Gibt es etwas Neues? Hast du Luise erreicht?«

»Jawohl, Chefin!«, antwortete Johann zackig.

»Und?« Lena hatte nach dem Gespräch mit Büttner keine Energie mehr, auf Johanns Späße einzugehen.

»Sie wird sich morgen mit der Gerichtsmedizin in Emden in Verbindung setzen und dich gleich nach dem Gespräch informieren.«

»Danke! Auch für den Tipp mit dem Essengehen.«

»Büttner?«

»Ja. Pack schon mal eine Nottasche. So wie das mit dem Kollegen anläuft, brauche ich hier bald Verstärkung. Ich glaube kaum, dass der gute Mann sich für den Fall den Arsch aufreißen wird.«

»Ich habe da andere Informationen. Er soll …«

»Hast du alles schon erzählt«, unterbrach Lena ihn. »Vielleicht hat er auch nur einen guten PR-Manager an seiner Seite, der ihn zur Lichtgestalt aufgebaut hat.«

»Lena!«, rief Johann seine Vorgesetzte zur Ordnung. »*Du* willst etwas von ihm!«

»Bis morgen, Johann. Ich halte dich auf dem Laufenden. Du wirst sicher die eine oder andere Hintergrundrecherche anstellen müssen.«

»Dann wünsche ich erst mal einen guten Appetit«, sagte Johann lachend und beendete das Gespräch.

Drei

Die missmutigen Blicke, die ihm der Kellner zuwarf, als er ihm sein Bier auf den Tisch stellte, hatten ihm gerade noch gefehlt. Nach einem Tag, den David Büttner am liebsten per Knopfdruck resettet hätte, brauchte er gewiss nicht noch einen schlecht gelaunten Restaurantangestellten, der ihm schon dreimal zu verstehen gegeben hatte, dass die Küche nach einundzwanzig Uhr keine warmen Speisen mehr zubereitete.

Also hatte Büttner kurzerhand seine Dienstmarke gezogen, sie ihm unter die Nase gehalten und »Ermittlungen« gemurmelt. Was natürlich albern war, denn schließlich hatten die Öffnungszeiten der Küche rein gar nichts mit seinem Job zu tun. Dennoch hatte es anscheinend Eindruck gemacht, denn der Kellner hielt nun zumindest den Mund.

Gut so. Nach allem, was heute passiert war, hätte Büttner nicht auch noch auf ein gutes Essen verzichten wollen. Schlimm genug, dass er dabei die Anwesenheit seiner Kollegin aus Kiel, deren Name ihm schon wieder entfallen war, ertragen musste. Hoffentlich war sie wenigstens pünktlich, wovon er allerdings ausging, nachdem er sie am Telefon erlebt hatte. Seine Tochter Jette würde ihre Art wohl als *straight* bezeichnen. Eine Eigenschaft, die anstrengend werden konnte. Der Übereifer, mit dem die Kollegin an den Fall heranging, war ihm suspekt.

Hätte sie denn nicht wenigstens bis zum nächsten Tag damit warten können, ihm auf die Nerven zu gehen? Das Einzige, was ihm nach einem heftigen Streit mit Susanne und deren Abreise geblieben war, war die Freude auf ein gutes Glas Rotwein am heimischen Kamin gewesen. Aber nicht mal das war ihm nun vergönnt. Dieser Tag schickte sich an, so bescheiden zu enden, wie er begonnen hatte.

»Herr Büttner?«

Noch bevor er aufsah, streckte sich ihm eine Hand entgegen, die er reflexartig ergriff.

»Lena Lorenzen. Wir hatten telefoniert.«

Büttners Blick wanderte an einer schlanken Gestalt hoch und blieb an einem markanten, aber durchaus attraktiven Gesicht hängen. Für eine Frau war sie groß und sie schien regelmäßig Sport zu treiben. Ihre hellblonden Haare hatte sie mit einem Haargummi zusammengebunden.

»Moin. Sie sind pünktlich«, stellte er mit wenig Begeisterung in der Stimme fest. Er deutete auf den Platz ihm gegenüber. »Setzen Sie sich, bitte. Wenn Sie schon mal hier sind, sollten wir es schnell hinter uns bringen. Außerdem schließt gleich die Küche.« Mit diesen Worten reichte er ihr eine Speisekarte.

»Wenn ich meine Jacke vorher noch ausziehen darf«, kam es ein wenig flapsig zurück. Ohne die Speisekarte auch nur eines Blickes zu würdigen, ging die Kieler Kollegin zur Garderobe hinüber, dann verschwand sie in Richtung der Toiletten. Aber anscheinend gehörte sie nicht zu den Frauen, die viel Zeit darauf verwendeten, ihren Lidstrich nachzuziehen, denn sie stand schneller wieder am Tisch, als Büttner es erwartet hatte. Wortlos setzte sie sich und nahm die Speisekarte zur Hand.

Als der Kellner kam, gaben sie ihre Bestellung auf. »Schließen die Küchen hier wirklich schon um diese Zeit?«, fragte sie und schaute sich interessiert um. »Ich war noch nie in Emden«, stellte sie dann fest. Eine Antwort auf ihre Frage schien sie nicht zu erwarten.

»Was veranlasst Sie, zu nachtschlafender Zeit auf Dienstreise zu gehen?«, kam Büttner direkt zur Sache. »Hätte es nicht auch gereicht, wenn Sie morgen gekommen wären? Tote laufen gemeinhin nicht weg, wissen Sie?«

»Sicher nicht. Aber die Täter schon.« Lena Lorenzen nickte dem Kellner dankbar zu, der ihr ein Bier auf den Tisch stellte. Sie musterte Büttner aus schmalen Augen. »Es tut mir leid, dass der Fall Sie davon abhält, in den Urlaub zu fahren, aber so ist nun mal unser Job. Je schneller wir zu einem Ermittlungsergebnis kommen, desto besser. Also sollten wir diesen Abend nutzen, um uns gegenseitig über die Fakten zu informieren. Morgen werden wir vor Ort auf der Insel ausreichend zu tun haben. Ich schiebe ungern etwas auf die lange Bank.«

»Wenn das ein Seitenhieb auf mich sein sollte, dann können Sie sich das sparen«, erwiderte Büttner säuerlich.

»Das war keinesfalls meine Absicht, Kollege Büttner. Aber wenn Sie es so auffassen wollen …« Sie zuckte gelassen mit den Schultern.

Büttner schnaubte, doch er verkniff sich eine Erwiderung. Stattdessen sagte er geschäftsmäßig: »Wie mir zugetragen wurde, sehen Sie gewisse Ähnlichkeiten zwischen den Fällen auf Juist und in … wo noch gleich?«

»Sankt Peter-Ording.«

»Ja. Bislang liegen mir keine Details zu Ihrem Fall vor.«

Lena Lorenzen wühlte in ihrer Tasche und zog einen Ordner hervor. »Ich habe Kopien für Sie gemacht.« Sie schob die Unterlagen zu ihm rüber. »Sie können sich später in Ruhe einlesen. Aber vorher gebe ich Ihnen auf die Schnelle mal eine kurze Zusammenfassung.« In den nächsten Minuten klärte sie ihn über die wichtigsten Fakten im Fall von Silja Ebermann und Lukas Helmlinger auf.

Büttner kam während ihrer Ausführungen nicht umhin festzustellen, dass es zwischen den beiden Fällen tatsächlich einige Parallelen gab. Zu seinem Bedauern würde er also nicht darum herumkommen, mit der Kollegin zusammenzuarbeiten. Auch wenn er dazu wenig Lust verspürte, so war er doch Profi genug, den Sinn einer solchen Kooperation nicht infrage zu stellen.

Endlich brachte der Kellner das Essen und der Duft des frisch gebratenen Fleisches stimmte Büttner sofort versöhnlicher. Er wünschte guten Appetit und schnitt sich ein Stück vom Rumpsteak ab. Es war genau richtig. Genüsslich schob er sich den ersten Bissen in den Mund. Vielleicht war es doch keine so schlechte Idee von der Kollegin gewesen, ihn zu diesem Treffen zu nötigen. Jetzt, da Susanne nicht da und der heimische Kühlschrank leer geräumt war, hätte es für ihn allenfalls ein paar Chips zum Abendessen gegeben.

»Gibt es schon Erkenntnisse, um wen es sich bei den Opfern auf Juist handelt? Ich meine, ist inzwischen mehr bekannt als deren Namen?«, fragte Lena Lorenzen, die plötzlich viel sympathischer aus der Wäsche schaute, nachdem sie von ihrem Essen gekostet hatte. Womöglich hatte auch ihr der Hunger zugesetzt.

Büttner nickte. Er schluckte einen weiteren Bissen hinunter, bevor er sagte: »Ich denke, das Wichtigste, das wir bei diesem Fall beachten müssen, ist die Tatsache, dass es sich bei unserem Opfer … ähm …« Er runzelte die Stirn. Schon wieder ließ ihn sein Namensgedächtnis im Stich. Normalerweise half ihm Sebastian Hasenkrug in solchen Fällen auf die Sprünge, aber leider musste er ja nun auf ihn verzichten.

»Nele Habers«, sagte Lena Lorenzen wie aus der Pistole geschossen. Offensichtlich hatte sie sich schon ganz gut eingearbeitet.

»Genau. Also, das Wichtigste ist, dass sie die Nichte unseres zuständigen Staatsanwalts ist.«

»Nicht gut.« Lena Lorenzen ließ die Gabel, die sie gerade zum Mund hatte führen wollen, wieder sinken.

»Sie haben davon noch nichts gewusst?«

»Nein.«

»Dann machen Sie sich darauf gefasst, dass alles, was wir jetzt machen, unter dem Siegel der Verschwiegenheit passieren muss. Mir jedenfalls hat Staatsanwalt Franzen schon unmissverständlich mitgeteilt, dass er äußerste Diskretion wünscht.«

Seine Kollegin rollte mit den Augen. »Wo lebt der denn? Glaubt er in Zeiten sozialer Medien wirklich, dass sich so etwas geheim halten lässt? Es wird allerhöchstens bis morgen früh dauern, bis die ersten Details der breiten Öffentlichkeit bekannt sind.«

Darüber hatte Büttner noch gar nicht nachgedacht, da er mit all diesem Internetschnickschnack nichts zu tun haben wollte. Vermutlich aber hatte Lena Lorenzen recht. Nun ja, sie würden sehen, wie Franzen darauf reagierte, wenn sich die These der Kollegin in den nächsten Tagen bewahrheitete.

»Wie auch immer«, meinte Lena Lorenzen. »Was können Sie mir über die Opfer sagen? Ich gehe mal davon aus, dass auch Nele Habers aus geordneten Verhältnissen stammt, genauso wie Silja Ebermann. Wenn ihr Onkel Staatsanwalt ist …«

Büttner nickte. »Richtig. Nele Habers war sechsundzwanzig Jahre alt und stammt von Juist. Sie studierte seit einem Jahr in Hamburg. Sozialwissenschaften, wenn ich richtig informiert bin. Ihr Freund studierte auch dort. Auch er kam aus gutem Hause. Seine Eltern leben in Berlin, wo er auch aufwuchs.«

Lena Lorenzen hob die Brauen. »Sie haben in Hamburg studiert? Lebten sie schon länger dort?«

»Ja. Allerdings haben sie eine Weile gebraucht, bis sie Fuß gefasst haben.«

»Soll heißen?«

»Gemeinsame Drogenkarriere. Sie waren jedoch seit geraumer Zeit clean. Nele und auch Thorsten …«

»Torben. Torben Althuis.«

»Ja. Beide waren clean. So steht es zumindest in den Akten der Hamburger Kollegen und auch Frau Dr. Wilkens, also unsere Gerichtsmedizinerin, ist dieser Ansicht.«

»Interessante Parallele«, stellte Lena Lorenzen fest. »Das Gleiche trifft auch auf die Opfer in Sankt Peter-Ording zu.« Sie runzelte die Stirn. »Fragt sich nur, ob das relevant ist und auf ein mögliches Motiv hindeutet.«

»Es könnte Zufall sein«, gab Büttner zu bedenken.

»Ja. Aber kombiniert mit der Tatsache, dass sowohl«, sie malte Anführungszeichen in die Luft, »*Ihre* als auch«, sie wiederholte die Geste, »*unsere* Opfer vorher gefesselt wurden und dann auch noch als innig ineinander verschlungenes Paar haben sterben müssen, wäre es mir dann doch ein wenig zu viel des Zufalls.«

»Also haben wir es womöglich mit einem Serienmörder zu tun«, stellte Büttner nüchtern fest. »Zumindest aber mit einem Wiederholungstäter.«

»Durchaus möglich. Allerdings sollten wir vorsichtig mit diesem Verdacht umgehen. Solange wir keine konkreten Hinweise haben …«

»Oder ein drittes Opferpaar …«

»Das wäre die schlechtere Variante.« Lena Lorenzen schloss für einen Moment die Augen und atmete tief durch. »Wir brauchen also eine Strategie.« Sie sah ihn fragend an.

»Ich habe gerade erst die Fakten erfahren«, knurrte Büttner.

»Gut. Überlegen wir gemeinsam, wie wir weiter vorgehen. Auf jeden Fall möchte ich mir den Tatort auf Juist morgen ansehen und die ersten Befragungen durchführen. Wenn Nele Habers dort aufgewachsen ist, weiß der ein oder andere sicherlich etwas über sie zu berichten.«

»Das sind Ostfriesen«, erwiderte Büttner. »Die haben's nicht so mit dem Reden. Schon gar nicht, wenn man sie über andere ausfragt. Aber gut, Sie können gerne Ihr Glück versuchen.« Er selbst verspürte keine große Lust, noch einmal auf die Insel zu fahren. Er konnte Wasser und Schiffe nicht besonders gut leiden, schon gar nicht bei den Windstärken, die derzeit herrschten. Allerdings war auch ein Helikopter bei der jetzigen Wetterlage keine probate Alternative, wie er erst heute beim Rückflug von Juist hatte feststellen müssen. Nur ganz knapp hatte er es vermeiden können, zur Brechtüte unter dem Sitz zu greifen.

»Ich bin Nordfriesin und auf einer kleinen Insel aufgewachsen.« Lena Lorenzen zog ihr Smartphone aus der Tasche und tippte mit schnellen Fingern darauf herum. »Wir haben Glück«, verkündete sie. »Morgen früh um sieben Uhr geht eine Fähre von Norddeich nach Juist.«

»Sieben Uhr. Das klingt wirklich nach viel Spaß«, ätzte Büttner. »Wir müssten quasi mitten in der Nacht aufstehen.«

Lena Lorenzen sah ihn belustigt an. »Ist jetzt nicht Ihr Ernst, oder?«

»Kommen wir wenigstens am Abend wieder zurück?«, ignorierte Büttner die Frage und in seiner Stimme klang ein klein wenig Hoffnung mit. »Der Juister Hafen ist tidenabhängig, wenn Sie verstehen, was ich meine«, fügte er erklärend hinzu.

»Schon klar.« Die Kollegin scrollte. »Ja«, sagte sie zu seinem Bedauern. »Um siebzehn Uhr geht's zurück.«

»Hm. Na ja, gut, dann machen wir es so. Wenigstens muss ich dann dort nicht übernachten.«

Lena Lorenzen sah ihn erstaunt an. »Andere würden einiges dafür geben, auf Staatskosten eine Weile auf einer der Nordseeinseln verbringen zu können.«

»Nicht mein Ding«, brummte Büttner. »Zu viel Wind, zu viel Wasser, zu viel Sand.«

»Warum leben Sie dann ausgerechnet in Ostfriesland?«

Büttner seufzte. »Das frage ich mich auch jeden Tag.« Er wischte sich mit der Serviette über den Mund. Das Steak hatte wirklich köstlich geschmeckt. Er linste auf die neben ihm liegende Speisekarte. Ein Dessert könnte den Tag gerade noch retten.

»Gut, alles andere können wir ja morgen klären«, meinte seine Kollegin. Sie winkte dem Kellner, der sofort eilfertig angesprungen kam. Vermutlich hoffte er darauf, endlich Feierabend machen zu können, denn sie beide waren seit mindestens einer halben Stunde die einzigen Gäste.

»Ich hätte gerne …«, begann Büttner mit der Bestellung seines Desserts, doch wurde er von Lena Lorenzen unterbrochen.

»Bringen Sie mir bitte die Rechnung. Alles zusammen. Ich zahle mit Karte und bräuchte einen Bewirtungsbeleg.«

Na prima, dachte Büttner, nun brachte sie ihn auch noch um sein Dessert. Als wäre der Tag nicht schon beschissen genug gewesen. »Ich danke für die Einladung«, sagte er dennoch. Dann stand er auf, wünschte eine gute Nacht und ging.

Vier

Lena ließ sich aufs Bett fallen und schloss die Augen. Auch wenn das Abendessen friedlicher verlaufen war, als sie befürchtet hatte, würden Büttner und sie in diesem Leben wohl keine Freunde mehr werden. Anstatt die bisherigen Erkenntnisse des Juist-Falles mit ihr durchzusprechen, schien ihr Emder Kollege mehr an seinem Steak interessiert gewesen zu sein. Ihr war unerklärlich, wie seine gute Aufklärungsquote zustande gekommen war. Entweder hatte er hervorragende Kollegen, die die Arbeit für ihn machten, oder seine Ermittlerqualitäten waren ihr bisher verborgen geblieben.

Sie seufzte. An Büttner würde hier in Ostfriesland aber leider kein Weg vorbeiführen. Auch wenn sie beide den gleichen Rang als Kommissare führten, hatte er die Ermittlungsleitung. Kriminaldirektor Warnke hatte sie ausdrücklich darauf hingewiesen und sie gebeten, den Kollegen vor Ort nicht zu verärgern.

Während der Bahnfahrt hatte sie sich im Internet über Emden informiert und erfahren, dass die Stadt kurz vor Kriegsende 1944 bei Luftangriffen fast vollständig zerstört worden war. Auf dem Weg ins Hotel hatte sie einen kleinen Umweg durch die Innenstadt gemacht. Kaum eines der Gebäude erinnerte sie an die alte Hafenstadt, die Emden mal gewesen sein musste. Sie war weiter zum Hotel geschlendert und hatte

Johann eine Nachricht geschickt, mit der Frage, ob er in zehn Minuten noch ansprechbar sei.

Als sich ihr Handy jetzt bemerkbar machte, schaute Lena aufs Display und sah, dass Johann sich meldete.

»Wie bist du mit dem Kollegen zurechtgekommen?«, war seine erste Frage, die Lena mit wenig Begeisterung beantwortete: »Frag mich morgen oder übermorgen noch mal. Ich werde nicht schlau aus ihm.«

»Du schaffst das schon. Übrigens: Luise konnte dich nicht erreichen, deshalb hat sie sich bei mir gemeldet. Sie hat mit der Gerichtsmedizinerin vor Ort gesprochen. Die Ähnlichkeiten der beiden Fälle sind wohl frappierend. Sie hat inzwischen den Bericht aus Emden bekommen und wollte ihn dir schicken.«

»Ich kontrollier gleich die Mails. Hat Luise noch mehr erfahren?«

»Ja. Bei beiden Personen wurden Rückstände von Chloroform gefunden. Sie sind offensichtlich damit betäubt worden.«

»Fremde DNA-Spuren?«

»Bisher nicht. Allerdings wurden Hautpartikel unter den Fingernägeln eines der Opfer gefunden. Ob das für eine DNA-Bestimmung reicht, ist noch nicht klar. Ansonsten nichts Auffälliges.«

»Ungewöhnlich!« Die Forensik war inzwischen so weit, dass es einem Täter kaum möglich war, keine Spuren zu hinterlassen. »Wenn da mal nicht geschlampt wurde.«

Johann lachte kurz auf. »Luise hat schon angedeutet, dass du genau das sagen wirst. Sie meinte, im Gespräch habe ihre Kollegin einen hochkompetenten Eindruck bei ihr hinterlassen und auch erwähnt, dass die Kriminaltechnik vor Ort gute Leute habe.«

»Dann haben wir wohl einen sehr, sehr vorsichtigen und umsichtigen Täter. Was hast du noch für mich?«

»Mein Kontaktmann im Emder Polizeikommissariat hat mir ein paar Informationen weitergegeben. Steht alles in der Mail, die du gleich von mir bekommst. Aber ich denke, David Büttner sollte davon lieber nichts mitbekommen, sonst fühlt er sich vielleicht auf den …«

»Schon klar. Wie lange kennen wir uns jetzt?«

»Eben!«

»Danke, Johann. Das habe ich heute Abend noch gebraucht. Wir nehmen übrigens morgen früh um sieben die erste Fähre.«

»Dann wünsche ich mal viel Spaß bei der Überfahrt. Übrigens habe ich im Internet gelesen, dass starke Ostwinde angekündigt wurden. Schlimmstenfalls kommt ihr nicht wieder von der Insel runter.«

Lena stellte sich die Miene ihres Emder Kollegen vor, wenn er die frohe Botschaft erfahren würde. »Ich hatte sowieso nicht vor, am Nachmittag zurückzufahren. Um diese Jahreszeit sollte es kein Problem sein, ein Zimmer zu bekommen.«

Nachdem sie sich verabschiedet hatten, holte Lena ihr Tablet aus der Tasche und rief die Mails auf. Luise hatte ihr den Obduktionsbericht aus Emden geschickt und von Johann kam eine Zusammenfassung der Informationen, die bisher vorlagen. Nach einem Blick auf die Uhr öffnete sie das erste Dokument und fing an zu lesen.

Mit kurzer Verspätung hielt Büttner vor dem Hotel. Lena warf ihre Reisetasche auf den Rücksitz und stieg vorne ein.

»Moin, Moin!«, lächelte sie ihn an.

Büttner setzte den Blinker und fuhr zurück auf die Straße. »Moin. Wollen Sie jetzt doch Urlaub auf Juist machen?«

»Wer weiß, ich mag Inseln«, antwortete Lena kurz angebunden. Warum fragte dieser Mensch nicht, was er eigentlich wissen wollte?

»Der schriftliche Obduktionsbericht ist gestern noch gekommen«, bemerkte Büttner wie nebenbei, als sie den Emder Stadtbereich verlassen hatten und auf der B 210 auf Höhe von Hinte fuhren.

Lena sah aus dem Seitenfenster. »Und?«

»Ich habe ihn noch nicht vollständig durchgearbeitet, aber interessant ist, dass bei beiden Opfern Rückstände von Chloroform gefunden wurden.«

»DNA-Spuren?«

»Merkwürdigerweise keine. Das ist höchst ungewöhnlich.«

»Sehe ich auch so«, antwortete sie wie aus der Pistole geschossen. »Wir müssen es mit einem äußerst raffiniert vorgehenden Täter zu tun haben.«

Büttner warf ihr einen verblüfften Blick zu, schwieg aber. Hatte er etwa bemerkt, dass sie die Ergebnisse schon vorliegen gehabt hatte?

»Er muss sich ja quasi wie unsere Kriminaltechniker gekleidet haben. Schutzanzug, Handschuhe, Mundschutz«, fügte sie schnell hinzu.

»Oder unglaubliches Glück gehabt haben«, murmelte Büttner. »Gab es in Ihrem Fall in Sankt Peter-Ording entsprechende Spuren?«

»Das war nicht mehr feststellbar. Die Kollegen vor Ort waren leider etwas unvorsichtig in dieser Hinsicht.«

»Unvorsichtig«, wiederholte Büttner ohne erkennbare Emotionen.

»Leider«, gab Lena zerknirscht zu. Auch wenn es nicht in ihrem Verantwortungsbereich passiert war, ärgerte es sie, zugeben zu müssen, dass in einer potenziellen Mordermittlung gravierende Fehler gemacht worden waren.

»Nele Habers' Eltern leben nicht mehr auf Juist?«, fragte sie weiter, obwohl sie die Antwort bereits kannte.

Büttner schwieg eine Weile, bis er tief durchatmete und meinte: »Wir sollten mit offenen Karten spielen. Es ist mir egal, woher Sie Ihre Informationen beziehen. Mir geht es hier einzig und allein um die Aufklärung des Falles. Können wir uns darauf einigen?«

Lena zwang sich, ihr Erstaunen nicht zu zeigen. »Ich bin da ganz bei Ihnen. Konzentrieren wir uns auf die Ermittlungen.«

War da ein kurzes Schmunzeln auf Büttners Gesicht zu sehen? Lena seufzte innerlich. Ganz offensichtlich hatte sie den Kollegen unterschätzt. Besser so als umgekehrt. Je schneller sie den Täter finden würden, desto eher konnte sie die Heimreise antreten.

»Nele hat eine langjährige Freundin auf Juist, bei der die beiden auch untergekommen sind«, sagte Lena. »Die sollten wir gleich nach der Tatortbesichtigung befragen.«

Büttner nickte und schien sich weiter auf die Fahrbahn zu konzentrieren.

»Haben Sie schon mit den Eltern gesprochen?«

»Die leben inzwischen in der Nähe von Frankfurt. Ich habe mit dem Vater telefoniert, die Mutter hatte wohl einen Zusammenbruch.«

»Was sagt er?«

»Sie haben ihr und ihrem Freund die private Drogentherapie finanziert und die beiden auch ansonsten unterstützt. Das hörte sich ähnlich an wie die Geschichte, die Sie mir gestern von Ihrem Fall erzählt haben. Durch die Entfernung zu Hamburg hatten sie selten persönlichen Kontakt, standen aber telefonisch fast täglich mit ihr in Verbindung. Allerdings hat sich die Mutter darum gekümmert, und die war, wie gesagt, nicht ansprechbar. Der Vater hat mir versichert, dass die Therapie bei beiden erfolgreich war und er sich nicht vorstellen kann, dass sie, wie er es nannte, das Teufelszeug wieder angerührt hätten. Seine Tochter hat eine sehr enge Bindung zur Insel und war regelmäßig dort. Er hat mir übrigens noch ein paar Namen von Personen genannt, zu denen sie Kontakt hatte.«

»Wie lange waren die beiden schon auf der Insel?«

»Eine gute Woche, sagt der Vater.«

Sie umrundeten die Stadt Norden und fuhren direkt auf Norddeich zu. Lena schob ihr Notizbuch wieder zurück in die Reisetasche. Es würde auf der eineinhalbstündigen Überfahrt auf der Fähre noch genug Zeit bleiben, um die weiteren Einzelheiten zu besprechen.

Problemlos fanden sie direkt neben dem Fährhafen einen Platz auf dem großen Parkplatz und gingen die letzten hundert Meter zu Fuß zum Kai, wo das Schiff bereits zur Abfahrt bereitlag. Lena ließ Büttner den Vortritt und folgte ihm. Im Inneren des Schiffes suchten sie sich einen ruhigen Platz. Sie bestellten sich Kaffee, Büttner nahm zusätzlich ein belegtes Brötchen.

Kurze Zeit später kam der Kellner mit einem Tablett zurück an den Tisch. »Guten Appetit«, wünschte Lena und nippte an dem Kaffee, der erfreulicherweise genießbar zu sein schien.

Büttner aß mit Genuss das Eibrötchen und trank dazu seinen Kaffee. »Wo waren wir stehen geblieben?«

»Sie haben eine Liste vom Vater des Opfers bekommen.«

»Genau! Ich habe Ralf Ollmers gebeten, uns bei der Freundin und zwei weiteren Personen anzumelden.«

Als Lena ihn fragend ansah, fügte er hinzu: »Ollmers ist der Inselpolizist. In der Nebensaison der einzige Beamte vor Ort. Ich habe ihn bereits kennengelernt, als ich mit dem Staatsanwalt vor Ort war.«

Lena nickte. »Wie lange ist er schon auf Juist?«

»Über zehn Jahre. Er sollte uns auch etwas über Nele und ihre Familie erzählen können.«

Die Fähre hatte inzwischen abgelegt und war seit einer Viertelstunde unterwegs. Trotz des schlechten Wetters wäre Lena gerne nach oben an die Reling gegangen, ihren Lieblingsplatz bei Überfahrten. Büttner zu fragen, ob er mitkommen würde, hatte sie jedoch als zwecklos eingestuft.

»Sie können gerne zwischendurch mal nach draußen gehen«, meinte Büttner mit der Kaffeetasse in der Hand.

Lena schmunzelte. Normalerweise war sie nicht so leicht durchschaubar, aber sie musste sich wohl daran gewöhnen, dass sie es mit einem guten Beobachter zu tun hatte.

»Vielleicht später. Erzählen Sie mir was von dem Staatsanwalt.«

»Ich habe mit Franzen bisher nicht viel zu tun gehabt, er ist noch nicht lange in Emden.«

»Ist er nicht zu persönlich involviert?«

»Ich weiß, was Sie meinen, aber Franzen soll hochprofessionell sein. Ich an seiner Stelle hätte das gestern am Tatort zum Beispiel nicht durchgestanden.«

Sie unterhielten sich eine Weile über die Herangehensweise bei den Befragungen und legten eine Strategie fest. Wie sich schnell herausstellte, ging Büttner ähnlich wie Lena häufig ohne komplette Strategie in die Befragungen. »Ich reagiere lieber spontan auf die Antworten. Allerdings kürze ich die Sache auch manchmal gerne ab und versuche es mit einem Bluff. Man wundert sich, wie viele Leute darauf hereinfallen.«

»Verstehe«, meinte Lena, die froh war, doch nicht den pedantischen Erbsenzähler vor sich zu haben, den sie vermutet hatte.

Inzwischen waren sie über eine Stunde auf dem Wasser. Büttner war anzusehen, dass das zunehmende Schaukeln der Fähre ihm arg zusetzte und er nichts gegen eine Gesprächspause einzuwenden hatte.

»Soll ich Ihnen noch etwas zu trinken holen?«, fragte Lena und stand auf.

Als Büttner lediglich den Kopf schüttelte, nickte sie ihm zu und machte sich auf den Weg zum Oberdeck. Sie war die einzige Person, die sich bei dem zunehmenden Wind nach draußen traute. Fröstelnd zog sie ihre Jacke zu, bevor sie sich auf den Weg zur Reling machte.

Die Silhouette von Juist war bereits gut zu erkennen. Inmitten der Häuserreihe des Dorfes hob sich ein weißes, lang gestrecktes Gebäude ab, das Lena an große Grandhotels aus dem 19. Jahrhundert erinnerte. Sie zog ihr Smartphone aus der Tasche und hatte nach wenigen Klicks herausgefunden, dass es sich um ein exklusives Strandhotel handeln musste. Weiter rechts ragte ein grauschwarzer Leuchtturm in den Himmel.

Lena atmete die salzige Luft tief ein und ließ ihre Haare vom Wind durcheinanderwirbeln. Sie schloss die Augen und sah Ercks Lächeln vor sich. Erck war wie sie auf Amrum aufgewachsen und hatte sein ganzes Leben dort verbracht. Als Lena nach einem Streit mit ihrem Vater fluchtartig die Insel verließ, hatte Erck, mit dem sie seit zwei Jahren zusammen war, sich fürs Bleiben entschieden. Bei ihrem Amrum-Fall, der sie nach vielen Jahren wieder auf die Insel geführt hatte, waren sich die beiden wieder nähergekommen und hatten sich neu ineinander verliebt. Lena nahm sich vor, ihn am Abend anzurufen. Am Tag zuvor hatten sie nur kurz miteinander gesprochen und sich eine gute Nacht gewünscht.

Die Fähre hatte sich inzwischen der Insel genähert und würde in den nächsten zehn Minuten in den Hafen einlaufen. Lena seufzte laut und verließ ihren Platz, um sich auf den Weg zu ihrem Kollegen zu machen.

Am Kai nahm sie der Inselpolizist in Empfang und fuhr sie mit dem VW-Bus der Feuerwehr durchs Dorf zum Strand. Sie stiegen aus und kämpften sich gegen den schräg von der Seite kommenden Wind voran zur öffentlichen Toilette. Das in hellem Stein gemauerte Gebäude war in die Dünen hineingebaut und immer noch durch Polizeiband abgesperrt. An beiden Seiten befand sich je ein Zugang. Büttner zeigte auf den Eingang der Damentoilette, Lena nickte und inspizierte zunächst die Umgebung. Anders als sie erwartet hatte, führte ein gepflasterter Weg bis zu dem Toilettenraum.

»Gibt es irgendeinen Hinweis darauf, wie der Täter die beiden Personen hierhergebracht hat?«, fragte Lena.

Ollmers zuckte mit den Schultern.

Büttner räusperte sich. »Die KTU hat haufenweise Spuren gefunden. Sie stammen vermutlich von Bollerwagen. Aber Bollerwagen in allen Größen sind hier keine Seltenheit.«

»Würden zwei erwachsene Personen in einen Bollerwagen passen?«, fragte sie Ollmers.

Der überlegte kurz und verneinte die Frage.

»Ließen sich zwei Bollerwagen von einer Person ziehen?«

»Eher nicht. Die Wege sind dafür nicht breit genug. Und es würde erheblich mehr auffallen als nur ein Wagen.«

»Der Tod trat zwischen vier und acht Uhr morgens ein. Da die Totenflecken nicht darauf hinweisen, dass die beiden nach ihrem Tod transportiert wurden, werden sie mit hoher Wahrscheinlichkeit noch gelebt haben, als sie hier ankamen.«

»Und wenn man Bollerwagen hintereinanderschließt? Wäre das wohl möglich?«, fragte Büttner, der Lenas Ausführungen aufmerksam verfolgt hatte.

»Mit etwas Fummelei kriegt man das sicher hin«, meinte Ollmers. »Aber auch das wäre ziemlich auffällig.«

Lena nickte nachdenklich. »Gibt es hier eine Inselzeitung?«

Ollmers nickte. »Zwar nur online, aber die wird von den Einheimischen viel gelesen.«

»Wir sollten eine …«, begann Lena und wurde von Büttner unterbrochen: »Können wir das später besprechen?«

Sie ahnte, worauf die Diskussion hinauslaufen würde: keine unnötige Öffentlichkeit. Auch wenn sie die Motivation des Staatsanwalts verstehen konnte, würden sie nicht darum herumkommen, Zeugen zu suchen. Ob nun im Internet oder auf die althergebrachte Weise. Der Umstand, dass hier zwei Menschen brutal getötet worden waren, ließe sich ohnehin nicht lange verheimlichen.

»Vertagen wir den Punkt«, gab Lena für den Augenblick nach und wandte sich wieder an den Inselpolizisten. »Welche Transportmöglichkeiten gibt es außer den Bollerwagen?«

»Elektrokarren wie auf anderen autofreien Inseln haben wir hier nicht. Die Transporte werden alle von den Pferdekutschen übernommen. Ich glaube kaum, dass man sich unbemerkt eine solche Kutsche ausleihen kann. Und dann hat die Feuerwehr noch ein paar Fahrzeuge.« Er wandte sich zu dem VW-Bus um. »Und das DRK und einige Ärzte. Auch hier halte ich es für ausgeschlossen, dass davon eines *ausgeliehen* wurde.« Er malte mit den Fingern Anführungszeichen in die Luft.

»Am Flughafen habe ich Autos gesehen«, bemerkte Büttner.

»Das ist richtig«, bestätigte der Inselpolizist. »Aber die dürfen nicht außerhalb des Geländes fahren. Das würde noch mehr auffallen als zwei Bollerwagen oder eines der anderen Fahrzeuge.«

Lena notierte sich etwas auf ihrem kleinen Block. »Dann würde ich gerne noch den Tatort sehen.«

Ollmers ging vor und blieb kurz vor der Tür ruckartig stehen. Lena drängte sich an ihm vorbei und sah, was ihn hatte anhalten lassen. Das polizeiliche Siegel an der Tür war durchtrennt.

»Da war wohl jemand neugierig«, murmelte Büttner, der neben Lena getreten war.

Lena reichte ihm ein Paar Latexhandschuhe und zog sich selbst welche über, bevor sie die Toilette betrat. Sie ließ Büttner den Vortritt, da er den Tatort bereits kannte.

Mit der Hand an der Waffe ging sie hinter ihm her. Im Toilettenbereich blieb er plötzlich stehen und zeigte mit der

Hand auf den Boden. Lena trat zu ihm. Neben der Toilette lag ein Strauß mit zehn roten künstlichen Mohnblumen. Vier der Stängel waren abgeknickt.

Fünf

»Sie wirken so nachdenklich«, bemerkte David Büttner, als sie wieder draußen im frischen Wind standen. Lena Lorenzen hatte ein Foto der künstlichen Mohnblumen gemacht und starrte nun konzentriert auf das Display ihres Smartphones.

»Helfen Sie mir auf die Sprünge«, fuhr Büttner fort. »In Sankt Peter-Ording sind keine Blumen gefunden worden, oder habe ich da etwas überlesen?«

»Das haben Sie richtig in Erinnerung, Kollege. Trotzdem halte ich das für ein deutliches Zeichen, dass wir es mit ein und demselben Täter zu tun haben.«

»Sie meinen, vier Tote für die abgeknickten Blüten, sechs noch ausstehende Morde?«

»Könnte zumindest sein! Mohnblumen stehen für Drogen, Tod und Trauer.« Sie schaute auf und sah ihrem Kollegen direkt in die Augen. »Wenn es so ist, haben wir ein Problem.«

»In diesem Fall dürften das Problem zunächst einmal die sechs weiteren potenziellen Mordopfer haben«, erwiderte Büttner. »Allerdings bin ich von dieser Theorie noch nicht überzeugt. Wir sollten jetzt … Oh, verflucht!«

Sie waren aus dem Windschatten der Dünen auf die Strandpromenade getreten. Der Sturm raubte ihm für einen Moment den Atem. Rasch drehte er sich aus der Windrichtung und schnappte nach Luft. Lena Lorenzen erging es ähnlich. Das Grollen der aufgepeitschten Nordsee im Rücken, stemmten sie sich gegen den Wind und schlugen den Weg zurück zur Ortschaft ein.

»Na, das kann nachher ja heiter werden auf der Fähre«, knurrte Büttner, woraufhin neben ihm das dunkle Lachen von Ralf Ollmers erklang. Er schaute den Ermittler belustigt an. »Welche Fähre denn, Herr Kommissar?« Er machte eine raumgreifende Bewegung. »Habe gerade Nachricht bekommen, dass der Fährverkehr bis auf Weiteres eingestellt ist. Kein Wasser, verstehen Sie?«

»Nee. Versteh ich nicht.«

»Der Ostwind. Er drückt das Wasser aus der Fahrrinne. Da geht dann nichts mehr.«

Büttner stieß einen Fluch aus. »Und was heißt *bis auf Weiteres*?«

Ollmers kratzte sich am Kinn. »Nun ja, das heißt wohl, dass es so lange dauert, wie es dauert. Ich hoffe, Sie haben Ihre Zahnbürste dabei.«

»Sehr witzig.« Büttner verzog säuerlich das Gesicht, als sich auch Lena Lorenzen ein Schmunzeln nicht verkneifen konnte.

Der Inselpolizist deutete in Richtung der Einkaufsstraße, die keine hundert Meter vor ihnen lag. »Da gibt es jede Menge Zahnbürsten und alles, was man sonst noch so braucht. Ich wünsche viel Spaß beim Shoppen.«

»Können Sie uns eine Unterkunft empfehlen?«, wandte sich Lena Lorenzen den pragmatischen Fragen zu, während Büttner noch mit seinem Schicksal haderte und plötzlich eine unbändige Lust auf einen Schokoriegel verspürte, seine altbewährte Nahrung zur Stressbewältigung.

»Pension Strandblick«, antwortete Ollmers und erläuterte den Weg dorthin. »Können Sie gar nicht verfehlen. Wird von meiner Cousine betrieben. Wird Ihnen gefallen.«

Büttner, der davon überzeugt war, dass ihm am heutigen Tag ganz gewiss gar nichts mehr gefallen würde, kam lieber wieder auf den Fall zu sprechen: »Hatten Sie schon Gelegenheit, mit der Freundin zu sprechen, bei der die Opfer hier auf Juist untergekommen waren?«

Ollmers nickte. »Jo. Mareike weiß Bescheid. Muss aber bis nachmittags arbeiten. Sie finden sie im Café Lütje. Ist völlig fertig, das Mädchen. Wegen Nele und Torben. Hat aber von ihrem Chef nicht freigekriegt deswegen. Ist so 'n Zugereister.«

»Und wo finden wir das Café Lütje?«, fragte Büttner, der keine Lust auf die leidige Diskussion um die vermeintlichen Charakterschwächen von Zugereisten verspürte, dafür aber umso mehr auf ein Stück Buttercremetorte.

»Einfach Richtung Fährhafen laufen. Dann sehen Sie es schon.«

»Okay. Dann bis später.« Lena Lorenzen schien das alles zu lange zu dauern, denn sie trat ohne Verzögerung den Weg in die angegebene Richtung an. An das gemächliche Tempo der Ostfriesen würde sie sich wohl noch gewöhnen müssen.

»Kein Grund, sich abzuhetzen«, knurrte Büttner. »Wenn wir nicht von der Insel wegkommen, gilt das auch für jeden anderen. Auch für unseren Täter.«

»Sie glauben, dass sich der Täter noch auf der Insel aufhält?«, fragte Ollmers.

»Ich weiß es nicht, gehe jedoch davon aus, da er die Mohnblumen noch nach dem Auffinden der Leichen am Tatort deponiert hat. Doch selbst wenn er die Insel verlassen hat, ist das noch lange kein Grund zur Eile. Denn wir sitzen hier fest. Sollte sich die Theorie des Serienmörders erhärten, dann müssten sich sowieso unsere Kollegen auf dem Festland um ihn kümmern. Da allerdings zwischen dem Mord in Sankt Peter-Ording und dem auf Juist viel Zeit vergangen ist, gehe ich nicht davon aus, dass der Mörder kurzfristig wieder zuschlagen würde.« Er runzelte die Stirn, als ihm ein Gedanke kam. »Wir könnten zurück aufs Festland fliegen.«

Prompt schüttelte der Inselpolizist den Kopf und deutete zum Himmel hinauf. »Nee«, sagte er knapp. »Flugverkehr ist auch eingestellt. Müssen uns wohl auf einen Orkan einstellen. Ich bring dann mal den Bus wieder weg.« Mit diesen Worten hob er die Hand zum Gruß an die Schläfe, dann stieg er in den Wagen und überließ die beiden Kommissare sich selbst.

Büttner beeilte sich, hinter seiner Kollegin herzugehen, die sich schnellen Schrittes schon ein gutes Stück von ihm fortbewegt hatte. Er fragte sich, warum sie ständig den Eindruck erwecken musste, als sei sie auf der Flucht. Wenn sich diese Mareike zum Arbeiten im Café aufhielt, dann würde es auf fünf Minuten früher oder später auch nicht ankommen. Als ihm jetzt aber eine heftige Windböe unter die aufgeknöpfte Jacke fuhr und er für einen kurzen Moment das Gefühl hatte, sie würde ihn von den Füßen reißen, legte er doch lieber einen Gang zu. Eine Tasse Kaffee und ein Stück Torte schienen ihm die bessere Alternative zu sein, als auf dieser vermaledeiten Insel das Opfer einer Extremwetterlage zu werden.

Kaum dass sie ihre Jacken an die Garderobe gehängt hatten, richtete Lena Lorenzen ihre zerzausten Haare, dann steuerte sie auf die erstbeste Kellnerin zu. Die Kommissarin zog ihren Dienstausweis aus der Tasche und sagte, während sie auf ihren Kollegen deutete: »Lorenzen, LKA Kiel, und mein Kollege Büttner, Kriminalpolizei Emden. Wir sind auf der Suche nach Mareike Behrens.«

David Büttner nickte den beiden kurz zu, dann konzentrierte er sich auf die Kuchenauslage. Sollte die Lorenzen ruhig geschäftig tun, er selbst musste jetzt erst einmal sehen, dass er ein wenig Nervennahrung bekam. Als ihn die Bedienung hinter dem Tresen fragend ansah, orderte er einen Cappuccino und ein Stück Buttercremetorte.

»Meine Kollegin wäre auch zu Ihnen an den Tisch gekommen, um die Bestellung aufzunehmen«, meinte die Frau mittleren Alters, die ihr blondiertes Haar zu einem Pferdeschwanz zusammengebunden hatte. Sie deutete auf die Plätze am Fenster. »Setzen Sie sich doch, wir bringen Ihnen gleich alles. Vielleicht möchte Ihre Frau auch etwas bestellen?«

Für einen kurzen Moment war Büttner irritiert. Wovon sprach sie? Dann jedoch ging ihm auf, dass sie seine Kollegin meinte. Die stand inzwischen vor einer jungen Frau und sprach mit ihr. Vermutlich diese Mareike, nach der sie gesucht hatten.

»Ja, danke«, erwiderte er, ohne das Missverständnis aufzuklären. Er gesellte sich zu den beiden Frauen und hörte seine Kollegin sagen: »Wir müssen dringend mit Ihnen sprechen. Gibt es hier einen ruhigen Ort, an dem wir uns unterhalten können?«

»Moin«, sagte Büttner und nickte der jungen, etwas pummeligen Frau zu. Sie sah ziemlich mitgenommen aus, wie er jetzt feststellte. Das rundliche Gesicht zeigte hektische Flecken, die Augen waren geschwollen, ihre blonden Haare klebten strähnig am Kopf. Ihr Chef konnte wirklich kein sehr netter Mensch sein, wenn er sie in diesem Zustand zum Arbeiten nötigte. Zumal das Café bis auf vier weitere Gäste leer war. Und bei diesem Wetter war kaum anzunehmen, dass sich daran in den nächsten Stunden etwas ändern würde. »Im Sitzen spricht es sich besser«, sagte er und deutete auf einen Tisch am Fenster.

»Das … Das geht nicht«, stammelte die junge Frau. »Mein Chef erlaubt nicht …«

»Ich nehme es auf meine Kappe«, erwiderte Büttner und forderte Mareike mit einer Geste auf, ihm zu folgen.

Kaum dass sie Platz genommen hatten, brachte die Frau vom Tresen Büttners Cappuccino und ein mächtiges Stück Torte an den Tisch.

»Möchten Sie auch etwas trinken?«, fragte Büttner Mareike Behrens, die aussah, als könnte sie eine Stärkung gebrauchen. Wie ein Häufchen Elend saß sie da, den Kopf zwischen die Schultern gezogen, als wollte sie sich verstecken.

»Nein, mein Chef …«

»Vergessen Sie mal für einen Moment Ihren Chef. Kaffee? Kakao? Tee? Ein Stück Kuchen vielleicht?«

»Ein … Ein Cappuccino wäre schön«, kam es zögerlich zurück. Ihre Finger trommelten nun unruhig auf dem Tisch herum.

»Für mich einen Milchkaffee«, meldete sich Lena Lorenzen zu Wort und wandte sich, nachdem die Servicekraft gegangen war, an Mareike Behrens: »Haben Sie mitbekommen, dass Nele und Torben in der Nacht, in der sie starben, das Haus verlassen haben?«

»Nein. Ich habe nichts gehört oder gesehen.«

»Kam es öfter vor, dass die beiden nachts unterwegs waren?«, fragte Büttner, der sich überhaupt nicht vorstellen konnte, was man zu nächtlicher Stunde, noch dazu bei dieser Kälte, auf einer Insel wie dieser vorhaben könnte.

»Ja, das kam schon mal vor«, sagte Mareike Behrens zögerlich, fast als würde sie mit diesen Worten ein Geheimnis preisgeben.

»Und was macht man mitten in der Nacht auf Juist?«, wollte Lena Lorenzen wissen. Als Mareike Behrens nicht gleich antwortete, fügte sie hinzu: »Wie wir von der Gerichtsmedizin erfahren haben, ging es zumindest nicht um Heroin. Nele und Torben waren clean.«

Mareike Behrens zuckte bei diesen Worten sichtlich zusammen, Tränen traten in ihre Augen. »Sie … Sie haben ganz bestimmt nichts genommen«, wimmerte sie mit zitternder Stimme. »Sie hatten doch noch so viel vor.« Sie schlug die Hände vors Gesicht und fing an zu schluchzen. »Ich verstehe das alles nicht, ich verstehe es einfach nicht. Wer macht denn nur so was?«

»Das wüssten wir auch gerne«, nuschelte Büttner mit einem Stück Torte im Mund. »Was hatten die beiden denn vor?«

»Bitte?«

»Sie sagten, die beiden hätten doch noch so viel vorgehabt. Worum genau ging es dabei?«

Mareike Behrens nahm dankbar ein Papiertaschentuch entgegen, das Lena Lorenzen ihr reichte, und putzte sich die Nase. Dann sagte sie: »Na ja, sie haben ja beide studiert. Sozialwissenschaften. Sie wollten danach ein größeres Projekt aufziehen. Hier auf Juist. Davon haben sie dauernd gesprochen.«

»Projekt?« Büttner sah sie fragend an.

»Na ja, Aufklärung zu Drogen und so. Kids von der Straße holen. So was eben.«

»Wissen Sie mehr darüber?«, fragte Lena Lorenzen interessiert.

»Wenn ich das richtig verstanden habe, ist das aus so einem Projekt in ihrem Studium entstanden. Nele hat wohl davon geträumt, hier auf Juist eine Einrichtung aufzumachen, in der Drogenabhängige aus ganz Deutschland … ich weiß nicht genau, aber wohl irgendwie behandelt werden. Sie hatte so viele Ideen und so viel Energie, seit sie dieses Zeug nicht mehr nahm. Und jetzt ist sie tot.«

Die Kellnerin brachte die Getränke. Sie musterte ihre Kollegin kritisch, als diese erneut in Tränen ausbrach.

»Haben Sie Nele und Torben gekannt?«, fragte Büttner die Kellnerin.

»Wer will das wissen?«

»Wir ermitteln im Tötungsdelikt Nele Habers und Torben Althuis.« Er zeigte ihr seinen Dienstausweis.

»Ach was.« Sie blickte von einem zum anderen. »Und ich hab mich schon gewundert, warum Mareike hier plötzlich mit am Tisch sitzt. Eigentlich dürfen wir das nicht.«

»Dürften wir Ihren Namen erfahren?«, unterbrach Lena Lorenzen sie.

»Peters. Karin Peters.«

»Noch mal, Frau Peters: Haben Sie Nele und Torben gekannt?«

»Ja, sicher, hier kennt jeder jeden. Furchtbare Sache das. Aber irgendwie hat man so was ja schon kommen sehen. Also, so richtig überrascht ist hier auf Juist keiner, dass es ausgerechnet die beiden erwischt hat.« Als Mareike sie finster ansah, zuckte sie nur gleichgültig die Schultern.

»Das müssten Sie uns schon näher erklären«, meinte Lena Lorenzen.

Die Frau machte eine wegwerfende Handbewegung. »Ach nee, lassense man. In so Sachen mische ich mich lieber nicht ein, das gibt nur Ärger.« Sie beugte sich vor und legte die Hand an den Mund, dann raunte sie: »Aber fragen Sie doch mal Arne Postel. Der kann Ihnen bestimmt mehr dazu sagen.«

Dieser Satz führte dazu, dass Mareike Behrens sich ganz fürchterlich an ihrem Cappuccino verschluckte. »Du spinnst doch! Echt jetzt!«, keuchte sie.

Ihre Kollegin schob trotzig das Kinn vor. »Ich wollte es nur gesagt haben. Nicht dass alle denken, dass Nele und Torben nur Opfer sind. Die hatten es doch faustdick hinter den Ohren, die beiden. Also ich war immer froh, wenn sie nicht auf der Insel waren. Haben nur Unruhe gestiftet.«

»Wer ist dieser Arne Postel?«, fragte Büttner. »Und was genau hat er mit Nele und Torben zu tun?« Ihm entging nicht, dass Mareike Behrens ihrer älteren Kollegin einen warnenden

Blick zuwarf. Die aber ließ sich nicht beirren und sagte: »Er hat eine Bude unten am Fährhafen. Verkauft Fischbrötchen.«

»Und?«

»Nele hat ab und zu für ihn gearbeitet.« Karin Peters verzog das Gesicht zu einem spöttischen Lächeln. »Na ja, was man so arbeiten nennt.«

»Sie meinen, die beiden hatten was miteinander?«, brachte Lena Lorenzen es auf den Punkt.

»Tja, das müssen Sie ihn schon selbst fragen«, säuselte die Kellnerin. »So, und nun muss ich weiterarbeiten. Bin ja schließlich nicht zu meinem Vergnügen hier.« Sie kicherte albern, dann ging sie zu den Gästen am Nebentisch, die ihr schon mehrfach bedeutet hatten, zahlen zu wollen.

»In welchem Verhältnis stehen Sie zu Herrn Postel?« Lena Lorenzen fixierte Mareike Behrens.

»Er ist …« Sie schluckte. »Arne ist mein Freund.«

»Ihre Kollegin hatte da eine andere Theorie. Hatte Ihr Freund etwas mit Nele?«

»Natürlich nicht! Das ist doch Bullshit«, antwortete Mareike Behrens, zog allerdings ihren Kopf noch tiefer zwischen die Schultern. Sie presste die Lippen zusammen und wandte den Blick nicht vom Cappuccino, in dem sie unablässig herumrührte.

Büttner glaubte ihr kein Wort, verzichtete jedoch darauf, etwas zu erwidern. Genüsslich schob er sich den letzten Bissen seiner Buttercremetorte in den Mund. Dann fragte er: »Hatten Nele und Torben Feinde? Gibt es irgendjemanden, dem Sie zutrauen würden, sie umgebracht zu haben?«

»Nein.« Mareike Behrens hob den tränenverschleierten Blick. »Aber ich kenne ja nur die Juister. Was Nele und Torben in Hamburg getrieben haben, weiß ich nicht.« Sie seufzte. »Ich hab Nele immer gesagt, dass sie wieder zurückkommen soll, dass das Leben in der Großstadt ihr nicht guttut, nach allem, was sie da erlebt hat. Aber sie wollte davon nichts wissen. Nicht, bis das Projekt nicht steht. Das hat sie nun davon.«

Der letzte Satz hatte ziemlich verbittert geklungen und auch ein wenig trotzig.

»Also glauben Sie, dass Neles und Torbens Tod etwas mit ihrem Hamburger Umfeld zu tun hat?«, fragte er.

»Was denn wohl sonst? Hier auf Juist bringt doch keiner den anderen um.«

»Die beiden wurden aber hier getötet«, gab Büttner zu bedenken. »Nach Ihrer Theorie müsste sich ein Hamburger auf den Weg nach Juist gemacht haben, um sie umzubringen. Das klingt nicht sehr logisch, oder?«

»Das weiß ich doch nicht.« Mareike Behrens stand so ruckartig auf, dass der Tisch wackelte. »So, und jetzt muss ich mich wieder an die Arbeit machen. Danke für den Cappuccino.«

Als Mareike Behrens gegangen war, zog Lena Lorenzen kritisch die Stirn in Falten. »Das war jetzt ein sehr abrupter Stimmungsumschwung, finden Sie nicht?«

Büttner nickte. »Und so wie es aussieht, hat der etwas mit diesem Arne Postel zu tun. Ich glaube, wir sollten ihn mal an seiner Fischbude besuchen.« Nach einem Blick aus dem Fenster fügte er hinzu: »Falls wir nicht vorher vom Orkan ins Watt geweht werden.«

»Ich denke, die Gefahr besteht nicht«, erwiderte Lena Lorenzen und musterte ihn kurz mit hochgezogenen Augenbrauen.

Büttner konnte nicht behaupten, dass sie ihm mit dieser Bemerkung sympathischer wurde.

Sechs

Lena warf einen Blick zu David Büttner, der neben ihr gegen den starken Wind ankämpfte. War sie mit ihrer Anspielung auf seine Leibesfülle zu weit gegangen? Aber dieser behäbige Mann ging ihr zunehmend auf die Nerven. Sie würden sich besser absprechen müssen, um bei den Befragungen nicht ins Leere zu laufen.

Die Befragung von Mareike Behrens war aus ihrer Sicht nicht ausreichend effektiv gewesen. Sie würden sich ein zweites Mal mit ihr unterhalten müssen, aber auf gar keinen Fall durfte das wieder an ihrem Arbeitsplatz sein. Lena ärgerte sich, dass sie sich darauf eingelassen hatte.

Erst jetzt bemerkte Lena, dass Büttner zurückgefallen war. Sie hielt an und wartete auf ihn.

»Ausgesprochen nett«, murmelte er leicht säuerlich.

Sie standen jetzt im Windschatten eines Hauses und konnten einander besser verstehen.

»Welche Strategie fahren wir bei Arne Postel?«, fragte Lena so diplomatisch, wie es eben möglich war.

»Erst mal will ich hoffen, dass er überhaupt in seiner Verkaufsbude ist. Bei dem Wetter jagt man nicht mal einen Hund vor die Tür.«

»Und wenn er da ist?«

»Das wird sich zeigen.«

»Ich denke, es macht keinen Sinn, Postel an seinem Stand zu überfallen. Wir sollten ihn zur Polizeistation bitten und dort in Ruhe befragen.«

»Seh'n wir mal«, murmelte Büttner und zeigte auf den Weg, bevor er seinen Mantelkragen hochschlug, um gegen den Wind anzukämpfen. Lena rollte mit den Augen und lief hinterher.

Schon von Weitem sahen sie, dass der Fischbrötchenstand geschlossen war. Zur Sicherheit klopfte Lena an die Tür und drückte den Türgriff herunter.

»Nun haben Sie ja Ihren Willen«, brummte Büttner.

Lena griff nach ihrem Handy und wählte die Nummer des Inselpolizisten. Als er sich meldete, bat sie ihn, Arne Postel zu suchen und für eine Befragung zur Polizeistation zu bringen. Ralf Ollmers versprach, sich sofort auf den Weg zu machen und Lena zu informieren, sobald er mit Postel zurück sei.

Büttner schien von der Entwicklung nicht begeistert zu sein, schwieg aber.

»Sie sprachen von zwei weiteren Namen, die Neles Vater erwähnt hat«, sagte Lena.

Büttner zog einen Zettel aus der Hosentasche. »Rosa Liebetrau, eine Freundin der Familie.« Er nannte eine Straße, die Lena sogleich in ihr Smartphone eintippte. Nach einem kurzen Blick auf die Karte zeigte sie Richtung Dorf. »Ein knapper Kilometer. Kommen Sie?«

Vor dem Haus von Rosa Liebetrau stand ein Schild mit der Aufschrift *Ferienwohnung frei*. Das eineinhalbstöckige Gebäude war ein typisches Inselhaus aus rotem Backstein mit einem Vorgarten, in dem im Sommer vermutlich zahlreiche Stauden blühten. Neben der grün angestrichenen Holztür stand eine weiße Bank. Büttner drückte die Klingel, wenige Sekunden später öffnete eine Frau um die sechzig, kurzes Haar, freundliches Gesicht.

»Moin, Moin! Interessieren Sie sich für die Ferienwohnung?«

Büttner zog seinen Ausweis aus der Tasche und stellte Lena und sich vor. Die Frau nickte und trat zur Seite.

»Darf ich Ihnen eine Tasse Tee anbieten?«, fragte sie und bat die beiden Kommissare in die große Wohnküche, in der noch ein alter ostfriesischer Küchenherd stand, der offenbar nicht mehr genutzt wurde. Sie stellte Wasser auf und deckte den Tisch. Lena und Büttner nahmen Platz und warteten, bis Rosa Liebetrau mit der Teekanne zu ihnen kam.

»Neles Vater hat uns Ihre Adresse gegeben«, begann Lena. »Er sagte uns, dass Sie seit Langem mit der Familie befreundet sind.«

»Ja, das stimmt. Ich kannte Nele schon als kleines Kind. Ihre Eltern sind auf die Insel gekommen, da muss sie …«, Rosa Liebetrau schien im Kopf nachzurechnen, »… drei gewesen sein. Ein wirklich liebes Mädchen.«

»Sie ist hier auch zur Schule gegangen?«, fragte Büttner.

»Ja, wir haben hier eine Grundschule und … heute heißt es ja Oberschule. Man kann hier einen Realschulabschluss machen. Für das Abitur müssen die Kinder aber aufs Festland ziehen.« Sie hielt kurz inne und sah gedankenversunken aus dem Fenster. »Hannah und Joachim, die Eltern von Nele, hatten eigentlich schon nach der Grundschulzeit vor, Juist zu verlassen, aber Nele wollte hierbleiben.« Sie seufzte. »Vielleicht wären sie besser aufs Festland gezogen.«

»Wie meinen Sie das?«, fragte Büttner, der bereits die zweite Tasse Tee trank. Ihm schien die Kälte draußen zugesetzt zu haben.

»Alle Kinder werden irgendwann größer. In der Pubertät wollen sie vor allem mit ihresgleichen zusammen sein. Auf so einer kleinen Insel wie Juist ist die Auswahl an Gleichaltrigen natürlich begrenzt. Erst in den Sommermonaten, wenn die Gäste kommen …« Sie seufzte wieder. »Nele ist an die Falschen geraten und mit diesem schrecklichen Gift in Berührung gekommen. Nach ein paar Wochen waren ihre feinen neuen Freunde wieder verschwunden und Nele hat sich der nächsten Gruppe angeschlossen. Sie müssen wissen, dass mein kleines Mädchen eine ganz Hübsche war. Ich sehe jetzt noch ihre langen blonden Haare vor mir, dieses Lächeln, das sich übers ganze Gesicht ausbreitete. Sie brauchte keine Schminke und dieses ganze Zeug. Sie war so ein wunderschönes Geschöpf.«

»Nele geriet also in die falschen Kreise«, fasste Lena zusammen. »Hat sie zu der Zeit auch Torben Althuis kennengelernt?«

»Nein, das war etwas später, der vorletzte Sommer, bevor sie und ihre Eltern aufs Festland gezogen sind. Torben hat in der Surfschule gearbeitet. Er ist ja zwei Jahre älter als sie und hat sich in den Sommerferien etwas Geld dazuverdient.«

»Hat er damals auch Drogen genommen?«, fragte Büttner.

»Das kann ich Ihnen nicht sagen. Aber ich weiß, dass Nele sehr gelitten hat, als die Saison vorbei war und Torben wieder gefahren ist. Ich dachte ja damals, sie wird ihn schon vergessen, aber nein, beide waren so ineinander verliebt … Torben ist so oft es ging nach Juist gekommen. Wenn meine Ferienwohnung frei war, habe ich ihn auch bei mir schlafen lassen.«

Lena bemerkte, dass Büttner unruhig wurde. Hatte er sich mehr von der Befragung versprochen? Für Lena waren es interessante Hintergrundinformationen aus erster Quelle. Vielleicht stellte sich im Laufe der Ermittlungen heraus, dass sie nicht wichtig waren, aber das konnte man in dieser frühen Phase noch nicht beurteilen.

»Die Eltern haben die Insel verlassen, weil Nele ihr Abitur machen sollte?«, fragte Lena weiter.

Büttner räusperte sich. »Darf ich mal Ihre Toilette benutzen?«

Frau Liebetrau stand auf und erklärte ihm den Weg.

»Setzen Sie sich doch wieder«, bat Lena sie.

Sie sah der Frau an, wie sehr das Gespräch ihr bisher schon zugesetzt hatte. Vielleicht machte sie sich auch selbst Vorwürfe, sich in der vergangenen Woche nicht ausreichend um Nele gekümmert zu haben. »Wir sprachen über die Zeit, als die Familie aufs Festland gezogen ist.«

»Ja, Joachim hat ja hier als Leiter der Kurverwaltung gearbeitet. Schweren Herzens hat er sich dann auf eine Stelle in Oldenburg beworben. Da hat Nele auch ihr Abitur gemacht. Zu der Zeit waren Hannah und Joachim nicht mehr so häufig auf Juist, aber Nele ist, gerade im Sommer, so oft wie möglich hier gewesen. Ich habe aber immer Kontakt zu Hannah gehalten. Wir haben häufig telefoniert.«

»Dann wissen Sie ja sicher auch, wann Nele begonnen hat, zu harten Drogen zu greifen.«

»Das muss in Hamburg gewesen sein. Hannah und Joachim haben es erst gar nicht bemerkt. Erst als Nele mit ihrem Geld überhaupt nicht mehr ausgekommen ist, sind sie stutzig geworden und …« Eine einzelne Träne lief Rosa Liebetrau über die Wange. Sie wischte sie mit dem Handrücken aus dem Gesicht. »Hannah war verzweifelt, weil Nele sich nicht helfen lassen wollte. Das war eine schlimme Zeit. Ganz schlimm!«

»Sie kennen Nele schon lange. Wir wissen, dass sie vor einiger Zeit einen Entzug gemacht und seitdem auch keine Drogen mehr genommen hat. Wie ging es ihr, nachdem sie clean war? Und ist Ihnen in den letzten Wochen und Monaten etwas Besonderes aufgefallen?«

»Nele hat mir nicht nur einmal gesagt, wie froh sie ist, von dem Zeug weggekommen zu sein. Sie wollte nie wieder etwas damit zu tun haben.« Frau Liebetrau seufzte. »Nele war nicht so selbstsicher, wie sie sich immer gegeben hat. Tief in ihrem Inneren war sie ängstlich und suchte einen festen Halt. Das war bei ihr schon als Kind so und hat sich auch später nicht geändert. Das ist meine Meinung.«

»Und in der letzten Zeit? Haben Sie da eine Veränderung festgestellt?«

»Das ist schwer zu sagen, wenn man einen Menschen nur hin und wieder trifft. Sie hat sich sehr auf ihr Projekt, wie sie es immer genannt hat, gestürzt. Ich habe es mit einem weinenden und einem lachenden Auge verfolgt.«

»Warum?«, fragte Lena nach.

»Wenn Nele etwas erreichen wollte, hat sie alles dafür gegeben. Sie hatte dann keine Distanz mehr zu der Sache. Verstehen Sie, was ich damit meine?«

»Ja, ich glaube schon. Nele war hundertprozentig bei der Sache.«

Frau Liebetrau nickte. »Vielleicht sogar hundertachtzigprozentig. Mir wurde manchmal schwindelig davon, wie eifrig sie ihre Ziele verfolgt hat. Als gäbe es nichts mehr sonst im Leben. Das hat mir Angst gemacht.«

Büttner war wenige Minuten zuvor zurückgekehrt und hatte sich wieder an den Tisch gesetzt.

»Was hat Nele mit Arne Postel zu tun?«, fragte er.

Rosa Liebetraus Blick verdüsterte sich. »Das weiß ich nicht. Aber gutgetan hat er ihr noch nie, das steht schon mal fest. Der ist so ein Zugereister, der sich weiß Gott was von unserer Insel verspricht. Diese Großstadtmenschen, die ihr Leben nie auf die Reihe gekriegt haben, aber dann hier alles besser machen wollen. Ich mag den nicht.«

»Großstadt?«, hakte Büttner nach.

»Hamburg«, spuckte Rosa Liebetrau verächtlich aus. »Da studieren sie irgendeinen Unfug, den niemand braucht, und kriegen dann die große Krise. Fischbrötchenverkäufer mit Diplom! Und am Schluss setzen sie noch unseren Kindern irgendwelche Flausen in den Kopf.«

Lena räusperte sich hörbar. »Hatte Nele hier auf der Insel noch andere Freunde als Torben?«

Rosa Liebetrau schien irritiert über den erneuten Themenwechsel zu sein. »Freunde? Sie hatte viele Freunde.« Sie stutzte und schien erst jetzt die Frage zu verstehen. »Ach, Sie meinen, so richtig.« Sie legte den Kopf in den Nacken. »Ich weiß nicht unbedingt alles, was in der Zeit geschehen ist, aber ich erinnere mich, dass Enno – der ist mit ihr zur Schule gegangen – sie immer angehimmelt hat.«

»Enno?«

»Enno Eilers. Sein Vater hat den Strandkorbverleih, den Enno auch irgendwann übernehmen wird. Warum fragen Sie das?«

»Reine Routine«, meinte Lena und notierte sich den Namen, bevor sie Büttner fragend ansah. Der schüttelte leicht den Kopf und stand auf. »Vielen Dank, Frau Liebetrau. Auch für den Tee, der hat ausgezeichnet geschmeckt.«

Ein Lächeln huschte über ihr Gesicht. »Das ist meine eigene Mischung. Wenn Sie wollen, gebe ich Ihnen gerne eine kleine Probepackung mit.«

Auf dem Weg zur Polizeistation meldete sich Lenas Handy. Sie warf einen Blick aufs Display. Ralf Ollmers hatte ihr eine kurze Nachricht geschickt: *Er ist da!*

»Unser Mann wartet auf uns«, sagte Lena mit Blick auf ihren Emder Kollegen.

Büttner murmelte etwas Unverständliches, während Lena bereits Johanns Nummer gewählt hatte. Sie bat ihn, sich in Sankt Peter-Ording nach Torben Althuis und einer möglichen Arbeit bei Surfschulen zu erkundigen.

»Ganz schön windig bei euch«, kommentierte Johann die lauten Nebengeräusche.

»Wir stecken hier auf der Insel fest. Geh mal von zwei oder drei Tagen aus«, erklärte sie ihm.

»Ich gebe es weiter. Und sonst?«

»Alles wunderbar«, antwortete sie.

Johann verstand den Wink und verabschiedete sich. Inzwischen standen sie vor dem Haus, in dem die Polizeistation untergebracht war. Dieses Mal ließ Lena ihrem Kollegen nicht den Vortritt, öffnete die Tür und trat über einen kleinen Flur in den Amtsraum des Inselkollegen, der hinter seinem Schreibtisch saß und etwas in die Tastatur tippte. Am Fenster stand ein etwa ein Meter neunzig großer Mann mit rotem Haarschopf und wettergegerbtem Gesicht, dunkler Cordhose und wetterfester Jacke. Auch wenn Arne Postel auf den ersten Blick wie ein Fischer aussah, kam für Lena kein Zweifel auf, dass er es nicht war. Seine Bewegungen, als er auf die beiden Kommissare zukam, waren nicht die eines Seemanns, seine hellwachen Augen, die lauernd zwischen Büttner und Lena hin und her gingen, und die akzentuierte Stimme machten die Zuordnung leicht.

»Erklären Sie mir mal bitte, was das hier soll?«, fuhr er Lena an, die ihm am nächsten stand. »Das ist staatlich legitimierte Willkür.«

»Lorenzen, LKA Kiel, und das ist mein Kollege Büttner von der Kriminalpolizei Emden. Ich würde vorschlagen, wir setzen uns erst mal, Herr Postel.«

Widerwillig kam der Mann ihrer Aufforderung nach und wollte die Ausweise der Kommissare sehen. Lena lächelte ihn souverän an und hielt ihm kurz ihren Ausweis vor die Nase.

»Zunächst möchte ich mich bei Ihnen bedanken, dass Sie unserer Bitte um ein Gespräch so schnell nachgekommen sind«, begann Lena. »Wir ermitteln zu den Todesfällen Nele Habers und Torben Althuis. Sie kannten die beiden Personen?«

»Ja.«

»Wo haben Sie sich kennengelernt?«

»Muss ich das beantworten?«

»Nein«, sagte Lena wahrheitsgetreu. »Sie sind nicht dazu verpflichtet.«

»Allerdings wirft das nicht gerade ein gutes Licht auf Sie«, fügte Büttner sichtbar genervt hinzu. »Ihre Entscheidung.«

Arne Postel zögerte kurz und sah Lena wütend an. »Fragen Sie schon.«

Lena lächelte. »Das habe ich bereits. Aber gut: Wo haben Sie die beiden Personen kennengelernt?«

»In Hamburg.«

»An der Universität?«

»Ja.«

Lena seufzte innerlich. Arne Postel würde nicht so ohne Weiteres auf ihre Fragen antworten, und ein einfaches *Ja* oder *Nein* brachte sie im Moment nicht weiter.

Lena stand auf. »Entschuldigen Sie mich für einen Augenblick.« Sie verließ den Raum und sprach auf dem Flur leise mit Johann. Als sie zurück in die Amtsstube trat, setzte sie sich und fixierte Postel. »Ich habe soeben mit dem Staatsanwalt gesprochen. Er ist wie ich der Meinung, dass wir Sie nach Emden vorladen sollten. Dort werden Sie dann offiziell zu dem Fall verhört.«

Postel starrte sie an und schien zu überlegen, ob sie ihn lediglich einschüchtern wollte oder tatsächlich die Macht hatte, ihn nach Emden zu verfrachten. Lena hielt seinem Blick stand, schließlich knickte er ein.

»Ja, verdammt. Ich habe Nele an der Uni kennengelernt. Das kann ja wohl kaum verboten sein. Ich verstehe dieses ganze Getue nicht. Was wollen Sie eigentlich von mir?«

»Sie sind ein Zeuge, der beide Opfer gekannt hat«, sagte Büttner. »Nicht mehr und nicht weniger. Beantworten Sie uns einfach unsere Fragen und Sie sind hier schnell wieder weg.«

»Wer's glaubt«, murmelte Postel.

»Ist es Zufall, dass Sie hier auf Juist gelandet sind?«, fragte Lena weiter.

Postel atmete tief durch. »Okay«, sagte er schließlich. »Nele hat mich mal aus Hamburg hierhergeschleppt. Es hat mir gefallen. Punkt!«

»Wie eng war Ihre Beziehung zu Nele? Kurz vor ihrem Tod und vor dieser Zeit?«

»Warum fragen Sie nicht einfach direkt, ob wir miteinander gevögelt haben?«

»Haben Sie?«, mischte Büttner sich ein.

»Und wenn? Werde ich dann verhaftet?« Postel lachte kurz auf. »Damit ihr endlich aufhört, mich zu nerven: Ja, wir haben gevögelt! Das hatte aber nicht viel zu bedeuten. Nele war auf Drogen, ich war komplett down. Es hat uns beiden gutgetan. Noch Fragen, die Herrschaften?«

Büttner nickte. »Wie lange lief das zwischen Ihnen beiden?«

»Kurz und hin und wieder. Das ist lange vorbei. Nele ist …« Er schluckte. »Nele war clean und ich habe hier etwas gefunden, das mir Halt gibt.« Er hob die Hände, um die nächste Frage abzuwehren. »Ja, ich weiß, dass mich hier auf der Insel nicht alle mögen. So sind die Menschen. Egoistisch und unbarmherzig. Aber es gibt ausreichend Leute hier, mit denen ich prima klarkomme.«

»Wann waren Sie das letzte Mal in Sankt Peter-Ording?«, wechselte Lena abrupt das Thema.

»Wo bitte? Warum fragen Sie nicht gleich nach Sylt? Nein danke, kann ich da nur sagen. Nicht meine Welt.«

»Sie waren also nie dort?«

»Könnte ich sonst darüber herziehen? Ja, ich gestehe, ich war dort und sogar auf Sylt habe ich mich schon herumgetrieben. Reicht das Geständnis oder brauchen Sie es schriftlich?«

»Wie lange sind Sie jetzt schon auf Juist?«, fragte Büttner, ohne auf seine Bemerkung einzugehen.

Er ließ sich Zeit mit seiner Antwort. »Der nächste Sommer ist der zweite. Ich habe ein kleines Zimmer bei einer netten alten Dame, der ich hier und da etwas helfe. Den Stand am Hafen habe ich vom Vorgänger übernommen, dem die Arbeit zu beschwerlich wurde. Weitere Fragen?«

»Wusste Torben Althuis, dass Sie etwas mit seiner Freundin am Laufen hatten?«, fragte Lena.

Postel rollte mit den Augen. »Spießer, wo man geht und steht. Torben hat es damals nicht die Bohne interessiert. Muss ich Ihnen jetzt noch erklären, warum?«

»Nein, das müssen Sie nicht. Wo waren Sie in der Nacht von Montag auf Dienstag?«

»Oh, eine ausgesprochen clevere Frage. Wissen Sie, ich habe die Angewohnheit, im März mitten in der Nacht am Strand lange Spaziergänge zu machen. Wind und Wetter spielen für mich keine Rolle.« Er lachte über seinen eigenen Witz. »Nein, ich war natürlich zu Hause und habe geschlafen. Zeugen habe ich nicht, aber Sie können gerne meine Vermieterin fragen, ob sie etwas gehört hat. Meta Momsen. Der Dorf-Sheriff kennt den Weg.«

Nach einem kurzen Blick zu Büttner stand Lena auf. »Vielen Dank, Herr Postel. Falls wir weitere Fragen haben, melden wir uns bei Ihnen.«

Sieben

David Büttner war unzufrieden. Auch wenn er sich eingestehen musste, dass die Art, wie Lena Lorenzen an den Fall heranging, gar nicht so verkehrt war. Vor allem ließ sie sich nicht aus der Ruhe bringen, was bei einem so sperrigen Typen wie diesem Arne Postel gar nicht so einfach war. Büttner selbst war angesichts Postels widerborstigen Verhaltens kurz davor gewesen, ihn mal ordentlich in seine Schranken zu weisen. Umso besser, dass seine Kollegin ihre Emotionen vorbildlich im Griff hatte. Vielleicht waren sie doch gar kein so schlechtes Team. Insgesamt aber hatte er das Gefühl, dass sie auf der Stelle traten. Gut, sie hatten gerade erst angefangen zu ermitteln, Wunder konnte man sicherlich keine erwarten. Aber angesichts der Tatsache, dass es sich bei dem Gesuchten vermutlich um einen Serientäter handelte, der schon in Sankt Peter-Ording zugeschlagen hatte, würden sie die Ermittlungen erheblich ausweiten müssen, sobald sie die Insel verlassen konnten. Bis dahin schadete es aber nichts, sich hier auf Juist umzuschauen.

Dass jemand gegenüber der Polizei so mir nichts, dir nichts reuig seine Taten gestehen würde, war in einem solchen Fall eher unwahrscheinlich. Zumal man angesichts der Mohnblumen eventuell davon ausgehen musste, dass er das, was er vorhatte, noch nicht zu Ende gebracht hatte. Oberstes Ziel müsste dann sein, weitere Taten zu verhindern – auch wenn Büttner zu diesem Zeitpunkt keinerlei Ahnung hatte, wie das von dieser Insel aus zu bewerkstelligen sein sollte. Da müsste dann wohl eine Sonderkommission auf dem Festland gebildet werden. Es sei denn, der Täter war, genauso wie sie, auf Juist gefangen. Dann hätte diese Wetterlage wenigstens etwas Gutes. Um hier Sicherheit zu bekommen, mussten sie sich jedoch Klarheit darüber verschaffen, wie ähnlich sich dieser Fall und der in Sankt Peter-Ording tatsächlich waren.

»Mit Postel ist nicht gut Kirschen essen«, stellte er fest, als der Fischbudenbetreiber gegangen war und er nun mit seinen Kollegen Lena Lorenzen und Ollmers in dessen Dienstzimmer saß. Ollmers hatte einen Kaffee aufgebrüht, wofür Büttner ihm sehr dankbar war. Die Kälte war ihm in jede Ritze seiner Kleidung gekrochen, die für diese Wetterlage nicht angemessen war, er fror ganz erbärmlich. Der Tee, der ihnen von Rosa Liebetrau kredenzt worden war, hatte nur kurzfristig Abhilfe geschaffen. Er sehnte sich nach einer heißen Dusche, die hoffentlich dafür sorgen würde, dass ihm eine Erkältung erspart blieb. Die hätte ihm nämlich gerade noch gefehlt.

»Die Frage ist, warum er so renitent war«, erwiderte Lena Lorenzen, nachdem sie Milch in ihren Kaffee geschüttet hatte. »Wenn er wirklich mit Nele befreundet war, dann müsste es doch auch in seinem Interesse liegen, ihren Mörder zu finden. Stattdessen ist er alles andere als kooperativ.«

»Waren sie wirklich befreundet?«, wandte Büttner ein. »Ich hatte eher das Gefühl, dass er sauer auf sie war. Oder enttäuscht, weil es sich zwischen ihnen nicht so entwickelte, wie er es vielleicht gerne gehabt hätte. Auch unsere Zeugin, Rosa … ähm …« Er schnippte mit den Fingern.

»Rosa Liebetrau.«

»Ja. Auch sie schien ja nicht so ganz davon überzeugt zu sein, dass zwischen den beiden eine harmonische Beziehung bestand.«

»Arne ist ein schwieriger Mensch«, erklärte Ollmers. »Ein Choleriker. Vor allem wenn er Alkohol getrunken hat, ist er unberechenbar. Hat hier auf Juist schon zu manch unschöner Szene geführt.«

Büttner nickte. Das passte zu seiner eigenen Einschätzung von Postel.

Lena Lorenzen runzelte nachdenklich die Stirn, bevor sie sagte: »Wenn Postel tatsächlich so cholerisch ist, erscheint es mir eher unwahrscheinlich, dass er die Morde begangen hat. Dafür sind sie zu durchdacht und zu … still. Choleriker töten eher im Affekt. Vor allem töten sie blutiger.«

»Dennoch sollten wir ihn im Blick behalten«, mahnte Büttner. »Vielleicht finden wir jemanden, der mehr Einblick in die Beziehung zwischen Nele Habers und Arne Postel hat.«

»Zum Beispiel Mareike Behrens«, meinte Lena Lorenzen mit einem nicht zu überhörenden Vorwurf in der Stimme, »denn schließlich war sie mit Nele eng befreundet und ist mit Postel liiert. Kaum vorstellbar also, dass sie uns nicht mehr dazu sagen kann, als sie es bislang getan hat. Allein der Name ihres Freundes hat sie ja schon in helle Aufregung versetzt. Wir hätten an dieser Stelle gleich nachhaken müssen.«

Aha, da lag also der Hase im Pfeffer! Büttner schnaubte innerlich. Auf ihren subtilen Tadel konnte er ganz gut verzichten.

Lena Lorenzen klopfte mit der Hand auf den Tisch und stand auf. »Was mich in meiner Auffassung bestärkt, dass wir noch einmal mit ihr sprechen sollten. Zunächst einmal würde ich mir aber gerne diesen Enno anschauen, der laut Rosa Liebetrau sehr an Nele interessiert war.« Sie zog sich ihre Jacke über und nickte ihrem Emder Kollegen auffordernd zu.

Doch Büttner ließ sich nicht aus der Ruhe bringen, schließlich hatte er noch nicht einmal seinen Kaffee ausgetrunken. »Können Sie uns mehr über diesen Enno erzählen?«, fragte er an Ollmers gewandt.

Der zuckte die Schultern. »Eigentlich ein armes Würstchen«, stellte er dann fest. »Steht ziemlich unter der Knute seines Vaters, dem größten Strandkorbverleiher der Insel. Ziemlich dominant, der Alte. Was dazu geführt hat, dass seine Frau ein Verhältnis mit dem Kurdirektor angefangen hat. Ist aber schon lange her.«

»Moment mal!« Lena Lorenzen hob die Hand. »Soll das heißen, dass Ennos Mutter ein Verhältnis mit Neles Vater hat?«

»Hatte. Ist schon viele Jahre vorbei. Als Hinnerk, also Ennos Vater, Wind davon bekam, hat sie sich lieber aus dem Staub gemacht. Hat sich nie wieder auf Juist blicken lassen.«

»Sie hat ihren Sohn im Stich gelassen?« Büttner hob verwundert die Brauen.

»Kann man so sagen, ja. Einfach weg, von jetzt auf gleich.«

»Wie alt war Enno da?«

Ralf Ollmers schob die Lippe vor und wiegte den Kopf hin und her. »Lass ihn mal so zwölf, dreizehn gewesen sein. Ist nie drüber weggekommen, der Junge. Ist ein bisschen seltsam seitdem.«

»Was heißt seltsam?«, hakte Büttner nach.

Ollmers kratzte sich am Kinn. »Na ja, komisch eben. Kann ich nicht erklären. Müssen Sie sich schon selbst angucken.«

»Also keine Chance, dass Nele sich für ihn interessieren könnte«, meinte Lena Lorenzen, und es klang mehr wie eine Feststellung als eine Frage.

Ralf Ollmers legte seinen Kopf in den Nacken und lachte. »Nee, eher nicht, würde ich mal vermuten. Ist zu bedauern, der Kerl.« Er zog die Stirn in Falten. »Ach, da fällt mir ein, dass es da im letzten Sommer diese Vorfälle gegeben hat.«

»Vorfälle?« Lena Lorenzen setzte sich wieder.

»Ja. Das war, als Nele und Torben hier auf Juist waren. Sie hatten gerade den Entzug hinter sich. Es ging ihnen gut, hatte man den Eindruck. Nur hat es Enno wohl nicht in den Kram gepasst, die beiden zusammen zu sehen. Dauernd ist er ihnen hinterhergeschlichen.«

»Was genau heißt das?«, fragte Büttner.

»Dass ich ihn ein paarmal vom Baum runterpfeifen musste«, antwortete Ollmers. Seine Mundwinkel zuckten amüsiert. »Saß da vor Neles Fenster und hat gegafft.«

»Ein Spanner?«, fragte Lena Lorenzen erstaunt.

»Was genau der da wollte, weiß ich nicht. Hat er auch nichts zu gesagt. Aber komisch war das schon, dass er immer dort auftauchte, wo Nele und Torben gerade waren. Egal ob Tag oder Nacht.«

»Hat er denn sonst nichts zu tun? Arbeitet er nicht?«, wunderte sich Büttner.

»Doch. Hat natürlich ordentlich Ärger gekriegt mit seinem Alten, der sich dann um die Strandkörbe allein kümmern musste. Aber das schien Enno nicht zu interessieren. Auch nicht, dass ich ihn mehrfach verwarnt habe. Er war wie besessen in diesem Sommer.«

»Das klang bei Rosa Liebetrau irgendwie weniger dramatisch«, murmelte Lena Lorenzen.

Ollmers zuckte die Schultern. »Ob die so viel davon mitgekriegt hat, weiß ich nicht. Aber dass Enno in Nele verliebt war, das war nicht zu übersehen.«

»Ist Enno gerne mal unterwegs?«, fragte Büttner. »Hat er zum Beispiel irgendwelche Beziehungen nach Sankt Peter-Ording?« Nach allem, was sie erfahren hatten, schien bei Enno eher eine Tat aus Eifersucht vorstellbar. Was aber war dann mit den Opfern in Schleswig-Holstein? Und was hätten die Mohnblumen zu bedeuten?

»Soviel ich weiß, nicht«, meinte Ollmers. »Kann mich nicht erinnern, dass Enno die Insel für längere Zeit verlassen hätte. Ein paar Tage schon, das muss ja jeder von uns mal.«

»Also hat er auch keine Beziehungen nach Hamburg«, stellte Büttner fest.

»Zumindest ist mir das nicht bekannt.«

»Womit er als Serientäter meines Erachtens nicht infrage kommt. Zumindest nicht in diesem Fall.« Büttner schaute seine Kollegin fragend an. »Oder sehen Sie das anders?«

»Das sollten wir wohl etwas genauer überprüfen, bevor wir derartige Rückschlüsse ziehen«, widersprach sie. »Ihn jetzt einfach so außen vor zu lassen erscheint mir nicht richtig. Zumal wir die Serientätertheorie ja noch gar nicht belegen können.«

Sie sah den Inselpolizisten auffordernd an. »Wenn Sie dann bitte Enno …«, sie blätterte in ihren Notizen, »Eilers herbitten könnten.«

Ollmers griff zum Telefon. »Mal sehen, ob ich ihn zu Hause erreiche, dann muss ich wenigstens nicht in den Sturm raus.«

Der schien noch weiter zugenommen zu haben, wie Büttner feststellte, als er nun bewusst auf das Pfeifen und die unterschiedlichen Geräusche achtete, die der Sturm bei seinem nahezu ungebremsten Wüten über die Insel erzeugte.

Nichtsdestotrotz würde er sich jetzt auf den Weg zur Pension machen. Und das nicht nur wegen der heißen Dusche. Sein Handy blinkte schon seit geraumer Zeit ganz hektisch und zeigte diverse entgangene Anrufe und Textnachrichten seiner Frau an. Er würde sich endlich bei ihr melden müssen, wollte er nicht riskieren, sie für immer gegen sich aufzubringen. Schließlich war die Situation schon verfahren genug, da musste er nicht noch durch sein Schweigen zur schlechten Stimmung beitragen.

»Ja, Enno, sofort! Wir warten hier auf dich«, unterbrach Ollmers seine Gedanken.

»Ich nehme an, dass Sie mit Enno allein zurechtkommen?«, fragte Büttner, als der Inselpolizist den Hörer wieder aufgelegt hatte. Er stand auf und griff nach seiner Jacke, die über der Stuhllehne hing.

Zwischen den Augen seiner Kollegin bildete sich eine steile Falte. »Wie Sie meinen.«

»Ich werde mich jetzt mal mit meiner Dienststelle in Emden in Verbindung setzen«, antwortete Büttner. »Schließlich weiß man dort noch nicht einmal, dass ich wohl oder übel auf unabsehbare Zeit hierbleiben muss. Und auch ansonsten gibt es jede Menge zu tun.« Er sah seiner Kollegin nun direkt in die Augen. »Ohne anmaßend klingen zu wollen, Frau Kollegin, aber ich habe den Eindruck, dass Sie ganz gut in der Lage sind, eine Zeugenbefragung vorzunehmen, ohne dass ich zwingend dabei sein muss.« Er deutete auf Ollmers. »Und falls Sie bei Enno doch Verstärkung brauchen – wovon ich allerdings nicht ausgehe –, dann bleibt ja immer noch unser Kollege hier. Wir treffen uns dann am besten zum Abendessen, um uns gegenseitig auf den neuesten Stand zu bringen. Ich ruf Sie an, wenn ich so weit bin.« Seine Frau und die heiße Dusche erwähnte er lieber nicht, denn er hatte nicht den Eindruck, als würde seine Kollegin für diese Prioritätensetzung sehr viel Verständnis aufbringen.

»So machen wir's«, erwiderte Lena Lorenzen, und Büttner hatte für einen Moment den Eindruck, als sei es ihr plötzlich ganz recht, die Befragung von Eilers allein durchzuführen.

Acht

Enno Eilers zog seine gefütterte Windjacke aus und hängte sie an den Haken neben der Tür. Anschließend schaute er verlegen zwischen Ollmers und Lena hin und her.

Er war einen Kopf größer als Lena, hatte blondes Haar, das er ohne erkennbaren Schnitt trug, rote Wangen, stahlblaue Augen. Der Inselpolizist ging auf ihn zu und reichte ihm die Hand. »Die Hauptkommissarin Lorenzen möchte dir gerne ein paar Fragen stellen.«

»Geht es um Nele?«, fragte er halblaut.

»So ist es, mein Junge. Du hast sie doch gut gekannt und die Kollegen suchen jetzt nach Leuten, die ihnen etwas über sie erzählen können.«

Enno Eilers nickte, schien aber nicht so ganz mit der Erklärung zufrieden zu sein. Erst jetzt trat Lena vor und begrüßte den jungen Mann. Sie bat ihn, an dem kleinen Besprechungstisch Platz zu nehmen, und fragte, ob er etwas trinken wolle.

»Wasser wäre gut«, meinte er zurückhaltend.

Lena warf einen Blick zu ihrem Inselkollegen hinüber, der bereits auf dem Weg zur kleinen Teeküche war. Kurz darauf stellte er Enno Eilers ein Glas auf den Tisch. Lena hatte mit ihm vereinbart, dass sie allein mit Eilers sprechen wollte und er sich, nachdem der junge Mann eingetroffen war, zurückziehen würde.

»Dann will ich doch mal draußen nach dem Rechten gucken. Ist ja auch ganz schön stürmisch heute«, meinte Ollmers und zog sich bereits die Jacke an. Kurz darauf verließ er die Polizeistation.

»Sie kannten Nele Habers seit Ihrer Schulzeit?«, stellte Lena eine bewusst unverfängliche Frage.

Eilers lächelte. »Ja, wir waren in der gleichen Klasse. So viele Kinder gibt es ja nicht auf der Insel. Wir kannten uns alle untereinander, auch wenn sie jünger oder älter waren.«

»Ich bin auf Amrum aufgewachsen und weiß, was Sie meinen.«

»Kenne ich. War aber nur einmal da.«

»Amrum hat nur wenig mehr Einwohner als Juist.« Lena wartete, bis Enno Eilers einen Schluck Wasser getrunken hatte. »Wie war Nele so während Ihrer Schulzeit?«

Enno Eilers zögerte und schien verunsichert zu sein. »Ganz nett.«

»Sie mochten sie?«

Der junge Mann nickte. »Sie ist zwar nicht von der Insel gewesen, aber das merkte man gar nicht. Dieses Gequatsche von den Alten, dass wir Insulaner zusammenhalten müssen und die Zugezogenen sich erst mal bewähren sollen, das ist doch alles dummes Zeug.«

Enno Eilers schien etwas aufzutauen. Lena tastete sich vorsichtig weiter vor. »Das sehe ich genauso. Am Schluss kommt es doch darauf an, wie der Mensch tickt – und nicht, wo er geboren wurde.«

»Ja. Genau.«

»Hatte Nele schon damals, als sie hier noch zur Schule ging, Kontakt mit Drogen?«

»Nee, nee. Das war nicht so. Die Leute meinen hier immer, alles genau zu wissen, und als Nele …«, er schluckte, »… als sie dieses Zeug geraucht hat, wurde natürlich viel getratscht. Aber sie hat damals noch nicht die harten Sachen genommen. Das weiß ich genau.«

»Sie lassen sich nicht so schnell was vormachen und schauen ganz genau hin, habe ich recht?«

Enno Eilers schnaubte. »Das will ich meinen. Das waren die in Hamburg, die Nele das angetan haben.«

»Ihnen hat Nele viel bedeutet?«

Wieder ein kurzes Zögern. »Ja.«

»Finde ich gut, wenn man Freunde hat, die sich um einen kümmern.«

Enno Eilers nickte.

Lena fragte sich, ob der junge Mann den unbedarften Inseljungen nur spielte oder ob er tatsächlich so naiv war.

»Hatte Nele gute Noten in der Schule?«

»Sie war die Beste in der Klasse.«

»Hätten Sie auch gerne Abitur gemacht?«

Kurz blitzten seine Augen auf. »Das ging nicht.«

»Weil Sie den Betrieb Ihres Vaters übernehmen müssen? Oder waren Ihre Zensuren nicht gut genug?«, fragte sie sanft.

Enno Eilers ballte seine rechte Hand zur Faust, ließ aber gleich wieder locker. »So ist es wohl gewesen.« Er lächelte gezwungen. »Kann ich jetzt gehen?«

»Kollege Ollmers erzählte mir, dass Sie Nele und Torben beobachtet haben.«

»Die Insel ist klein. Da begegnet man sich schon. Ollmers redet viel Unsinn, wenn der Tag lang ist.«

»Kollege Ollmers ist Polizist. Etwas mehr Respekt sollten Sie schon haben«, rief Lena ihn zur Ordnung.

Wieder bemerkte sie das Funkeln in seinen Augen, das er aber schnell unter Kontrolle brachte. »Sagen Sie *ihm* das. Das ist hier kein Polizeistaat. Ich bin ein freier Bürger und …« Er hielt inne, als wenn ihm klar geworden wäre, dass er vorsichtiger sein müsste.

»Sie haben schon mal von Sankt Peter-Ording gehört?«

»Wer nicht?«

»Surfen Sie schon lange?«

»Was geht Sie das an?«

»Beantworten Sie doch einfach meine Frage. Surfen Sie schon lange?«

Er holte tief Luft und brummte. »Ja. Ich helfe auch manchmal aus in der Surfschule.«

»Als Surflehrer?«

»Das ist ja wohl kaum verboten, oder?« Seine Stimme hatte sich in den letzten zwei Minuten verändert. Sie war härter und klarer geworden. Lena spürte, dass sich Enno Eilers Mühe geben musste, um weiter ruhig zu antworten. Unter der Oberfläche schien es zu brodeln und seine Augen verrieten die unterdrückte Wut.

»Hin und wieder surfe ich auch. Wann waren Sie das letzte Mal in Sankt Peter-Ording?«

Enno Eilers stand auf. »Tut mir leid, aber ich muss meinen Vater unterstützen. Das Dach von unserem Schuppen hat heute Nacht etwas abbekommen.« Er nickte Lena zu und griff im Gehen nach seiner Jacke. An der Tür drehte er sich noch mal um und warf ihr einen erzwungen freundlichen Blick zu. »Tschüss dann mal!«

Lena schrieb Ollmers eine Nachricht aufs Handy und machte sich Notizen zum Gespräch, bis der Inselpolizist die Polizeistation wieder betrat. »Schietwetter!«, murmelte er und zog seine Jacke aus. »Nicht so gut gelaufen?«

Lena klappte das Notizbuch zu. »Wie kommen Sie darauf?«

»Enno stampfte eben ganz schön wütend an mir vorbei.«

»Dann hat ihm unser Gespräch wohl nicht so gut gefallen.«

Lena griff nach ihrem Handy, zögerte dann aber und verließ die Polizeistation. Der Wind peitschte ihr schmerzhaft ins Gesicht. Hier konnte sie auch nicht telefonieren. Sie machte sich auf die Suche nach einem Café, bestellte sich einen Milchkaffee und fand einen ruhigen Tisch. Johann ging sofort ran.

»Kommt ihr weiter?«, war seine erste Frage.

»Was mit Kollege Büttner ist, kann ich dir leider nicht sagen. Er hat sich bis zum Abend verabschiedet. Wichtige Telefongespräche.«

»Soso!«

»Ich habe hier zwei Personen, die eventuell etwas mit unserem Fall in Sankt Peter-Ording zu tun haben könnten.« Sie gab ihm einen kurzen Bericht von den Ereignissen, nannte ihm die Namen und Adressen von Eilers und Postel und beschrieb sie ihm. »Du musst leider nach Sankt Peter-Ording und vor Ort Erkundigungen einziehen. Mir ist schon klar, dass dort im Moment nicht viele anzutreffen sind, aber …«

»Schon gut, ich sitze schon fast im Auto. Gibt es neue Anhaltspunkte dazu, wie die beiden Fälle zusammenhängen?«

»Schwer zu sagen. Aber eines der Opfer war Surflehrer. Und Eilers hilft hier vor Ort in der Surfschule aus. Postel hat einen starken Bezug zu Hamburg. Vor allem sind die ganzen Umstände der Tat relativ identisch. Trotzdem hält Kollege Büttner nichts von der Serienmördertheorie und ich muss ihm im Moment leider recht geben. Es reicht bislang noch nicht, um definitiv von einem Serientäter ausgehen zu können. Wenn wir jetzt Alarm schlagen, brauchen wir eine länderübergreifende Soko mit reichlich Personal. Ich glaube kaum, dass die Staatsanwaltschaften das unterstützen werden.«

»Ich beneide dich nicht«, meinte Johann. »Ich habe übrigens die Surfschulen in Sankt Peter-Ording abtelefoniert. Niemand von denen kannte einen Torben Althuis.«

»Okay. Wäre ja auch zu schön gewesen, so einfach eine direkte Verbindung zwischen den beiden Fällen, in welcher Form auch immer, zu finden. Dann melde dich doch bitte, sobald du was in Erfahrung gebracht hast.« Sie verabschiedete sich.

Lena trank ihren Kaffee, bezahlte und machte sich auf den Weg zu Mareike Behrens. Um drei Uhr war ihre Schicht beendet. Sie musste also entweder schon zu Hause sein oder auf dem Weg dorthin.

Das Haus am Rande des Dorfes war klein, die Fenster brauchten dringend einen neuen Anstrich und das Dach war an mehreren Stellen mit neuen Ziegeln ausgebessert worden. Lena klingelte und wartete eine Weile, bis sie erneut auf die Klingel drückte. Erst beim dritten Mal wurde die Tür geöffnet. Mareike Behrens stand in bequemer Jogginghose und dazugehörigem Sweatshirt vor ihr.

»Sie?«, fragte die junge Frau verwundert.

»Ich habe noch ein paar Fragen. Darf ich reinkommen?«

Erst jetzt schien Mareike Behrens aufzufallen, dass es angefangen hatte zu regnen. Sie trat schnell zur Seite und schloss die Tür, als Lena in dem kleinen Flur stand.

»Geben Sie mir doch bitte Ihre Jacke. Ich hänge sie zum Trocknen auf. Die zweite Tür rechts, da können Sie sich schon setzen.«

Lena reichte ihr die Jacke und betrat die kleine Küche des Hauses. Trotz der zusammengestückelten Kücheneinrichtung sah der Raum gemütlich aus. Auf dem Tisch stand eine brennende Kerze, die angenehm nach Bienenwachs roch. An einer der Wände waren zwei Holzregale befestigt, die zum alten Küchenschrank passten, dessen Holz von der ursprünglichen Farbschicht befreit und anschließend geölt worden war. Der Küchentisch war einfach, aber praktisch, die Holzstühle waren bequemer, als sie aussahen.

»Ich habe mir gerade einen Kaffee gemacht. Möchten Sie auch eine Tasse?«, fragte Mareike Behrens und kam, nachdem Lena die Frage bejaht hatte, mit zwei Bechern zu ihr an den Tisch.

»Ich hoffe, Sie haben an Ihrem Arbeitsplatz keinen Ärger bekommen«, begann Lena das Gespräch.

»Mein Chef hat nichts bemerkt und die Kollegin hat dichtgehalten.«

»Vor einer guten halben Stunde habe ich Enno Eilers befragt. Sie kennen ihn?«

»Natürlich. Wir sind doch alle im ungefähr gleichen Alter.« Sie erstarrte für einen Moment. »Oder waren. Es ist so schrecklich, was mit Nele und Torben passiert ist. Sie haben wirklich keine Drogen mehr genommen. Im Gegenteil, sie wollten …« Mareike Behrens schluckte und schien den Tränen nahe zu sein.

Lena entschied sich, mehr preiszugeben, als es unter normalen Umständen sinnvoll war. »Davon gehen wir auch aus. Sie haben sich nicht selbst das Heroin gespritzt.«

»Sie sind also …« Mareike Behrens sprach das Wort nicht aus.

»Was genau passiert ist, müssen wir erst noch ermitteln. Und deshalb bin ich auch hier bei Ihnen. Enno Eilers hat Nele seit langer Zeit sehr ins Herz geschlossen?«

»Stimmt wohl. Enno hat nie begriffen, dass Nele ihn zwar sehr mag, aber mehr nicht ist.« Sie hielt inne. »Ihn mochte, meinte ich.«

»Mein Kollege hat mir berichtet, dass er ihr Haus beobachtet hat.«

Mareike Behrens winkte ab. »Ach, das war nur eine seiner Dummheiten.« Sie zeigte aus dem Fenster. In ungefähr dreißig Meter Entfernung standen einige mittelgroße Schwarzerlen. »Da ist Enno wohl hochgeklettert und einer unserer Nachbarn hat Ollmers gerufen. Angeblich hatte Enno ein Fernglas dabei, mit dem er extrem weit gucken kann. Wenn's ihm Spaß macht ... Warum muss Ollmers da gleich anrücken?«

»Ist das nicht mehrfach passiert?«

Mareike Behrens sah sie erstaunt an. »Davon weiß ich nichts. Hat Ollmers das gesagt?«

Lena ging nicht auf ihre Frage ein. »Es ist schon etwas merkwürdig, dass Enno Nele nach so vielen Jahren immer noch nachtrauert.«

»Das war im letzten Sommer und ich habe ihn auch zur Rede gestellt. Er meinte, dass er sich Sorgen macht, dass Nele wieder rückfällig wird. So ganz unrecht hatte er damit ja auch nicht.«

Lena kannte die Zahlen. Ein übergroßer Teil der Drogenabhängigen wurde im ersten Jahr nach der Therapie rückfällig. Wichtig waren hier die Umgebung und feste Bezugspersonen, eine berufliche Perspektive und eine gefestigte Persönlichkeit.

»Hatten Sie auch Angst, dass Nele oder auch Torben wieder rückfällig werden?«, fragte Lena weiter.

»Am Anfang sicher, das hatten wir alle, vor allem Neles Eltern. Aber inzwischen, nein, jetzt nicht mehr. Natürlich bin ich keine Expertin, aber ich glaube, die beiden haben sich gegenseitig so viel Kraft gegeben, dass sie auf einem guten Weg waren.«

»Sie kannten Torben sicher auch gut. Erzählen Sie mir etwas über ihn.«

»Torben. Er hat Nele abgöttisch geliebt. Sie haben sich ja hier auf Juist kennengelernt und anfangs ... Eine Sommerliebe, habe ich gedacht. Aber da lag ich wohl falsch. Nicht dass immer alles rosig bei den beiden ausgesehen hätte. Sie haben sich auch mal getrennt und hin und wieder flogen die Fetzen. Und während der schlimmen Zeit, als Nele ...« Sie atmete schwer. »Ich bin mir nicht mal sicher, dass Nele ihn nicht in den ganzen Drogensumpf mit reingezogen hat. Aber das war alles in Hamburg.«

Mareike schien froh zu sein, über Torben reden zu können. Es schien ihr leichter zu fallen, etwas über ihn zu erzählen als über Nele.

»Ich glaube, Torben hatte immer schon Angst um Nele, Angst, ihr nicht helfen zu können, Angst, sie zu verlieren. Er war ein wirklich lieber Mensch. Ich fürchte nur, er war Nele nicht immer gewachsen. Wenn sie richtig aufdrehte, war sie kaum noch zu bremsen. Und wenn sie sich etwas in den Kopf gesetzt hatte, schon gar nicht mehr. Das hat Torben wohl manchmal in den Wahnsinn getrieben.«

»Er war abhängig von Nele?«

»Wenn Sie das so ausdrücken wollen. Ja, so war es wohl. Ich will aber auch nicht schlecht über Nele sprechen. Gerade nach der Therapie hat sie sich unglaublich um Torben gekümmert. Ihm fiel es wohl schwerer, von dem Zeug loszukommen. Nele hat ihn abgeschirmt, regelrecht beschützt. Und ihn dann mitgezogen. Sie wissen schon, dieses Projekt, das sie hier auf Juist aufziehen wollte. Ein bisschen hatte ich den Eindruck, als wenn sie es auch für ihn gemacht hat.«

Lena hatte sich Notizen gemacht. Jede Befragung offenbarte neue Aspekte von Neles Persönlichkeit. Wenn Mareikes Aussagen zutrafen, wäre Nele die treibende Kraft in der Beziehung gewesen.

»Noch einmal zu Enno Eilers«, fuhr Lena fort. »Sie wissen nicht zufällig, ob er ein guter Schüler war?«

»Ich glaube … aber genau erinnere ich mich nicht. Wollte er nicht auch Abitur machen und sein Vater hat ihn unter Druck gesetzt? Da müssen Sie jemand anders fragen.«

Lena nickte. »Das werde ich tun. Ihnen scheint Enno keine Angst zu machen?«

»Angst? Warum? Enno ist manchmal etwas komisch, aber ein liebenswerter Mensch. Wir sehen uns häufig und machen auch manchmal was zusammen.« Mareikes Stimme war weich und etwas leiser geworden. Sie schien durchaus Sympathie für den jungen Mann zu haben.

»Sie beide waren aber nie ein Paar?«

Mareike lachte. »Nein, ich mag ihn, ja, aber mehr ist da nie gewesen.« Sie wurde plötzlich ernst. »Und Nele hat ihn auch gemocht.«

»Und Torben?«

Mareike seufzte. »Die beiden kannten sich von der Surfschule hier auf Juist. Nein, ich würde mal sagen, die beiden waren keine Freunde. Aber auch keine … wie soll ich das jetzt sagen, keine Feinde. Ein bisschen Eifersucht war da wohl im Spiel. Aber Torben war niemandem lange böse und bei Enno musste er sich sowieso keine Sorgen machen. Nele war so was von treu.«

Lena hatte bemerkt, dass Mareike Behrens kurz gezögert hatte.

»Das war aber nicht immer so, oder?«

»Die Drogen zerstören einen Menschen und am Schluss wird man zu einem völlig anderen Wesen. Und Geld kostet dieses Mistzeug auch.«

Lena hatte sie bei ihrer Antwort genau beobachtet und entschloss sich, die heikle Frage zu stellen. »Nele hat sich prostituiert?«

Mareike Behrens atmete flach und starrte geradeaus. Schließlich nickte sie kaum merkbar.

Neun

Nachdem David Büttner mit seiner Frau telefoniert und festgestellt hatte, dass es ihr ohne ihn erstaunlich gut ging und sie vor Fröhlichkeit nur so strotzte, brauchte er erst mal eine Stärkung. Natürlich freute es ihn, dass sich Susanne in Andalusien wohlfühlte, doch gab es keinen Grund, ihm das auch noch ungeschminkt unter die Nase zu reiben. Schließlich hatte er es sich nicht ausgesucht, auf dieser windumtosten Insel zu versauern. Ein bisschen Mitgefühl wäre also durchaus angebracht gewesen. Stattdessen meinte er jedoch, sogar so etwas wie Schadenfreude aus ihrem Tonfall herausgehört zu haben. Und dass sie ihn vermisste, hatte sie auch dann nicht gesagt, nachdem er es seinerseits bereits dreimal angemerkt hatte. Es war deprimierend. Ein Schokoriegel war für diesen Tiefschlag sicherlich eine angemessene Entschädigung. Nur hatte er leider keinen da.

Sosehr Büttner es auch bedauerte, musste er – nachdem er sich nach dem Telefonat eine Stunde aufs Ohr gehauen und danach geduscht hatte – zunächst einmal seinen dienstlichen Verpflichtungen nachkommen, bevor er an sein leibliches Wohl denken konnte. Also griff er nach seinem Handy und wählte die Nummer seiner Sekretärin.

»Moin, Frau Weniger. Leider werde ich wohl auf absehbare Zeit nicht mehr …«

»Ist klar, Chef«, unterbrach Frau Weniger ihn. »Ich hab es in den Nachrichten gehört. Keine Fähre, kein Flugverkehr. Sind Sie denn gut untergekommen?«

Büttner ließ seinen Blick durch das schmucklose Zimmer schweifen, das die Pensionswirtin ihm zugewiesen hatte. »Ja«, knurrte er. »Es ist warm und trocken, mehr darf man wohl nicht erwarten.«

»Na ja, wenigstens sitzen Sie nicht auf der Straße«, erwiderte Frau Weniger gewohnt pragmatisch.

»Gibt es Neuigkeiten zu unserem Fall?«, kam Büttner auf die Ermittlungen zu sprechen.

»Der abschließende Bericht der Gerichtsmedizin liegt vor. Aber warten Sie, ich verbinde Sie mit Herrn Hasenkrug.« Es klickte in der Leitung, gleich darauf meldete sich die Stimme von Büttners Assistent: »Na, Chef, schon gemütlich eingerichtet auf dem Eiland?«

»Gemütlich geht anders«, brummte Büttner. »Vor allem weil ich hier mit … Na ja, die Kollegin aus Kiel ist ein wenig speziell, wissen Sie?«

»Speziell? Inwiefern?«

Büttner machte eine wegwerfende Handbewegung, obwohl sie niemand sehen konnte. »Ist egal. Irgendwie werden wir das hier schon hinkriegen. Allerdings könnten wir ganz gut Verstärkung gebrauchen. Es gestaltet sich alles ein wenig zäh. Aber es ist, wie es ist. Frau Weniger sagt, es gibt was Neues?«

»Nicht wirklich«, dämpfte Hasenkrug seine Erwartungen. »Die Obduktion der Opfer hat genau das ergeben, was Frau Dr. Wilkens schon angenommen hatte: Sie starben an einer Überdosis Heroin. Zuvor wurden sie mit Chloroform betäubt und gefesselt, Torben Althuis ganz offensichtlich auch geschlagen, denn an seinem Körper finden sich mehrere unschöne Hämatome. Vermutlich durch Schläge bedingt, die ihm kurz vor seinem Tod zugefügt wurden. Die Obduktion hat keine

Hinweise erbracht, wie die beiden Opfer zu der öffentlichen Toilette transportiert wurden.«

»Irgendwas zu einer eventuellen Täter-DNA, die uns vielleicht weiterhelfen könnte?«

»Noch keine Ergebnisse. So schnell geht das nicht.«

»Hat sich Staatsanwalt Franzen bei Ihnen gemeldet?«

»Ja. Er hat mir mitgeteilt, dass er keinerlei öffentliches Aufsehen wünscht. Das Wort Diskretion hat er mindestens ein Dutzend Mal bemüht.«

»Nun, den Zahn werde ich ihm wohl ziehen müssen.« Büttner informierte Hasenkrug über den Verdacht, dass sie einen Serienmord noch nicht ganz ausschließen konnten, und erläuterte ihm in wenigen Sätzen die Ähnlichkeiten zu dem Fall in Sankt Peter-Ording. »Natürlich wollen auch wir keine Panik in der Öffentlichkeit schüren«, schloss er seine Erläuterungen ab. »Aber ganz sicher werden wir nichts unter den Teppich kehren, auch wenn unsere Ermittlungen womöglich kein gutes Licht auf die Nichte des Herrn Staatsanwalt werfen.«

»Irgendwas, was ich von hier aus für Sie tun kann, Chef?«

»Ja. Ich habe mir ein paar Notizen gemacht …«

»*Sie* haben sich Notizen gemacht?«, rief Sebastian Hasenkrug erstaunt.

»Was bleibt mir denn übrig, wenn Sie sich irgendwo in der Weltgeschichte herumtreiben und mich allein auf dieser dämlichen Insel verschimmeln lassen? Das waren noch Zeiten, als ich mich auf Sie verlassen konnte, Hasenkrug.«

»Na ja, so ganz allein sind Sie dann ja doch nicht. Immerhin haben Sie eine Kollegin an Ihrer Seite, deren Ruf nicht der schlechteste ist, wenn man den Gerüchten glauben darf. Auch wenn sie, wie Sie behaupten, etwas seltsam ist.«

»Wenn Sie meinen.« Büttner beschloss, nicht weiter darauf einzugehen. »Also, Hasenkrug«, kam er auf den Fall zurück, »Sie müssten für mich mal ein wenig recherchieren, und zwar zu einem gewissen Arne Postel. Er betreibt auf Juist eine Fischbude. Interessanter jedoch dürfte seine Vergangenheit in Hamburg sein. Dort ist er auch unseren Opfern begegnet. Irgendwie werde ich das Gefühl nicht los, dass er uns etwas verschweigt. Graben Sie also alles aus, was Sie über ihn finden können.«

»Wird gemacht, Chef.«

»Und dann durchleuchten Sie bitte die Familie unseres Opfers Nele Habers. Vor allem interessiert mich der Vater, Joachim Habers. Seinerzeit war er Kurdirektor auf Juist und hatte angeblich ein Verhältnis mit der Frau des Strandkorbverleihers.« Büttner blätterte in seinen Notizen. »Der heißt Hinnerk Eilers. Später ist sie auf und davon und wurde nie wieder gesehen. Muss gut zehn Jahre her sein.«

»Und inwieweit sollte das für unseren Fall interessant sein?«, fragte Hasenkrug.

»Wenn ich das wüsste, müssten Sie ja nicht mehr recherchieren«, knurrte Büttner.

»Schließen Sie Staatsanwalt Franzen in die Familie mit ein?«

»Das muss ich nicht, denn er gehört zur Familie.«

»Also soll ich auch zu ihm Recherchen anstellen?«

»Natürlich. Aber diskret. Er soll nicht ahnen, dass er bald verhaftet wird.«

»Was?«

»War ein Witz.«

»Da bin ich aber froh.« Hasenkrug klang ehrlich erleichtert. »Sonst noch was?«

»Nein, das war's fürs Erste. Melden Sie sich, sobald Sie was Interessantes herausgefunden haben.«

Büttner legte auf, wählte jedoch sogleich die Nummer des Staatsanwalts, der sich grußlos meldete: »Gibt es Neuigkeiten, Büttner?«

»Ich sitze auf der Insel fest.«

»Ich hörte davon. Dann haben Sie ja Zeit genug, um vor Ort zu ermitteln«, meinte Franzen. Kein Wort des Bedauerns. »Also? Wie ist der Stand der Dinge?«

»Wir können noch nicht gänzlich ausschließen, dass wir es mit einem Serientäter zu tun haben.« In kurzen Sätzen erläuterte Büttner die Zusammenhänge. »Daher werden Sie sicherlich verstehen, dass bestimmte Sachen nicht unter den Teppich gekehrt werden können.«

Der Staatsanwalt schnappte hörbar nach Luft. »Sie wollen mir doch wohl nicht unterstellen, dass …!«

»Aber natürlich nicht, Herr Staatsanwalt. Ich hab nur allgemein gesprochen. Aber es freut mich zu hören, dass Sie mit mir einer Meinung sind. Ich wünsche noch einen schönen Abend.« Noch ehe Arnold Franzen etwas erwidern konnte, drückte Büttner die rote Taste.

So, das war erledigt. Vermutlich war es nicht besonders schlau, sich ausgerechnet den Staatsanwalt zum Feind zu machen, aber auf solcherlei Dinge konnte Büttner keine Rücksicht nehmen. Er hatte einen Fall zu lösen, und das bevor womöglich weitere Opfer zu beklagen waren. Auf die Befindlichkeiten eines Staatsanwalts konnte er dabei nun wirklich keine Rücksicht nehmen.

Büttner überlegte, ob er vor dem Abendessen noch etwas würde ausrichten können, was sie bei den Ermittlungen voranbrachte, beschloss dann jedoch mit einem Blick auf die Uhr, sich zunächst einmal um die Besorgungen zu kümmern, die er zu tätigen hatte. Wenn er tatsächlich für mehrere Tage hier festsaß, musste er sich mit dem Nötigsten eindecken. Welche Ironie, dass bei ihm zu Hause ein komplett gepackter Koffer stand, während er hier nicht einmal über eine Zahnbürste, geschweige denn über eine saubere Unterhose verfügte.

Also griff er nach seinem Portemonnaie und machte sich auf den Weg. Fast wäre sein Vorhaben schon an der Haustür der

Pension gescheitert. Zunächst glaubte er, die Tür sei abgeschlossen, doch dann rief die Wirtin ihm zu: »Richtig kräftig drücken, Herr Kommissar! Da steht der Wind drauf. Passen Sie bloß auf, dass Sie sich nichts einklemmen, die ist nämlich ganz schön schwer. Nicht dass wir noch den Arzt rufen müssen.«

Also stemmte sich Büttner noch einmal mit seinem ganzen Körpergewicht gegen die Tür, und siehe da, sie ließ sich bei nachlassender Böe immerhin so weit öffnen, dass er sich mit eingezogenem Bauch hindurchquetschen konnte. Draußen angekommen, schlug ihm der Regen wie eine nasse Wand ins Gesicht und der heftige Wind nahm ihm den Atem. Aber er hatte ja inzwischen Erfahrung mit diesem Wetter und drehte sich so, dass sein Gesicht möglichst wenig abbekam. Was leichter gesagt als getan war, denn der Orkan schien nun aus allen Richtungen zu kommen. Um ihn herum zischte und pfiff es zum Gotterbarmen und alles, was nicht niet- und nagelfest war, flog durch die Luft oder wurde klappernd und knirschend über die gepflasterten Straßen getrieben.

So rasch es eben ging, flüchtete sich Büttner in das nächste Geschäft, das irgendwie so aussah, als würde es all das im Angebot haben, was er jetzt brauchte. Zumindest herrschte im Schaufenster ein wildes Sammelsurium aus Klamotten und Dingen des täglichen Bedarfs.

»Oh, ein Kunde«, stellte der Mann hinter dem Verkaufstresen mit einem Strahlen auf dem Gesicht fest und zeigte dabei zwei Reihen unregelmäßiger Zähne. »Damit hatte ich bei dem Schietwetter ja nun gar nicht gerechnet. Was darf's denn sein?«

Büttner zählte auf, was ihm am nötigsten erschien.

»Oh, dann haben Sie wohl Ihre Fähre nicht mehr gekriegt«, strahlte der Mann, als wäre das ein wahres Gottesgeschenk. »Tja, da dürften Sie nicht der Einzige sein.« Er zwinkerte ihm verschwörerisch zu. »Falls Sie einen Ihrer Leidensgenossen treffen, dann schicken Sie ihn doch einfach zu mir. Ich kümmere mich dann schon drum, dass es ihm an nichts fehlt.«

Nun, davon war Büttner überzeugt, als sich vor ihm auf dem Tresen in den nächsten Minuten allerhand Zeug ansammelte, das der Ladenbesitzer aus den unterschiedlichsten Regalen und Schubladen zog.

Büttner beschloss, die Zeit zu nutzen, und fragte: »Haben Sie Nele Habers und ihren Freund Torben gekannt?«

Die Miene des Mannes verdunkelte sich. »Warum wollen Sie das wissen?«

»Weil ich in diesem Fall ermittele.« Büttner zeigte ihm seinen Dienstausweis.

»Oh je. Das klingt nicht gut.«

»Was klingt nicht gut?«

»Na, wenn Sie ermitteln, dann ist Nele ja wohl doch ermordet worden. Dabei hatten wir so gehofft, dass ...« Er biss sich auf die Lippen, als er bemerkte, wie seltsam dieser Halbsatz klingen musste.

»Dass sie sich selbst eine Überdosis gesetzt hat?«, beendete Büttner den Satz für ihn.

Der Mann wedelte mit der Hand in der Luft herum. »Nein. Nein, nein. Natürlich nicht. Aber ein Mord ... Das ist ja etwas wirklich Schreckliches, nicht wahr? Und das auf unserer Insel. Das hätte ich ja im Leben nicht gedacht.«

»Haben Sie Nele gut gekannt?«

»Ach, wie man sich eben so kennt auf der Insel. Man hat sich gegrüßt, mehr war da eigentlich nicht.«

»Sie dürften in etwa so alt sein wie Neles Eltern«, stellte Büttner fest. »Hatten Sie zu denen eine engere Beziehung, als sie noch hier lebten?«

Der Mann druckste herum. Diese Frage schien ihm nicht wirklich zu behagen. »Nein«, sagte er dann. »Freunde waren wir nie. Und dann sind sie ja auch weg. Seitdem haben wir keinen Kontakt mehr.«

»Aber Sie …« Büttner stutzte, als er hinter einem Schaufenster auf der gegenüberliegenden Straßenseite zwei Personen entdeckte. Er kniff die Augen zusammen, um sie durch die regennassen Scheiben besser erkennen zu können. Ein Mann und eine Frau. Der Mann hielt ihre Arme fest umklammert und schüttelte sie. Nach einem einvernehmlichen Miteinander sah es eindeutig nicht aus. Das Interessanteste aber war, dass Büttner die beiden Personen kannte. Es waren Arne Postel und Mareike Behrens.

Zehn

Lena stand unschlüssig vor dem Haus von Mareike Behrens und entschloss sich schließlich, zuerst in der Pension einzuchecken. Die dichten Regenwolken waren weitergezogen, aber der Wind hatte spürbar zugenommen. Nach einem kurzen Blick auf die Navigationsfunktion ihres Handys lief sie auf dem kürzesten Weg zu ihrer Unterkunft, erfuhr dort, dass ihr Kollege sein Quartier bezogen hatte, aber bereits wieder unterwegs war.

Lena warf sich aufs Bett des wenig einladenden Zimmers und starrte an die Decke. Die Befragung von Enno Eilers lag ihr schwer im Magen. Der junge Mann schien bei Weitem nicht so naiv zu sein, wie er sich gab, aber dass er tatsächlich mehrere Menschen ermordet hatte, schien ihr im Moment nicht sehr wahrscheinlich, sie konnte es jedoch auch nicht ganz ausschließen. Nele Habers war ganz offensichtlich mehr für ihn gewesen als eine ehemalige Schulkameradin. Er schien einen ausgeprägten Beschützerinstinkt für sie entwickelt zu haben, der weit über jedes normale Maß hinausging. Das mochte für ihn persönlich tragisch sein und hinderte ihn vielleicht auch daran, eine normale Beziehung zu einer anderen Frau aufzunehmen, aber kriminell war es erst mal nicht. Merkwürdig war, dass der Juister Kollege von mehreren Vorfällen gesprochen hatte,

Mareike Behrens, die eng mit Nele Habers befreundet gewesen war, aber nur von einem Kenntnis hatte. Aber vielleicht wollte die junge Frau Enno Eilers in Schutz nehmen und spielte die Vorfälle runter.

Lena richtete sich im Bett auf und schnellte im nächsten Augenblick hoch, um in ihrem Zimmer ein paar Runden zu gehen.

Arne Postel hatte sich bei der Befragung nicht sehr kooperativ verhalten und sich dadurch verdächtig gemacht. Allerdings kannte Lena dieses Phänomen, wenn sie mit Zeugen sprach. Viele hatten Angst, der Polizei zu viel oder etwas Falsches zu erzählen, Angst, in den Fall hineingezogen zu werden und am Ende im Fokus der Ermittlungen zu landen. Andere Menschen hatten per se eine kritische Einstellung zur Staatsmacht und trauten der Polizei nicht. Arne Postel schien einer dieser Kandidaten zu sein.

Mareike Behrens hatte sich in der zweiten Befragung mehr geöffnet und Lena einen ersten Einblick in Nele Habers' Leben ermöglicht. Trotzdem hatte Lena während des Gesprächs das Gefühl gehabt, die junge Frau würde ihr etwas verheimlichen.

Lena griff zum Handy und wählte die Nummer der Gerichtsmedizin. Ihre Freundin Luise nahm das Gespräch sofort an und begrüßte Lena herzlich. »Johann hat mir verraten, dass du auf Juist bist. Ich persönlich bevorzuge ja eher die Sommermonate für solche Reisen, aber du …«

Lena lachte. »Jetzt hör schon auf! Meinst du, ich sitze hier gerne fest? Keine Fähre, kein Flug, und wenn ich mich richtig entsinne, kann man nicht einmal durchs Watt zum Festland gehen.«

»Du kennst dich doch aus mit dem Inselkoller und wirst das schon locker hinkriegen. Aber deshalb rufst du wahrscheinlich kaum an, oder?«

Lena seufzte. »Ich habe das Gefühl, als wenn ich in einem riesengroßen Heuhaufen nach einer nicht vorhandenen Nadel suche. Ich brauche dringend Input. Gibt es noch etwas von deiner Seite, das uns weiterbringen könnte?«

»Ehrlich gesagt habe ich vor einer halben Stunde noch einmal mit Frau Dr. Wilkens gesprochen. Sie ist auch sehr erstaunt, dass keine Fremd-DNA gefunden wurde. Allerdings hat sie Hoffnung, dass die Hautschuppen unter den Fingernägeln des Mannes verwertbar sind. Da es aber so wenig Spurenmaterial war, wird es eine Weile dauern. Also nichts, was dir im Moment weiterhilft.«

»Wir haben bisher keine Ahnung, wie das Paar in die Strandtoilette gekommen ist, und bisher auch keine Indizien dafür, dass sie mit einem Fahrzeug transportiert wurden. Sind sie vielleicht allein dorthin gelangt, unter Zwang oder weil sie sich nicht dagegen wehren konnten? Kann ich zum Beispiel mit Chloroform jemanden nur oberflächlich benebeln, sodass er oder sie noch in der Lage gewesen wäre, allein zu dem Häuschen zu gehen?«

»Denkbar. Der Weg darf aber nicht allzu lang und beschwerlich sein. Noch schwieriger ist es, zwei Personen auf einmal zu dirigieren. Das halte ich für mehr oder weniger unmöglich.«

»Bedeutet?«

»Hintereinander, ja. Aber das Versteck, wo die Opfer zuvor gefangen gehalten wurden, müsste dann nur wenige Hundert, eher unter hundert Meter von dem Fundort der Leichen entfernt liegen. Dann wäre es durchaus möglich. Selbst die Heroinspritze kann der Täter gleich gesetzt haben, nachdem er das erste Opfer in die Toilette verfrachtet hat. Und dann konnte er die nächste Person holen. Einen so geringen Unterschied in der Todeszeit können wir nicht feststellen. Aber das weißt du ja auch selbst.«

»Das hat mich doch schon weitergebracht, Luise. Danke!«

»Mein Job, schon vergessen? Melde dich, wenn du wieder da bist. Wir müssen dringend mal wieder einen Frauenabend machen.«

Lena schmunzelte. Ihre gemeinsamen Abende waren legendär. Nach einem guten Essen schauten sie sich eine alte Schnulze auf DVD an und unterhielten sich danach die halbe Nacht. Luise hatte recht. Ihr letztes Treffen war im Dezember gewesen. Sie nahm sich vor, ihre Freundin nach der Rückkehr einzuladen.

»Ich melde mich, falls ich von dieser Insel jemals wieder runterkomme.«

»Das schaffst du. Grüß mir unbekannterweise deinen neuen Kollegen.«

»Das muss ich mir noch mal gut überlegen«, antwortete Lena lachend und verabschiedete sich von ihrer Freundin.

Sie kontrollierte die Uhrzeit. Kurz vor vier, zu früh, um eine Pause einzulegen. Sie schrieb Büttner eine Nachricht und schlug vor, dass sie sich um sechs Uhr in der Pension treffen könnten. Unerwarteterweise kam die Antwort nach wenigen Sekunden. Er schrieb, dass er ein Restaurant suchen und ihr die Adresse schicken würde.

»Denkt der nur ans Essen?«, murmelte Lena und griff nach ihrer Jacke. Nach den Geräuschen zu urteilen, schien der Wind etwas abgenommen zu haben. Gute Voraussetzung, um die Umgebung der Strandtoilette zu erkunden.

Auf dem Weg begegneten ihr nur wenige Menschen. Beim Strandübergang warf sie einen kurzen Blick auf die Toilettentür. Dieses Mal war das Siegel, das Büttner am Vormittag erneuert hatte, intakt. Auf dem höchsten Punkt des Strandübergangs blieb Lena stehen. Der Wind war hier stärker und blies ihre Haare wild durcheinander. Sie schloss die Augen und atmete die salzige Luft tief ein.

Das auflaufende Wasser wurde mit hohen Wellen auf den Strand gespült. Lena liebte diese unbändigen Naturgewalten: Wasser, Himmel, Wind, als stünde die Welt kurz vor ihrem Ende. Sie fühlte sich klein, aber gleichzeitig auch geborgen. Wie häufig hatte sie sich als Kind von zu Hause weggeschlichen und war zum nahen Strand gelaufen? Er hatte sie magisch angezogen, als sei er ihr zweites Zuhause gewesen. In der ersten Zeit war ihre Mutter ihr gefolgt, bis sie sicher war, dass ihr Kind nicht in Gefahr war.

Lena lief bis hinunter an die Wassergrenze. Kurz überlegte sie, die Schuhe auszuziehen und die Hose hochzukrempeln, entschied sich aber schnell dagegen. Die Wassertemperatur würde weit unter zehn Grad liegen und auf der anderen Seite der Düne wartete Arbeit auf sie. Der Fall hatte absolute Priorität. Ewig würden sie nicht mehr auf der Insel festsitzen. Aufgrund der fehlenden zwingenden Indizien für einen Serienmord würde Lena wieder zurückbeordert werden. Von daher galt es, die Zeit zu nutzen.

Das Strandhotel Kurhaus Juist und das daneben liegende Hotel Juister Hof waren ungefähr zweihundert Meter entfernt von der öffentlichen Toilette, in der das Paar gefunden worden war. Sie verwarf den Gedanken, dass der Täter von dieser Seite zum Strand gekommen war, und konzentrierte sich auf die andere Richtung. Zuerst ging sie einige Hundert Meter parallel zum Strand, bis der Weg nach Süden abbog. Auf dem Smartphone sah sie, dass er zurück ins Dorf führte. Sie kehrte um und nahm einen kleineren Strandweg, der auf Höhe der Toilette den Hauptweg kreuzte. Das Handy verriet ihr, dass sie auch von hier aus in wenigen Minuten am Dorfrand sein würde. Langsam lief sie den Weg entlang und hielt nach rechts und links Ausschau. Als ein weiterer, noch schmalerer und unbefestigter Weg nach rechts abbog, folgte sie ihm und erreichte zwei

Lagerhallen. Die erste schien eine Halle der Gemeinde zu sein, an der hinteren hing ein kleines Schild mit der Aufschrift *Eilers' Strandkörbe*.

Lena lugte durch ein Fenster und sah einen Mann Ende fünfzig, der gerade einen Strandkorb ausbesserte. Sie klopfte laut an die Tür, öffnete sie und ging, als sich der Mann zu ihr umsah, auf ihn zu.

»Moin!«, sagte Lena freundlich lächelnd.

»Moin! Sie haben sich wohl verlaufen. Einfach den Weg zurück und dann entweder links oder rechts. Wollten Sie zum Strand?«

Der Mann war einen Kopf größer als Lena, hatte einen leichten Bauchansatz und ein rundes, wettergegerbtes Gesicht. Auf dem Kopf trug er eine dunkelblaue Pudelmütze, auch der Rest der Kleidung war dem windigen und kalten Wetter angepasst.

»Sind Sie Herr Eilers?« Als der Mann nickte, fuhr Lena fort: »Lorenzen, Kriminalpolizei.« Sie zeigte ihren Ausweis. »Darf ich Ihnen ein paar Fragen stellen?«

»Sind Sie wegen Nele hier?«

»Ja, ich untersuche den Tod von Nele Habers und Torben Althuis.«

Eilers nickte brummig.

»Sie kannten Nele?«

»Ja.«

»Sie sind sicher häufig hier am Strand. Ist Ihnen in den letzten Tagen etwas Besonderes aufgefallen?«

»Nee!«

»Arbeiten Sie auch am Abend hier?«

»Manchmal.«

»Am Montagabend?«

»Nein. Boßelverein. Drüben bei Kramers.«

Lena stöhnte innerlich auf. Der Mann schien eine harte Nuss zu sein. »Sie mochten Nele nicht so?«

»Well seggt dat dann?« Eilers fiel ins ostfriesische Platt.

»Niemand hat das gesagt. War nur mein Eindruck. War der denn so falsch?«

Eilers schnaubte. »Über Tote soll man ja nicht schlecht reden, aber die feine Dame hat sich hier genug geleistet.«

»Sie meinen ihre Drogenabhängigkeit?«

»Nicht nur das. Die hatte es faustdick hinter den Ohren.«

»Das mit den Drogen und diesen Dingen, die Sie da ansprechen, war doch schon einige Zeit her.«

»Sie müssen es ja wissen«, kommentierte Eilers trocken.

»Und Sie? Wissen Sie's besser?«

Eilers zuckte mit den Schultern. »Nicht mein Bier. Sollen sich andere drum kümmern.« Er warf ihr einen mürrischen Blick zu. »Gibt es noch was?«

Lena ignorierte seine Frage. »Ihr Sohn war Nele aber mehr zugeneigt.« Sie ahnte, dass sie sich hier auf sensiblem Terrain bewegte und es sein konnte, dass Eilers komplett dichtmachte. Aber auf dem normalen Weg schien man bei ihm nicht weiterzukommen.

»Dumm Tüch! Das ist lange her. Enno ist *mein* Sohn, der interessiert sich nicht für so eine.«

Lena schaute sich in der Halle um. »Steht die Halle hier immer offen? Oder schließen Sie ab?«

»Wer soll hier schon was klauen? Im Sommer ist ein Schloss davor, aber jetzt doch nicht.«

»Darf ich mich hier einmal umsehen?«

»Warum denn?«

»Weil ich von der Polizei bin und in einem Mordfall ermittele!«

»Nein«, sagte er. Er wandte sich ab und setzte seine Arbeit fort.

Lena verließ den Schuppen, griff zum Telefon und klingelte Büttner an, bei dem aber lediglich die Mailbox ansprang. Kurz entschlossen suchte sie die Nummer des Emder Kommissariats heraus und ließ sich mit Büttners Abteilung verbinden. Eine Frau Weniger verband sie weiter.

»Hasenkrug. Moin.«

»Lena Lorenzen. Ich kann Ihren Chef nicht erreichen und brauche dringend einen Durchsuchungsbeschluss. Können Sie mir die Nummer der Staatsanwaltschaft geben?«

»Kein Problem, ich kann Sie aber auch direkt verbinden.«

»Perfekt!«

Lena hörte es in der Leitung klicken und bat kurz darauf die Sekretärin von Staatsanwalt Arnold Franzen, sie durchzustellen.

Nachdem sie sich vorgestellt hatte, erklärte sie Franzen die Lage und bat ihn, einen richterlichen Beschluss zu beantragen, sowie um die Freigabe, den Schuppen zu schließen und zu versiegeln. Franzen zögerte kurz, fragte nach Büttner und erhielt die gleiche Antwort wie Hasenkrug.

»Okay. Die Maßnahmen erscheinen mir sinnvoll. Ich faxe den Beschluss zur Polizeistation vor Ort. In einer Stunde sollte er da sein.«

»Danke!«

Lena öffnete die Tür des Schuppens. Eilers war immer noch mit demselben Strandkorb beschäftigt.

»Es tut mir leid, aber ich muss Sie auffordern, den Schuppen zu verlassen. Ich werde ihn jetzt versiegeln. In etwa einer Stunde ist der richterliche Beschluss da. Wir werden dann den Schuppen durchsuchen und Ihnen Bescheid sagen, wann er wieder freigegeben ist.«

Eilers starrte sie wutentbrannt an. »Sind Sie irre?«

»Können wir das jetzt friedlich regeln oder muss ich erst den Kollegen Ollmers dazurufen?« Sie hielt ihr Handy hoch. »Er ist sicher in ein paar Minuten hier.«

Eilers spuckte vor Lena auf den Boden, murmelte etwas Unverständliches und verließ demonstrativ langsam den Schuppen.

Elf

»Wem gehört der Friseursalon gegenüber?«, fragte David Büttner. Noch immer hielt er seinen Blick auf das beleuchtete Schaufenster mit der Aufschrift *Birgits Haarschneiderei* gerichtet, hinter dem Arne Postel und Mareike Behrens ganz offensichtlich in Streit geraten waren. Inzwischen hatte Postel Mareike wieder losgelassen, dafür stieß nun sie ihn mehrmals mit der flachen Hand vor die Brust, was ihn ein paar Schritte rückwärtstaumeln ließ. Beide schienen außer sich vor Wut. Was alles Mögliche bedeuten konnte und nicht zwangsläufig etwas mit dem Mordfall zu tun haben musste. Dennoch interessierte es Büttner brennend, was sich da gerade zwischen den beiden abspielte.

Der Verkäufer hob kurz den Blick. »Ach, streiten die beiden schon wieder«, sagte er in einem so gleichgültigen Tonfall, als hätte er festgestellt, dass Wasser nass ist.

»Passiert das öfter?«

Der Verkäufer zuckte die Schultern. »Pack schlägt sich, Pack verträgt sich.«

Büttner runzelte die Stirn. »Sie haben es nicht so mit konkreten Antworten, oder? Also, noch mal: Wem gehört der Salon und was hat Mareike Behrens dort zu suchen?«

Der Verkäufer legte einen Viererpack Unterhosen auf den Tresen und begann, Büttners Einkäufe in einer Plastiktüte zu verstauen. »Der Salon gehört Mareikes Mutter. Heute ist geschlossen. Mareike muss bestimmt putzen.« Er machte eine Pause und seufzte. »Ich weiß ja nicht, was sie an Arne findet, aber sie ist total in diesen Kerl verschossen.«

»Und er?«

»Wer steckt da schon drin? Ich seh das wie Birgit, das ist Mareikes Mutter: Das junge Ding sollte sich lieber jemanden von der Insel suchen. Dieser Typ ist mir nicht geheuer. Ich könnte schwören, dass er nur Augen für Nele gehabt hat. Der hat Mareike doch nur benutzt, um Nele eifersüchtig zu machen.«

»Hat es funktioniert?«

»Nee. Glaub ich nicht.«

»Aber wie man hört, hatten die beiden eine sexuelle Beziehung.«

Der Verkäufer lachte auf. »Nele hatte mit vielen was am Laufen, würde ich mal sagen. Wie hätte sie sonst ihren Stoff bezahlen sollen?«

»Was genau meinen Sie damit?«

»Wonach hört es sich denn an?«

»Sie war seit einem Jahr clean«, gab Büttner zu bedenken. »Und Sie meinen, sie hat sich trotzdem noch prostituiert?«

»Woher soll ich das wissen? Das müssen Sie schon selbst rauskriegen. Wundern würde es mich jedenfalls nicht.«

Im Haus gegenüber ließ sich Mareike gerade auf einen der Frisierstühle sinken und schlug die Hände vors Gesicht. Ihr Körper bebte unter Schluchzern. Arne Postel verließ den Friseursalon, sein Gesicht war feuerrot angelaufen. Aus seinen Augen sprach die blanke Wut. Er trat auf die Straße, Büttners und sein Blick trafen sich. Für einen kurzen Augenblick stutzte

Postel, als er Büttner sah, dann jedoch reckte er abwehrend das Kinn nach oben und verschwand mit langen Schritten in Richtung Strand.

»Mareike dürfte das alles nicht gefallen haben, wenn sie in Postel verliebt ist«, stellte Büttner fest. Er war näher ans Schaufenster getreten und schaute Postel hinterher. Der aber verschwand um die nächste Ecke.

»Sie hat Nele gehasst. Das hat zumindest mal ihre Mutter so angedeutet.«

»Angeblich waren sie beste Freundinnen.«

»Bis Arne auf die Insel kam, mag das stimmen. Aber seitdem …« Der Verkäufer machte eine unbestimmte Bewegung mit der Hand. »Birgit meint ja, dass Mareike Nele nur bei sich hat wohnen lassen, um sie im Blick zu behalten.«

»Mareike selbst hatte aber nie etwas mit Drogen zu tun?«, vergewisserte sich Büttner.

»Nicht dass ich wüsste.«

»Und Postel?«

»Sollte mich nicht wundern. Es heißt ja, er kannte Nele aus Hamburg. Woher genau«, der Verkäufer schob die Unterlippe vor und zuckte die Achseln, »das weiß ich nicht. Da sagt der eine so und der andere so.«

»Gut, dann vielen Dank so weit.« Büttner bezahlte und legte seine Visitenkarte auf den Tresen. »Wenn Ihnen noch etwas einfällt, dann rufen Sie mich bitte an.« Mit einem Nicken nahm er die Tüte mit den Einkäufen und verließ das Geschäft. Wenn auch der Wind nach wie vor heftig um die Häuser pfiff, so hatte es doch wenigstens aufgehört zu regnen. Sogar ein paar Sonnenstrahlen blitzten jetzt durch die rasch dahinziehenden dunklen Wolken.

Kurz überlegte er, in den Friseursalon zu gehen, in dem Mareike immer noch zusammengekauert auf dem Stuhl saß, die Hände vors Gesicht geschlagen. Er entschied sich jedoch dagegen. Besser würde es wohl sein, über sie und ihre Beziehung zu Postel noch ein wenig mehr in Erfahrung zu bringen und sie dann mit einem hoffentlich fundierteren Wissen zu konfrontieren. Letztlich hatte sich der Verkäufer als erstaunlich auskunftsfreudig herausgestellt und Büttner hoffte, dass es vielleicht noch den einen oder anderen Insulaner gab, von dem sie mehr zu hören bekommen würden als die für Ostfriesen so typischen knappen Dreiwortsätze.

Büttner erinnerte sich an sein Versprechen, für sich und die Kollegin Lorenzen ein Restaurant zum Abendessen ausfindig zu machen. Prompt knurrte sein Magen. Er blickte die mit Pferdeäpfeln verzierte Straße rauf und runter. Sein Blick blieb an einer Pizzeria hängen und er beschloss, sich schon mal reinzusetzen, seiner Kollegin eine Nachricht zu schicken und es sich bis zu ihrer Ankunft bei einem Aperitif gut gehen zu lassen.

Lena Lorenzen sah reichlich windzerzaust aus, als sie rund eine halbe Stunde später die Pizzeria betrat. »Ich bin noch ein Stück am Strand entlanggelaufen, um meine Gedanken zu sortieren«, sagte sie, nachdem sie bei ihm am Tisch Platz genommen hatte.

»Und mit welchem Ergebnis?«

»Ich habe einen Durchsuchungsbeschluss für ein Strandkorblager.« Sie deutete in westliche Richtung. »Dort lagert Hinnerk Eilers seine Strandkörbe im Winter. Ein perfektes Zwischenlager.« Sie winkte einem Kellner und bestellte sich ein Pils. Büttner schloss sich ihr an.

»Zwischenlager wofür?«

Lena Lorenzen erläuterte Büttner, was sie von ihrer Gerichtsmedizinerin über die Wirkung von Chloroform in Erfahrung gebracht hatte. »Allzu weit kann der Weg, den unsere Opfer in benebeltem Zustand zurückgelegt haben, also nicht gewesen sein«, schloss sie ihren Bericht. »Außerdem können wir davon ausgehen, dass der Mörder nicht mit seinen Opfern gesehen werden will, sich also Orte sucht, an denen er mit ihnen ungestört ist. Die Lagerhallen liegen mitten in den Dünen, kein Haus weit und breit. Das ideale Versteck.«

Büttner zog die Stirn in Falten. »Mich interessieren vielmehr die zwischenmenschlichen Beziehungen der Juister«, sagte er. »Und die scheinen recht vielfältig zu sein. Was hat die Befragung von Onno … ähm …«

»Sie meinen Enno Eilers?«

»Ja.«

»Ich werde nicht ganz schlau aus ihm«, ließ sich Lena Lorenzen auf den Themenwechsel ein. »Vielleicht ist er ein wenig einfältig, vielleicht auch nicht. Gut möglich, dass er uns etwas vormacht. Er war regelrecht in Nele vernarrt, das steht fest. Wir sollten ihn auf jeden Fall im Auge behalten.« Sie berichtete noch von ihrem Gespräch mit Mareike, was Büttner das Stichwort lieferte.

»Sie haben Mareike zu Hause besucht?«, fragte er. »Wissen Sie, wann Sie sie wieder verlassen haben?«

»So gegen vier Uhr«, erinnerte sich Lena Lorenzen. »Warum?«

»Weil ich sie rund eine Stunde später im Friseursalon ihrer Mutter gesehen habe. Im Streit mit Arne Postel.«

Lena Lorenzen hob erstaunt die Brauen. »Mit Postel, sagen Sie? Das ist ja interessant. Sie wissen nicht zufällig, worum es dabei ging?«

»Warum sie sich gestritten haben, weiß ich nicht. Der Verkäufer von gegenüber erzählte mir jedoch, dass die beiden zwar ein Paar sind, Postel jedoch eigentlich an Nele interessiert gewesen sei. Er hatte auch eine sexuelle Beziehung zu Nele, die aber von ihrer Seite aus rein beruflich gewesen sein soll, wenn Sie verstehen, was ich meine.«

»Ja«, nickte Lena Lorenzen. »Auch Mareike hat so was angedeutet.«

»Eine ziemlich verworrene Beziehungskonstellation, so wie es aussieht.«

»Die Mareike in den Kreis der Verdächtigen rückt«, stellte Lena Lorenzen sachlich fest. »Das erklärt auch, warum sie so sauer reagiert hat, als ihre Kollegin heute Vormittag Postels Namen ins Spiel brachte.«

»Ja. Gut möglich. Mord aus Eifersucht wird ja immer wieder gerne genommen.« Büttner griff nach der Speisekarte, die er zwischenzeitlich schon mehrfach studiert hatte. Noch aber hatte er sich nicht entscheiden können, ob er heute mal Pizza aß oder doch lieber auf ein Fleischgericht setzte.

»Bliebe die Frage, ob und wie dann unsere Opfer in Sankt Peter-Ording ins Spiel kommen.«

»Ja, das müssten wir klären«, meinte Büttner. »Allerdings scheint mir Mareike nicht der Typ für einen so durchdachten und kaltblütigen Mord zu sein. Zu sensibel. Und dann auch noch Torben gleich mit umzubringen, als eine Art Kollateralschaden sozusagen … hm … ich weiß nicht. Von dem Mord in Sankt Peter-Ording mal ganz abgesehen.«

Der Kellner brachte das Bier und sie bestellten ihr Essen. Büttner entschied sich, genauso wie seine Kollegin, für eine Pizza, nachdem er am Nachbartisch gesehen hatte, wie schmackhaft diese aussah.

Büttners Telefon läutete. »Moin, Hasenkrug«, begrüßte er seinen Assistenten. »Gibt es was Neues?«

»Ich habe mich mal ein wenig mit diesem Arne Postel befasst«, antwortete er. »Ein ganz Unbekannter ist er ja nicht. Es ist zwar schon einige Jahre her, aber er wurde in Hamburg bereits ein paarmal aktenkundig. Wiederholter Verstoß gegen das Betäubungsmittelgesetz. Außerdem Körperverletzung. Er bekam vor drei Jahren eine Bewährungsstrafe aufgebrummt. Die ist aber bereits abgeleistet.«

»Sonst nichts?«

»Doch. Ich weiß nicht, ob es von Belang ist, aber er musste damals seinen Betrieb schließen.«

»Was für einen Betrieb?«

»Er hatte eine kleine Diskothek in Hamburg. Die haben sie ihm umgehend dichtgemacht, als das mit den Drogen aufflog. Die Erlaubnis, ein weiteres Gewerbe zu führen, wurde ihm entzogen.«

»Er betreibt eine Fischbude auf Juist«, stellte Büttner fest.

»Nein«, widersprach Hasenkrug. »Das mag zwar nach außen hin so dargestellt werden. Fakt ist aber, dass er lediglich angestellt ist. Der Inhaber der Fischbude ist ein gewisser Joachim Habers. Der Vater von Nele Habers also.«

»Ach was!« Büttner sah seine Kollegin bedeutungsvoll an, die fragend die Brauen hob. Wispernd wiederholte er die Informationen für sie.

Nun konnte auch Lena Lorenzen ihr Erstaunen nicht verbergen.

»Das war's erst einmal«, verkündete Hasenkrug. »An der Familie Habers bin ich noch dran. In diesem Zusammenhang werde ich auch die Sache mit der Fischbude noch ein wenig näher untersuchen. Zufall ist es bestimmt nicht, dass ausgerechnet Postel für Habers arbeitet. Wir sollten Habers mal auf den Zahn fühlen. Schönen Abend noch, Chef!« Er legte auf.

»Sag ich doch, ist alles sehr verworren«, brummte Büttner. Sein Gesicht hellte sich allerdings merklich auf, als der Kellner nun die Pizza an den Tisch brachte. Sie sah wirklich sehr appetitlich aus. Doch gerade als er den ersten Bissen zum Mund führen wollte, verkündete sein Smartphone den Eingang einer Nachricht.

»Schon wieder Hasenkrug«, seufzte er. »Er hat einen Link geschickt und druntergeschrieben: *Hat man uns gerade anonym zugeschickt. Unsere ITler arbeiten daran, die Quelle herauszufinden.*«

»Was ist es denn?«, fragte Lena Lorenzen.

Büttner tippte auf den Link. »Ach herrje«, entfuhr es ihm im nächsten Moment und er verzog gequält das Gesicht. »Na, das nenne ich ja mal eine schöne Überraschung!« Er drehte das Smartphone, sodass auch seine Kollegin den Bildschirm sehen konnte.

Lena Lorenzen machte große Augen. »Ein Foto von unseren Opfern«, stellte sie fest. »Eindeutig in der öffentlichen Toilette aufgenommen, in der sie aufgefunden wurden. Wo kommt denn das her?«, fragte sie entgeistert.

»Aus dem Internet.«

»Das – ist – mir – schon – klar. Wissen Ihre Leute schon mehr?«

»Ich gehe mal davon aus, dass unser Täter es ins Netz gestellt hat, auch wenn mir nicht ganz klar ist, was er damit bezweckt. Mit viel Glück werden unsere ITler das herausfinden.«

Lena Lorenzen schien mit dieser Auskunft nicht zufrieden zu sein. »Das dauert zu lange. Schicken Sie es mir doch bitte mal auf mein Smartphone. Ich kümmere mich drum.«

»Glauben Sie, dass Ihre ITler es besser können als unsere?«, fragte Büttner leicht angesäuert.

»Nein. Aber ich kenne jemanden, der es schneller kann als alle ITler der Behörde zusammen.«

»Ach ja? Und wen?«

»Das wollen Sie nicht wissen«, antwortete Lena Lorenzen knapp. Sie machte eine auffordernde Handbewegung. »Nun schicken Sie schon!«

»Na gut.« Büttner leitete Hasenkrugs Nachricht an seine Kollegin weiter. »Dann viel Spaß damit.«

Lena Lorenzen stand auf und ging nach draußen, wo sie im Stechschritt auf und ab lief und gestenreich auf jemanden einredete. Schließlich nickte sie und kam wieder ins Restaurant zurück. »Erledigt«, sagte sie und machte einen sichtlich zufriedenen Eindruck.

Büttner war es recht. Endlich konnte er sich in Ruhe mit seiner Pizza befassen.

Zwölf

Lena kannte Leon von einem Fall in Kiel, bei dem sie ihm mehrere Jahre Gefängnis erspart hatte. Seitdem bat sie den Hacker hier und da um einen Gefallen, den er ihr nur widerwillig erfüllte. Der Link zu dem Tatortfoto würde ihm keine große Mühe bereiten. Vermutlich würde er, noch bevor sie gegessen hatten, alle verfügbaren Informationen herausgefunden haben.

Büttner schien seine Pizza zu schmecken. Lena musste zugeben, dass auch ihre ausgesprochen schmackhaft war und selbst der Preis für eine Nordseeinsel durchaus erschwinglich war.

Als Lena ihren Teller zur Seite schob, machte sich ihr Smartphone bemerkbar. Leon hatte ihr eine Nachricht geschickt.

Da bist du doch sehr gut getroffen!

Im Anhang fand sie ein Foto, das wenige Stunden zuvor aufgenommen worden war und auf dem Lena gerade das Siegel an der Toilette kontrollierte. Sie zog scharf die Luft ein und murmelte: »Verflucht!«

Leons zweite Textnachricht brachte die Erklärung zu den Fotos.

Der Mist ist über einen russischen Anbieter ins Netz gestellt worden. Keine Chance, das zurückzuverfolgen. Das zweite Foto wurde gerade erst hochgeladen. Hast du einen Stalker? Ich habe eine Automatik eingerichtet. Falls weitere Fotos kommen, bekommst du sie automatisch als Mail zugeschickt.

Büttner, der gerade das letzte Stück Pizza in den Mund geschoben hatte, beobachtete Lena, die ihm ihr Smartphone reichte. »Das habe ich gerade von meinem Spezialisten bekommen. Das Foto ist von heute Nachmittag.«

»Haben Sie nichts bemerkt?«

Lena hatte sich bereits die gleiche Frage gestellt. Sie hatte niemanden gesehen, war aber auch nicht darauf gefasst gewesen, beobachtet zu werden. »Nein, verdammt!«

»Kann ja auch keiner ahnen. Hat Ihr Informant etwas herausbekommen?«

Sie berichtete ihm von Leons Nachricht.

»Möchte mal wissen, wofür diese Aktion gut sein soll«, sagte Büttner und schlug mit der flachen Hand auf den Tisch.

»Das werden wir herausbekommen! Auf jeden Fall ist derjenige, der mich fotografiert hat, noch auf der Insel.«

»Wir müssen wachsam sein. Gut möglich, dass der Fotograf auch der Täter ist.«

»Nicht unbedingt«, meinte Lena nachdenklich. »Es könnten zwei Täter sein oder unser Fotograf hatte den Täter im Blick und war vor uns am Tatort.« Als Büttner sie ungläubig ansah, fügte sie hinzu: »Ich weiß, das klingt unwahrscheinlich, aber wir sollten die Möglichkeit nicht außer Acht lassen.«

Büttner zuckte mit den Schultern und griff nach der Speisekarte, vermutlich, um sich ein Dessert zu bestellen. Lena wunderte sich über die offensichtlich großzügigeren

Spesenabrechnungsvorschriften in Ostfriesland und schmunzelte, als ihr Kollege ein Tiramisu bestellte.

»Sie sollten den Staatsanwalt informieren, dass sich die Fotos jetzt in Windeseile im Netz verbreiten werden.«

»Ich dachte, das ist nur ein Link. Den kennt doch keiner.«

»Im Prinzip, ja«, erklärte Lena ihrem Kollegen. »Aber solche Links werden gerne in den sozialen Medien geteilt und ich vermute, das ist bereits massenhaft geschehen.«

Büttner stöhnte. »Das soll Hasenkrug machen. Ich stecke schließlich hier auf der Insel fest.«

»Dann wäre das ja geklärt.« Sie sah sich um und kontrollierte, ob sie von anderen Gästen des Restaurants gehört werden konnten. Aus Vorsicht entschied sie sich, etwas leiser zu sprechen. »Fassen wir mal zusammen, was wir haben: zwei Fälle, die große Ähnlichkeiten aufweisen. Die Opfer haben einen fast identischen Hintergrund in der Drogenszene und waren alle vier clean. Hier wie da gibt es eine Nähe zur Surfer-Szene, die aber auch Zufall sein kann, da beide Taten an Orten in Meernähe geschahen. Die Ermittlungen in Sankt Peter-Ording sind aufgrund der widrigen Umstände, aber auch wegen fehlender Spuren im Sande verlaufen. Wir konnten nicht den geringsten Hinweis finden, dass sich Täter und Opfer gekannt haben. Deshalb stelle ich mal die These auf, dass diese Tat eine Art Ersatzhandlung war.«

Büttner zog die Augenbrauen hoch. »Tut mir leid, Frau Kollegin. Da komme ich nicht ganz mit.«

»Eigentlich ging es dem Täter die ganze Zeit um Nele und Torben. Er hatte – aus welchem Grund auch immer – eine extreme Wut auf sie. Aber er konnte oder wollte diese Wut nicht direkt an ihnen auslassen und ist, zufällig oder geplant, auf das Paar in Sankt Peter-Ording gestoßen.«

»Interessante These«, meinte Büttner.

»Aber?«

»Ich halte sie für etwas weit hergeholt. Wie sollten da die Mohnblumen hineinpassen? Auf jeden Fall sollten wir uns nicht nur auf einen Ermittlungsansatz stützen.«

»Welche These favorisieren Sie?«

Büttner wiegte seinen Kopf hin und her. »Wie gesagt, ich lege mich da ungern fest. Allerdings scheint mir die Vermutung, dass Täter und Opfer sich kannten, durchaus nahezuliegen. Waren denn im Umfeld Ihrer Opfer in Sankt Peter-Ording keine Verdächtigen zu finden?«

»Zumindest haben wir niemanden gefunden, der oder die unseren Verdacht erregt hat. Weder im Bekannten- und Freundeskreis noch in den Familien der beiden Opfer.«

»Verstehe. Das ist tatsächlich ungewöhnlich.«

Büttners Tiramisu wurde serviert. Er griff nach dem Löffel und ließ sich das Dessert schmecken. Lena nutzte die Zeit, um zur Toilette zu gehen. Als sie zurück in den Gastraum kam, hatte sich Büttner zum Abschluss des Essens eine Tasse Kaffee bestellt. Auf ihrer Seite stand ein Milchkaffee.

»Ich hoffe, das war in Ihrem Sinne«, meinte Büttner.

Lena schenkte ihm ein Lächeln. Auch wenn ihr ostfriesischer Kollege hin und wieder etwas eigen daherkam, schien er zumindest ein Gentleman der alten Schule zu sein.

Sie trank einen Schluck. »Wir sollten die Zeit nutzen, die uns noch bleibt, bis die Fähren oder Flugzeuge wieder einsatzfähig sind. Der Täter oder zumindest der Fotograf befindet sich noch hier auf der Insel. Eine Flucht ist quasi unmöglich.«

»Ja. Da hat dieses Schietwetter wenigstens etwas Gutes.«

»Also, was sind unsere nächsten Schritte?«, drängte Lena.

Büttner lehnte sich auf dem Stuhl zurück. »Nun mal langsam mit den jungen Pferden.«

Lena rollte mit den Augen. »So jung bin ich nun auch nicht mehr, Herr Hauptkommissar. Oder sind Sie so alt, dass ich auf Sie wie ein Teenager wirke?«

Büttner lachte. »Eins zu null für Sie.«

Unwillkürlich musste Lena in das herzliche Lachen des Kollegen einstimmen. »Okay! Was schlagen Sie vor?«

Büttner ließ sich Zeit, bevor er antwortete: »Da ich mir schon dachte, dass Sie nicht so früh Feierabend machen wollen, habe ich uns einen Termin bei einem früheren Lehrer von Nele gemacht. Er ist inzwischen pensioniert, lebt aber noch auf Juist.«

»Wieder so ein weichgespülter Zeuge, den Sie von Neles Vater genannt bekommen haben?«

»Warten wir's ab«, meinte Büttner und erhob sich.

Der Sturm vom Nachmittag schien nachgelassen zu haben, dafür waren aber die Temperaturen spürbar gesunken. Lena staunte, als Büttner ihr den Weg wies. Offensichtlich hatte er sich bereits danach erkundigt, um nicht ein weiteres Mal von Lenas Navigations-App abhängig zu sein.

»Ist Ihnen auch was aufgefallen?«, raunte Lena Büttner zu.

Er nickte unauffällig.

»Unser *Stalker*?« Sie malte Anführungszeichen in die Luft.

Ohne langsamer zu gehen, antwortete Büttner: »Sieht fast so aus.«

Lena blieb stehen und bückte sich, als wolle sie ihre Schnürsenkel neu binden. Büttner stoppte ebenfalls und wandte sich zu ihr um. Lässig tippelte er mit dem Fuß auf den Boden, um so zu suggerieren, dass sie sich beeilen sollte.

»Haben Sie was gesehen?«, fragte Büttner, als sie sich wieder auf den Weg gemacht hatten.

»Knapp hundert Meter hinter uns. Ein Schatten links hinter dem großen Haus.«

»Und jetzt?«

Lena dachte fieberhaft darüber nach, welche Chancen sie hatten, ihren Verfolger zu fassen. Er würde vermutlich jeden

Stein auf Juist kennen. Mit hundert Metern hatte er einen zu großen Vorsprung, selbst mit einem Sprint würde Lena ihn nicht einholen.

»Wir gehen weiter bis zum Haus des Lehrers. Dann können wir nur hoffen, dass es einen Hinterausgang hat.«

Büttner stimmte ihr zu. Sie gingen weiter und erreichten wenige Minuten später das Haus des pensionierten Lehrers. Georg Weidner, ein kleiner, rundlicher Mann mit freundlichem Gesicht, begrüßte sie und bat sie herein.

»Haben Sie einen Hinterausgang?«, fragte Lena als Erstes.

»Natürlich. Wieso?«, fragte er verwundert.

»Wir wurden verfolgt. Ich muss nach draußen, ohne dass die Person mich sieht.«

Der alte Herr nickte und wies mit der Hand den Flur entlang. »Am Ende rechts, dann durch die Waschküche. Der Schlüssel steckt.«

Lena rannte los, öffnete die Tür und wartete, bis sich ihre Augen wieder an die Dunkelheit gewöhnt hatten. Vor ihr lag der Garten, den sie nur schemenhaft erkennen konnte. Sie schaltete die Taschenlampenfunktion ihres Handys ein. Mit schnellen Schritten folgte sie einem kleinen gepflasterten Weg und kam, nachdem sie über ein kniehohes Holztor gesprungen war, an der Längsseite des Hauses an. Sie schaltete die Lampe aus und tastete sich langsam vor.

Wenn ihr Verfolger nicht schon seine Observation abgebrochen hatte, weil er bei Wind und Kälte nicht auf sie warten wollte, musste er sich irgendwo hinter einer Hauswand verstecken. Würde er die ganze Zeit das Haus beobachten oder davon ausgehen, dass sie eine Weile dortbleiben würden? Lena entschied sich für die zweite Variante, öffnete den Sicherheitshalter ihres Halfters, um bei Bedarf schnell ihre Waffe zur Hand zu haben. Haus für Haus arbeitete sie sich vor und hoffte dabei, nicht von Anwohnern beobachtet zu werden. Die wahrscheinlichste

Reaktion würde ein Anruf beim Inselpolizisten sein, der, wie Lena wusste, rund um die Uhr per Handy zu erreichen war.

Die ersten drei Häuser hatte sie ohne Zwischenfall bewältigt. Diese Gebäude standen nah an der Straße und hatten ihr dadurch ausreichend Schutz geboten. Die nächsten zwei Häuser lagen weiter zurück, ihre Vorgärten waren durch einen halbhohen Zaun abgegrenzt. Hier gab es für Lena kaum eine Chance, ungesehen zu bleiben, falls ihr Verfolger die Straße beobachtete. Lena überlegte, ob sie sich im Hocken fortbewegen und so den Schutz des Zaunes ausnutzen sollte, entschied sich aber dagegen, da zwischen den beiden Häusern eine Straßenlaterne stand, die den Bereich ausleuchtete. Ein Frontalangriff schien die einzige Möglichkeit zu sein. Sie sprintete aus dem Stand los und blieb kurz vor der ersten Hausauffahrt abrupt stehen, die Waffe in der Hand, und sah sich ruckartig um. Niemand! Im nächsten Augenblick hastete sie weiter und erreichte die zweite Auffahrt. Schon wenige Meter bevor sie freien Blick auf die Zufahrt hatte, hörte sie einen Schrei und meinte, zwischen den Windgeräuschen das Knirschen des Schotters auszumachen.

Sie erblickte einen Schatten, der hinter einem Schuppen verschwand, und forderte ihn laut auf, stehen zu bleiben, nachdem sie sich als Polizistin zu erkennen gegeben hatte. Gleichzeitig rannte sie los und erreichte Sekunden später den Holzschuppen. Sie drückte sich an die Wand, versuchte, ihren Atem unter Kontrolle zu bringen, und sprang mit einem Mal vor, die Waffe nach vorne gerichtet.

Die Rückseite des Schuppens lag abseits des Scheines der Straßenlampe. Mechanisch zog sie ihr Handy hervor, schaltete die Lampenfunktion ein und ging Schritt für Schritt weiter. Es war niemand mehr zu sehen. Als sie das Ende der Wand erreicht hatte, leuchtete sie mit der Handylampe den Bereich aus. Das Nachbargrundstück war durch einen Jägerzaun abgegrenzt. Lediglich zwei bis drei Meter weit reichte der Schein ihrer

Lampe, dahinter befand sich ein schwarzes Loch. Vorsichtig tastete sich Lena weiter, entschloss sich aber nach knapp fünfzig Metern, den Rückzug anzutreten. Ihr Verfolger kannte sich vermutlich gut in den Gärten des Dorfes aus. Weder hörte Lena Laufgeräusche noch sah sie den Schein einer Lampe. Nichts außer tiefschwarzer Nacht.

Büttner, der in der geöffneten Tür des Lehrerhauses stand, warf ihr einen fragenden Blick zu.

»Keine Chance. Entweder hatte er ein Nachtsichtgerät oder er kennt sich blind aus. Auf jeden Fall war da jemand. Tut mir leid.«

Er trat zur Seite und ließ sie ins Haus.

»Sie haben es zumindest versucht. War nicht ganz ungefährlich, Ihre Aktion.«

Lena ignorierte die Bemerkung. »Wo müssen wir hin?«

»Zweite Tür rechts. Herr Weidner war so nett, uns einen Tee zu machen.«

Dreizehn

»Möchte wissen, woher der Schrei kam«, murmelte Lena Lorenzen, als sie sich neben Büttner auf einen Küchenstuhl setzte. Auf dem Tisch standen bereits drei Tassen sowie eine Kanne mit Tee, der auf einem Stövchen aus Messing warm gehalten wurde. Georg Weidner war noch im Garten, um irgendetwas vor dem Sturm zu sichern, wie er entschuldigend gesagt hatte.

»Was für ein Schrei?«, erkundigte sich Büttner.

»Unser Verfolger ist geflüchtet, vermutlich quer durch die Nachbargärten. Doch bevor ich die Verfolgung endgültig aufgab, hörte ich einen Schrei. Er könnte vom Täter stammen oder aber von einer weiteren Person.«

»Männlich oder weiblich?«

»Männlich.«

»Vielleicht sollten wir nachschauen«, schlug Büttner vor, auch wenn er keinerlei Lust verspürte, noch einmal in die Kälte hinauszugehen. Aber schließlich konnte ein Schrei bedeuten, dass jemand ihre Hilfe brauchte. Das konnten sie unmöglich ignorieren.

»Es klang eher so, als hätte sich jemand an etwas gestoßen. Ein Schmerzensschrei.«

»Oder es wurde jemand niedergeschlagen«, gab Büttner zu bedenken. »Genau genommen könnte es alles sein, oder?«

Lena Lorenzen nickte und griff zum Telefon. »Kollege Ollmers?«, sagte sie gleich darauf. »Ja, Lorenzen hier. Tut mir leid, Sie um diese Zeit aufzuscheuchen, aber Sie müssten etwas überprüfen. Wir sind bei Georg Weidner, den kennen Sie ja sicherlich. Auf dem Weg hierher hatten wir den Eindruck, verfolgt zu werden. Die genaueren Umstände erläutere ich Ihnen später. Ich hörte einen Schrei, ein paar Häuser von hier entfernt. Sehen Sie bitte nach, ob in den Gärten der Nachbarhäuser etwas passiert ist. Es könnte auch jemand verletzt worden sein.« Sie nannte ihm die ungefähren Hausnummern. »Vielleicht hilft Ihnen zur Eingrenzung der Hinweis, dass ich das Knirschen von Schotter gehört habe, als sich der Täter durch die Gärten entfernte.« Ein paar Sekunden später legte sie auf. »Begeisterung hört sich anders an«, stellte sie fest. »Aber da muss er jetzt durch.«

»Gut gelöst«, sagte Büttner anerkennend, der vor allem froh war, dass er sich nun ganz in Ruhe seinem Tee widmen konnte.

Georg Weidner kam mit unsicherem Gang zur Tür herein. Nach seiner Haltung zu urteilen, ging Büttner davon aus, dass er Probleme mit der Hüfte hatte, auch hielt er sich beim Laufen den Rücken. »Sie sind wegen Nele hier«, eröffnete der Lehrer das Gespräch, noch ehe er sich gesetzt hatte. »Eine furchtbare Geschichte. Es tut mir sehr leid um das Mädchen. Jetzt, da sie es gerade geschafft hatte, von den harten Drogen loszukommen.« Er seufzte, während er sich am Küchenschrank zu schaffen machte und eine Schüssel mit Kluntjes hervorholte. »Sie hatte wieder Mut geschöpft, wissen Sie? Und nun das. Ich kann es immer noch nicht glauben.« Er setzte sich, wobei er sich an die Hüfte griff und schmerzhaft das Gesicht verzog.

»Hatten Sie auch nach der Schulzeit noch Kontakt zu Nele?«, fragte Lena Lorenzen, während Weidner Kluntjes in die

Tassen tat und gleich darauf ein Knistern zu hören war, als er den Kandiszucker mit heißem Tee übergoss.

»Nicht oft. Sie war ja meistens in Hamburg. Aber wenn sie hier auf Juist war, dann kam sie gerne mal auf eine Tasse Tee vorbei.«

»Ist es nicht eher ungewöhnlich, dass Schüler ihre ehemaligen Lehrer besuchen?«, fragte Büttner. Er jedenfalls hatte früher nie den Drang verspürt, einen seiner alten Pauker nach der Schulzeit noch einmal wiederzusehen. Ganz im Gegenteil war er froh gewesen, sie endlich los zu sein.

»Nele war ja nicht nur meine Schülerin, sondern auch mein Patenkind«, bemerkte Weidner.

»Oh, das habe ich nicht gewusst.« Als Büttner am Nachmittag die Pensionswirtin gefragt hatte, ob sie ihm jemanden nennen könne, der Nele gut gekannt habe, hatte die ihn an Georg Weidner verwiesen. »Dann sind Sie eng mit ihren Eltern befreundet«, vermutete Büttner.

»Früher mal, ja.« Weidner machte eine fahrige Bewegung mit der Hand. »Nachdem Joachim und Hannah die Insel verlassen hatten, ist der Kontakt fast vollständig abgerissen. Nur ab und zu mal ein Anruf zum Geburtstag oder zu Weihnachten … Sie wissen schon.«

»Umso schöner, dass Nele zu Ihnen Kontakt hielt«, sagte Lena Lorenzen und ihre Stimme klang plötzlich viel weicher. Aus irgendeinem Grund schien sie den älteren Mann ins Herz geschlossen zu haben.

»Ja, Nele blieb mir treu. Schon als sie ein kleines Mädchen war, war ich für sie immer das, was man gemeinhin wohl einen Kummerkasten nennt. Wenn es ihr nicht gut ging, sie zum Beispiel Streit mit ihren Freundinnen hatte oder was auch immer, dann kam sie zu mir und holte sich ein paar tröstende Worte und einen Schokokeks ab. Sie wusste, dass ich die immer extra für sie auf Lager hatte.« Bei dieser Erinnerung umspielte ein sanftes Lächeln die Mundwinkel des Lehrers.

»Es muss Sie sehr getroffen haben, als sie aus der Spur geriet«, bemerkte Büttner. »Hat sie Ihnen mal anvertraut, wie sie zu den Drogen gekommen ist?«

»Es begann mit hier und da mal einem Joint, wie es bei so vielen jungen Leuten der Fall ist. Nichts Schlimmes, wie ich finde. Allerdings ist sie wohl an die falschen Leute geraten, denn irgendwann erwischte sie Cannabis, dem härtere Drogen beigemischt worden waren. So geriet sie nach und nach in die Abhängigkeit, die Abwärtsspirale begann.« Er rieb sich müde die Augen.

»Wer stand ihr in dieser Zeit am nächsten?«, fragte Lena Lorenzen.

Georg Weidner lachte unglücklich auf. »So mancher würde jetzt sicherlich Mareike sagen. Die hat wenigstens immer so getan, als würde sie zu ihr stehen. Aber wissen Sie, Mareike war schon immer ein durchtriebenes Ding. Bereits im Kindergarten hat sie ihre Spielchen gespielt, jeden gegen jeden aufgebracht. Geradeso, wie es ihr in den Kram passte.«

»Mareike machte auf mich einen eher harmlosen, vielleicht sogar etwas biederen Eindruck«, warf Büttner ein. Zwar war auch er schon längst nicht mehr davon überzeugt, dass es sich so verhielt, aber vielleicht würde diese Feststellung den alten Mann aus der Reserve locken. Es funktionierte.

»Ja, Mareike war immer Everybody's Darling«, nickte Weidner. »Dieses Spiel beherrschte sie perfekt. Man muss sie schon ein bisschen besser kennen, um ihren wahren Charakter zu sehen.«

Büttner tauschte mit seiner Kollegin einen kurzen Blick, weil er sich nicht sicher war, ob es angebracht war, das preiszugeben, was sie über Mareike und Arne Postel in Erfahrung gebracht hatten. Als die ihm aber aufmunternd zunickte, sagte er: »Wie wir hörten, ist Mareike seit einiger Zeit in einer Beziehung mit Arne Postel. Angeblich aber war der in Nele verliebt. Nun fragen wir uns natürlich, ob das für Mareike Grund genug gewesen sein könnte, um …«

»Um Nele umzubringen?«, vollendete der Lehrer Büttners Satz, dann zuckte er die Schultern. »Wie ich schon sagte, ist Mareike ein durchtriebenes Weibsbild. Aber ein Mord?« Er schüttelte den Kopf. »Nein, das traue ich ihr dann doch nicht zu.«

»Nun hat sie Arne Postel für sich allein«, gab Lena Lorenzen zu bedenken.

Weidner sah sie aus schmalen Augen an. »Glauben Sie? Also ich halte einen Mord nicht für ein probates Mittel, jemanden an sich zu binden.«

»Kann es Ihrer Meinung nach sein, dass Postel nur mit Mareike zusammen war, um Nele nah zu sein?«, hakte Büttner nach.

»Mag sein. Aber ich kann wirklich nur das wiedergeben, was ich von Nele gehört habe. Sie war da eher zurückhaltend.«

»Haben Sie Neles Freund Torben mal kennengelernt?«, wollte Lena Lorenzen wissen.

»Ja. Sicher. Er war ein paarmal mit hier. Ein netter Junge. Er hat Nele gutgetan, weil er sie geliebt und sie unterstützt hat. Umgekehrt hat sie sich zum ersten Mal im Leben für jemanden verantwortlich gefühlt, hat ihm geholfen, aus dem Drogensumpf herauszukommen. Es war ein Geben und Nehmen, von dem beide profitiert haben.« Ein tiefer Seufzer entwich seiner Kehle, bevor er kaum hörbar hinzufügte: »Aber was nützt das jetzt noch?«

»Enno Eilers schien auch ein besonderes Verhältnis zu Nele zu haben«, bemerkte Lena Lorenzen nach einer kurzen Pause, in der Weidner noch mal Tee nachschenkte. »Was wissen Sie darüber? Wir …« Sie zögerte. »Auf uns machte er einen etwas einfältigen Eindruck.«

Georg Weidners Mund verzog sich zu einem milden Lächeln. »Ja, das beherrscht Enno gut«, erwiderte er. »Aber lassen Sie sich nicht täuschen. Einfältig ist Enno sicher nicht. Er weiß genau, was er will.«

»Und Nele wollte er?«, fragte Büttner.

»Ja. Enno war schon öfter drauf und dran, Nele nach Hamburg zu folgen. Auch wenn es von ihrer Seite keinerlei Anzeichen gab, dass sie es gutgeheißen hätte.«

»Woran ist es gescheitert?«, fragte Lena Lorenzen.

»Wie gesagt: Nele hat ihn nicht gerade dazu ermuntert. Aber dann ist da noch Ennos Vater, der nie zugelassen hätte, dass Enno die Insel verlässt. Hinnerk hat den Jungen im Griff, und das ist auch gut so. Enno braucht eine starke Hand, die ihn lenkt. Ohne seinen Vater geriete er außer Rand und Band, da bin ich mir sicher. Der Verlust seiner Mutter hat ihn ziemlich aus der Bahn geworfen.«

»Seine Mutter hatte ein Verhältnis mit Neles Vater«, sprang Büttner auf das Stichwort an. »Wussten Sie davon?«

»Joachim war ein Draufgänger«, klärte Weidner ihn auf. »Er war ein attraktiver Mann in einflussreicher Stellung. Vielen Frauen gefiel das und er hat es ausgenutzt.«

»Kann es sein, dass Arne Postel und Joachim Habers sich näher kennen?«, meldete sich Lena Lorenzen zu Wort. »Vielleicht auch von früher? Es gab einen Hinweis, dass sie geschäftlich miteinander zu tun haben.«

»Davon weiß ich nichts, tut mir leid.«

Noch ehe jemand darauf reagieren konnte, klingelte das Telefon der Kommissarin. »Ollmers«, stellte sie nach einem Blick auf das Display fest und ging ran. »Ach, tatsächlich?«, sagte sie und warf Büttner einen bedeutungsvollen Blick zu. »Ja, wir sind gleich da. Halten Sie die Stellung, Herr Kollege!« Sie legte auf. »Wir müssen los«, sagte sie ohne eine weitere Erklärung und erhob sich. »Vielen Dank für den Tee, Herr Weidner.« Sie schüttelte dem alten Mann die Hand. »Bitte, bleiben Sie sitzen, wir finden allein raus.« Sie schien es plötzlich sehr eilig zu haben.

Kaum dass sie wieder auf der Straße standen, fiepte ihr Handy erneut. Sie entschuldigte sich bei Büttner mit einer Geste, dann tippte sie auf ihr Display. »Schöner Mist«, zischte sie.

»Was ist los? Doch hoffentlich keine Leiche.«

»Nein. Es ist genau das eingetroffen, was wir befürchtet hatten. Das Foto von den Toten und auch der Schnappschuss von mir gehen viral.«

»Was heißt das?« Büttner konnte mit diesen neumodischen Ausdrücken nicht viel anfangen.

»Sie verbreiten sich überall im Netz. Ich habe bereits mindestens ein Dutzend Hinweise.«

»Heißt das, dass wir nun von achtzig Millionen Privatermittlern unterstützt werden?« Büttner verzog das Gesicht, als hätte er in eine Zitrone gebissen.

»Wenn wir Pech haben«, murmelte Lena Lorenzen, »vermutlich sogar mehr. Das Internet macht nicht an den deutschen Grenzen halt, falls Sie sich erinnern.«

»Schöner Mist. Möchte mal wissen, was der Kerl – oder die Frau – damit bezweckt.«

»Darum kümmern wir uns später«, sagte Lena Lorenzen entschlossen und schob das Smartphone in ihre Tasche zurück. »Im Moment haben wir Wichtigeres zu tun.« Strammen Schrittes marschierte sie los, und Büttner blieb nichts anderes übrig, als ihr zu folgen. Bereits nach wenigen Metern blieb er jedoch stehen, weil sein Handy in der Jackentasche vibrierte. Es war der Staatsanwalt. Büttner seufzte, der hatte ihm gerade noch gefehlt. »Ja?«, bellte er ins Telefon.

»Was ist denn das mit den Fotos?«, plärrte der Staatsanwalt ohne Begrüßung. Mit seiner Laune schien es nicht zum Besten zu stehen.

»Sie meinen die im Internet?«, vergewisserte sich Büttner.

»Natürlich meine ich die im Internet! Gerade hat man mich darauf aufmerksam gemacht. Und ich will wissen, wie das passieren konnte! Ich will wissen, was in die Kollegin Lorenzen gefahren ist, dass ...«

»Frau Lorenzen trifft keine Schuld«, sagte Büttner schnell, womit er auch die Aufmerksamkeit seiner Kollegin hatte, die nun wieder neben ihm stand und ihn mit fragendem Blick ansah. »Es muss irgendjemand gewesen sein, der uns beobachtet hat. Es war keineswegs unsere Absicht ...«

»Beobachtet! Was Sie nicht sagen! Da wäre ich ja im Leben nicht draufgekommen!« Die Stimme des Staatsanwalts überschlug sich fast. »Das ist eine Katastrophe, Büttner, eine echte Katastrophe! Ich hatte doch gesagt, dass die Ermittlungen so diskret wie möglich ...«

»Und ich hatte gesagt, dass das nicht in jedem Fall möglich sein wird, wenn wir den Täter fassen wollen. Außerdem waren nicht wir es, die die Fotos ins Netz gestellt haben, wie ich gerade schon anmerkte. Aber ich versichere Ihnen, dass wir der Sache nachgehen werden.« Büttner wollte noch etwas hinzufügen, doch beendete der Staatsanwalt das Gespräch mit einem knappen »Ich verlass mich auf Sie!«.

»Franzen regt sich über die Fotos im Netz auf«, stellte Lena sachlich fest.

»Natürlich tut er das«, bestätigte Büttner. »Aber es ist nun mal so, wie es ist, und wir müssen damit umgehen. Seine Wutausbrüche sind da wenig hilfreich.« Büttner zuckte mit den Schultern. »Soll er sich seine Nerven ruinieren, ich für meinen Teil sehe keinen Grund dafür, mir auch meine kaputt zu machen.«

Lena Lorenzen nickte und Büttner meinte, in ihren Augen so etwas wie Anerkennung zu sehen. Doch dann drehte sie sich wortlos um und setzte ihren Weg fort. Nach nur wenigen Häusern hielt sie inne und schaute sich um.

»Hier bin ich!«, erklang Ollmers Stimme aus einer dunklen Ecke. Büttner konnte schemenhaft erkennen, dass ihnen jemand aus dem Garten des Hauses, vor dem sie standen, zuwinkte.

»Na, da bin ich ja mal gespannt.« Lena Lorenzen hechtete mit einem Sprung über einen vielleicht fünfzig Zentimeter hohen Zaun. Bei Büttner gestaltete sich dieser Schritt ein wenig komplizierter, er suchte ein Gartentor, durch das er auf das Grundstück gelangen konnte.

Als er seine Kollegin schließlich wieder eingeholt hatte, blieb diese schon abrupt stehen und starrte auf etwas, das im Schein von Ollmers Taschenlampe am Boden lag. Es war der Objektivdeckel einer Kamera.

Vierzehn

Auf dem Rückweg achteten die beiden Kommissare darauf, ob sie weiter verfolgt wurden, entdeckten dieses Mal aber niemanden. Nach Lenas Verfolgungsjagd war dem Stalker anscheinend die Lust vergangen oder ihm war klar geworden, dass sie inzwischen auf der Hut waren.

Zurück in der Pension, konnte Lena Büttner nur mit Mühe davon überzeugen, sich für eine Strategiesitzung noch an diesem Abend zusammenzusetzen. Die Wirtin der Pension erlaubte ihnen, sich an einen der bereits gedeckten Tische im Frühstücksraum zu setzen.

Büttner gähnte demonstrativ, als Lena einen A4-Block, den sie sich von der Wirtin geliehen hatte, auf den Tisch legte.

»Soll ich uns einen Kaffee besorgen?«, fragte sie mit gespielter Besorgnis.

»Danke, nein. Wir sollten lieber anfangen. Es ist schon reichlich spät.« Bei den letzten Worten hatte Büttner mit dem Finger auf seine Armbanduhr getippt.

Lena schlug den Block auf und schrieb auf die Mitte der Seite *Nele* und *Torben*. Etwas weiter unten platzierte sie das Opferpaar aus Sankt Peter-Ording.

»Bisher haben wir keine Verbindungen zwischen den beiden Paaren entdeckt. Mein Kollege Johann Grasmann ermittelt gerade noch vor Ort. Eigentlich sollte er mir schon Bericht erstattet haben, aber ich vermute mal, dass er gerade auf der Rückfahrt ist.«

Büttner nickte. »Ich habe meinen Assistenten auch darum gebeten, nach Verbindungen zu suchen. Er hat aber anscheinend nichts gefunden, sonst hätte er mich schon informiert.«

»Okay. Also keine direkten Verbindungen bisher. Ausschließlich der Modus Operandi hat uns bisher veranlasst, von einem Serientäter auszugehen.«

Büttner zeigte auf die Mohnblumen in einem Plastikbeutel. »Und dieser Fund am Tatort. Nicht zu vergessen das Opferprofil. In beiden Fällen ehemalige Drogenabhängige.«

Lena nickte und schrieb mittig rechts zwischen den beiden Opferpaaren *Zehn Mohnblumen* und verband diesen Eintrag mit einer dünnen Linie, einmal mit Nele und Torben und einmal mit dem anderen Opferpaar. Auf die andere Seite schrieb sie die Namen von Neles Eltern sowie Rosa Liebetrau und Georg Weidner. »Sozusagen die erweiterte Familie von Nele.«

Neben Nele schrieb sie *Projekt*.

»Mir geht dieses Projekt, von dem Mareike uns erzählt hat, nicht aus dem Kopf. Entweder hat sie maßlos übertrieben oder Nele hatte wirklich große Pläne. Ein Haus auf Juist, selbst ein älteres, das anschließend umgebaut würde, kostet ein kleines Vermögen. Okay, man kann bei den verschiedensten Stellen Gelder beantragen, aber sie hätte schon ein größeres Startkapital gebraucht. Wir sollten das nicht aus den Augen verlieren und uns bei der Gemeinde danach erkundigen.«

»Ich vermute zwar, dass das eine jugendliche Spinnerei war, aber ignorieren können wir das tatsächlich nicht«, meinte Büttner. »Wenn da was dran ist, werden wir sicher Leute finden, die davon Wind bekommen haben.«

»Okay! Welche Verdächtigen haben wir?«, dachte sie laut nach. »Arne Postel, Enno Eilers.«

Sie warf einen Blick zu Büttner und schrieb, als er nickte, die beiden Namen auf die untere Hälfte des Blattes.

Büttner räusperte sich. »Bei dem momentanen Stand der Ermittlungen würde ich Mareike Behrens auch dort sehen.«

Lena, die der gleichen Ansicht war, fügte die junge Frau zur Liste hinzu. »Was ist mit Ennos Vater?«

»Da würde ich mir vorher schon gerne ein eigenes Bild machen«, verkündete Büttner. »Ich kann mir kaum vorstellen, dass der Mann, den Sie mir beschrieben haben, nach Sankt Peter-Ording fährt, um dort zwei ehemalige Drogenabhängige zu ermorden.«

»Unter Umständen hat er seinem Sohn geholfen. Zum Beispiel beim Entfernen der Spuren.«

»Und warum sollte Enno das nicht allein können? Wenn er so planmäßig an die Tat rangegangen ist, sollte ihm der Rest auch nicht schwerfallen. Haben Sie nicht gesagt, dass er vielleicht nur den Einfältigen spielt?«

»Das ist schon richtig, aber …« Sie blickte nachdenklich aus dem Fenster. »Warten wir die Durchsuchung des Schuppens ab.«

»Bis sich die Kriminaltechnik bis hierher durchgeschlagen hat, kann es allerdings dauern.«

Lena zog eine Augenbraue hoch. »Die Zeit läuft uns davon. Sobald der Beschluss da ist, werde ich mir selbst den Schuppen anschauen.« Sie lächelte ihn an. »Ich hoffe doch mal, dass Sie mich dabei unterstützen?«

»Selbstredend«, antwortete Büttner nach kurzem Zögern. Seine Mimik gab nicht preis, was er über ihr Vorhaben tatsächlich dachte.

»Sie glauben nicht, dass wir dort etwas finden?« Ohne auf seine Antwort zu warten, fuhr sie fort. »Das sehe ich ähnlich. Aber erstens sind wir verpflichtet, das Prozedere einzuhalten und den möglichen Ort, an dem die Opfer gefangen gehalten wurden, zu untersuchen ...«

»Und zweitens?«

»Wird die Familie Eilers durch unsere Aktion ganz schön ins Schwitzen kommen. Zumindest, wenn sie oder einer von ihnen etwas mit dem Tod von Nele Habers zu tun hat.«

Büttner sah auf ihre Skizze. »Wie geht es weiter?«

Lena griff nach dem Kugelschreiber und zog eine Linie zwischen Arne Postel und Mareike Behrens. In Richtung Postel bekam der Strich noch eine Pfeilspitze als Zeichen, dass Mareike mehr an der Beziehung interessiert war als Postel.

Postel bekam eine Verbindung zu Nele. Dieses Mal zeigte der Pfeil von ihm weg auf das Opfer. Das Gleiche geschah bei Enno Eilers, der ebenfalls sehr einseitig auf Nele fixiert gewesen zu sein schien.

»Zwischen Postel und Eilers haben wir noch keine engere Verbindung gefunden?«, fragte Lena.

»Bisher nicht«, antwortete Büttner, dem Lenas kleine Zeichenaktion zunehmend Spaß zu machen schien. »Ziehen Sie doch bitte einen Strich zwischen Vater und Sohn mit Pfeil in Richtung Enno.«

Lena nickte. »Zwischen Neles Vater und Postel gibt es ja zumindest eine geschäftliche Beziehung.« Sie verband die beiden mit einer Linie. »Wer da allerdings die treibende Kraft ist oder war, wissen wir noch nicht. Sie haben doch bereits Kontakt zum Vater gehabt. Wollen Sie ihn morgen anrufen und die Frage klären?«

Büttner stimmte zu. »Ich habe übrigens veranlasst, dass in der Inselzeitung ein Aufruf veröffentlicht wird, um herauszufinden, ob es für die Tatnacht Zeugen gibt.«

»Und was hat der Staatsanwalt dazu gesagt? Nach seinem Auftritt vorhin zu urteilen, wird es ihm sicherlich nicht gefallen.«

Büttner zuckte mit den Schultern. »Er wird damit leben müssen. Schließlich hat *er* uns beauftragt, den Mörder seiner Nichte zu suchen. Und nichts anderes tun wir. Ich lasse mir ungern vorschreiben, wie meine Ermittlungsmethoden auszusehen haben.«

»Sehe ich genauso«, stimmte Lena ihm zu und war positiv überrascht über Büttners Courage. »Und wo gehen die potenziellen Meldungen ein?«

»Bei Hasenkrug. Wir sind hier doch ständig auf der Insel unterwegs.«

Aus Büttners Mund klang das wie ein Vorwurf, aber Lena hatte nicht vor, sich den Schuh anzuziehen. Es mochte sein, dass Büttner andere Ermittlungsmethoden vorzog als sie, aber im Moment waren sie nun mal ein Team und da waren Kompromisse notwendig. Sie konzentrierte sich wieder auf ihre Skizze. »Ich frage mich, ob zwischen Eilers senior und Nele eine Verbindung besteht.«

»Wir sollten ihn morgen gemeinsam befragen. Dann kann ich mir auch gleich ein Bild von ihm machen.« Er warf ihr einen irritierten Blick zu. »Glauben Sie etwa, Nele hat auch mit ihm …«

»Gefragt habe ich mich das schon. Da Enno und Nele Schulkameraden waren, wird sie Hinnerk Eilers zumindest gekannt haben.«

»Das wäre ein Ding. Der Sohn ist in die Frau verliebt und der Vater bezahlt sie für ihre Dienste. Der wiederum wurde zuvor von seiner Frau, also Ennos Mutter, verlassen, weil Neles Vater … Das kann ich mir nun wirklich nicht vorstellen.«

»Ich schon! Und stellen Sie sich weiter vor, Enno hat davon erfahren. Was würde das in ihm auslösen?«

Büttner stöhnte leise. »Sie sind immer noch bei Ihrer Ersatzhandlungstheorie? Ich bin da ausgesprochen skeptisch.« Er hielt kurz inne. »Wenn ich das so sagen darf.«

»Keine Frage! Es war von meiner Seite auch nur ein Gedankenspiel. Ich finde es in dieser frühen Phase der Ermittlungen wichtig, nichts auszuschließen.« Lena ärgerte sich, dass sie sich genötigt gefühlt hatte, aus dem Lehrbuch der Polizeiausbildung zu dozieren. Natürlich war Büttner erfahren genug, um das genauso wie sie zu sehen. Aber seine Art löste in ihr immerzu Widerspruch aus.

Büttner lächelte. Das auch noch, dachte Lena und zwang sich, ruhig zu bleiben. »Wo waren wir stehen geblieben?«

»Hinnerk Eilers und sein möglicher sexueller Kontakt zu Nele.«

»Zumindest müssen sich die beiden gut gekannt haben«, sagte Lena und zog eine Linie zwischen den beiden Personen.

»Da der Durchsuchungsbeschluss noch nicht vorliegt, werden wir morgen als Erstes mit Eilers senior sprechen«, fasste sie zusammen. »Eventuell haben wir ja bis dahin schon Neles und Torbens Telefonkontakte vorliegen. Die könnten uns einiges verraten.«

»Ich telefoniere gleich noch mal mit Hasenkrug. Er soll Druck machen. Wir brauchen Ergebnisse.«

Kurz wunderte sich Lena über den letzten Satz ihres Kollegen und wollte gerade den Block zuklappen, als ihr Blick auf den Namen neben Nele fiel. »Über Torben wissen wir noch nicht richtig viel.« Lena hatte Büttner ausführlich über Mareikes Ausführungen zu Torben berichtet. »Was Mareike Behrens mir erzählt hat, passt auch zu dem Bild, das Frau Liebetrau gezeichnet hat. Nele scheint der erheblich aktivere Part in der Beziehung gewesen zu sein. Im Positiven wie im Negativen. Torben scheint hier auf Juist keine Verbindungen gehabt zu haben. Das scheint alles über Nele gelaufen zu sein.«

Büttner nickte. »Ich traue Mareike zwar nicht über den Weg, aber in diesem Punkt sehe ich kein Motiv, weshalb sie uns hätte anlügen sollen.«

»Wenn Torben selbst der Auslöser dafür war, dass beide getötet wurden, ist Juist ermittlungstechnisch sicher eine Sackgasse. Bisher haben wir noch niemanden gefunden, der oder die ein Motiv gehabt hätte, Torben zu töten.«

»Trotzdem sollten wir den Ermittlungsansatz nicht vernachlässigen«, kommentierte Büttner ihre vorgetragenen Gedanken. »Allerdings stimme ich Ihnen zu, dass wir dafür erst mal von dieser Insel herunterkommen müssen.«

»Dann sind wir uns ja ausnahmsweise einig. Wir konzentrieren uns auf Nele, solange wir hier festsitzen. Sollten wir in den nächsten vierundzwanzig Stunden keine Fortschritte machen, muss ein Team auf dem Festland Torbens Umfeld in Augenschein nehmen.«

Büttner nickte erneut.

»Dann bleibt mir nur noch, Ihnen eine angenehme Nachtruhe zu wünschen.«

Büttner erhob sich. »Ebenso, Frau Lorenzen.«

Gemeinsam machten sie sich auf den Weg zu ihren Zimmern und verabschiedeten sich auf dem Flur mit einem Nicken.

Nachdem Lena kurz den etwas muffig riechenden Raum gelüftet hatte, wählte sie Johanns Nummer. »Moin, Chefin!«

Unwillkürlich musste sie schmunzeln. Johann wusste natürlich, dass sie die Anrede nicht mochte, zog sie aber trotzdem immer mal wieder damit auf. Dank ihres freundschaftlichen Verhältnisses war das für sie kein Problem. Sie revanchierte sich hin und wieder mit Äußerungen über die Karnevalskultur seiner Heimat. Johann war am Niederrhein aufgewachsen und haderte mit seiner katholischen Vergangenheit und den traditionellen Festen der Gegend.

»Gut, dass du dich mal wieder daran erinnerst«, antwortete sie spaßhaft, wurde aber gleich wieder ernst und fragte: »Bist du noch auf der Rückfahrt?«

»Leider. Ich habe mir die Hacken abgelaufen, um auch nur einige halbwegs relevante Zeugen zu finden. Sich an Ereignisse zu erinnern, die über ein halbes Jahr zurückliegen, scheint für viele Menschen fast unmöglich zu sein.«

»Also tote Hose?«, sagte Lena leicht ungeduldig.

»Das habe ich nicht gesagt. Also: Ich habe die Fotos dieser beiden Personen …«

»Arne Postel und Enno Eilers«, half Lena aus.

»Genau. Die beiden Fotos habe ich herumgezeigt und gefragt, ob sie jemandem aufgefallen sind.«

»Und?«

»Du drängelst ja heute ganz schön. Was ist los? Nervt dich der Kollege dermaßen?«

»Lass gut sein! Ich tue mein Möglichstes, um nicht mit ihm aneinanderzugeraten. Also: Hast du Zeugen gefunden?«

»An einen Rotschopf erinnerten sich zunächst zwei der Befragten«, kam Johann endlich zum Thema. »Einer von ihnen meinte sogar, Postel wiederzuerkennen. Als ich dann das zweite Foto gezeigt habe, war er sich plötzlich nicht mehr so sicher. Ist dir nicht auch aufgefallen, dass die beiden gewisse Ähnlichkeiten miteinander haben?«

Nun, wo sie darüber nachdachte, musste Lena zugeben, dass er recht hatte. Der rote beziehungsweise hellblonde Haarschopf dominierte auf den ersten Blick.

»So gesehen … Ja, du könntest recht haben.«

»Mir ist es auch erst aufgefallen, als die Zeugen unsicher wurden. Also: ein Zeuge, der eventuell Postel wiedererkannt hat. Einer wollte nach reiflicher Überlegung dann Eilers erkannt haben, allerdings war er sich nicht sicher. Ich habe beide Aussagen protokolliert und schicke sie morgen zu den Kollegen vor Ort, die sich dann die Unterschriften holen.«

»Wie ist deine persönliche Einschätzung?«

Johann ließ sich Zeit mit seiner Antwort. »Ich fürchte, keiner der Zeugen würde einer Befragung vor Gericht standhalten. Auf der einen Seite ist es ein halbes Jahr her und auf der anderen Seite kann das rote Haar einem ganz schön Streiche spielen. Die Zeugin, die Eilers gesehen haben will, scheint mir da noch am zuverlässigsten. Wenn mich nicht alles täuscht, hatte sie einen Blick auf ihn geworfen, er war aber ihren Reizen wohl nicht ganz zugänglich.«

Lena lachte. »Nett formuliert. Und du meinst, der andere Zeuge hat sich vielleicht auch an Enno Eilers erinnert, ist aber durch die Haarfarbe irritiert worden?«

»Richtig! Unter Umständen war wirklich zu der Zeit jemand mit roten Haaren dort unterwegs. Dieses knallige Rot von Postel schreit ja geradezu danach, in Erinnerung zu bleiben. In ihren Köpfen hat dann dieses Rot den restlichen Eindruck überlagert. Durch die Ähnlichkeit der beiden Männer haben sie zwar Eilers wiedererkannt, aber letztlich auf den Rotschopf gezeigt.«

»Weit hergeholt. Sehr weit.«

»Du hast mich nach meiner ganz persönlichen Einschätzung gefragt. Ins Protokoll würde ich solche Vermutungen sicher nicht schreiben.«

»Schon gut, Johann. Ich wollte dich nicht angreifen. Ich lass die Info mal sacken. Eilers ist schon ein heißer Kandidat, auch wenn ich nicht so richtig schlau aus ihm werde. Mein Bauchgefühl sagt mir allerdings, dass er uns etwas verheimlicht.«

»Fragt sich nur, was«, fügte Johann hinzu.

»So ist es«, murmelte Lena, die ihren Kollegen schmerzhaft vermisste. So unterschiedlich ihre Charaktere waren, so gut harmonierten sie bei ihren Ermittlungen.

»Ich bin morgen wieder im Büro. Wenn also noch etwas anliegt …«

»Danke, Johann. Ich melde mich.«

Lena legte sich aufs Bett und streckte sich aus. Der Tag in der Kälte hatte bei ihr Spuren hinterlassen. Sie nahm sich vor, am nächsten Tag einen weiteren Pullover überzuziehen.

Enno Eilers. Wenn er tatsächlich in Sankt Peter-Ording unterwegs gewesen war, würde er zum Tatverdächtigen Nummer eins aufsteigen. Sie würden den jungen Mann morgen ein weiteres Mal befragen müssen. Vielleicht wäre es sinnvoll, ihn gemeinsam mit seinem Vater zu vernehmen. Es war zu vermuten, dass er in seinem Beisein bei Weitem nicht so abgebrüht reagieren würde wie bei der letzten Befragung. Lena hoffte, dass Büttner dabei das nötige Fingerspitzengefühl an den Tag legen würde, damit Eilers nicht von vornherein dichtmachte.

Sie griff zum Handy und wählte Ercks Nummer. Schon beim zweiten Klingeln meldete sich ihr Lebensgefährte.

»Wie geht es dir?«, fragte er als Erstes.

»Jetzt schon besser«, antwortete Lena mit sanfter Stimme.

»War dein Tag so furchtbar?«

»Frag nicht. Dieser Fall ist mehr als kompliziert und dann sitzen wir hier noch auf der Insel fest und der Kollege aus Emden ist … was soll ich sagen, er ist einfach nicht auf meiner Wellenlänge. Nicht zu ändern.« Sie seufzte leise. »Aber jetzt will ich nicht mehr über die Arbeit reden. Wie war dein Tag?«

»Ich war spontan in Husum.«

»Hast du ein Haus für uns gefunden?«, fragte Lena und setzte sich im Bett auf.

Nach langem Zögern hatte Lena Anfang des Jahres den Vorschlag gemacht, dass sie zusammenziehen sollten. Weder hatte sie sich vorstellen können, dass Erck in Kiel glücklich werden würde, noch wollte sie nach Amrum ziehen und damit notgedrungen ihre Arbeit beim LKA und als Polizistin aufgeben. Die Idee war daher, sich etwas auf halber Strecke zu suchen. Erck würde seine Arbeit auf Amrum auf zwei oder höchstens drei Tage in der Woche reduzieren und Lena zwischen Kiel und ihrem neuen Zuhause pendeln. Ihre gemeinsame Wahl war auf Husum gefallen.

»Ich hatte von einem Freund einen Tipp bekommen. Am Telefon klang alles auch sehr vielversprechend, der Vermieter hat sein Haus in rosaroten Farben ausgemalt. Die Realität sah allerdings anders aus. An dem Haus hätte ich ein Jahr arbeiten müssen, bevor es bezugsfertig gewesen wäre. Und die Miete war dermaßen überhöht … Egal. Einen Versuch war es wert.«

»Das tut mir echt leid. Die ganze Fahrerei umsonst. Dabei muss dein ganzer Tag draufgegangen sein.«

»Das ist mir egal, Lena. Und wenn ich eine Woche lang jeden Tag aufs Festland fahre – wir finden ein Haus.«

Lena wurde warm ums Herz und gleichzeitig fühlte sie sich beschämt. Sie war diejenige gewesen, die immer wieder gezögert und das eine oder andere gemeinsame Wochenende abgesagt hatte. Selbst jetzt überlegte sie noch, ob sie wirklich ihre Kieler Wohnung aufgeben oder sie zumindest für eine Übergangszeit behalten sollte.

»Ja, wir finden sicher ein Haus«, sagte Lena und schloss für einen Moment die Augen.

Fünfzehn

Als er am Morgen erwachte, schaltete David Büttner als Allererstes das Radio in seinem Zimmer ein, um zu erfahren, ob an diesem Tag eine Fähre aufs Festland fahren würde oder zumindest der Flugbetrieb wieder aufgenommen worden war. Das Ergebnis war niederschmetternd. Laut Radiomeldung würde es noch mindestens achtundvierzig Stunden dauern, bis der reguläre Betrieb bei beiden Verkehrsmitteln wieder funktionierte. Keine schönen Aussichten also – zumal ihm seine übereifrige Kollegin mehr und mehr auf die Nerven ging.

So gab es zum Beispiel überhaupt keinen Grund dafür, sich quasi mitten in der Nacht völlig übermüdet an einen Tisch zu setzen und irgendwelche wirren Beziehungsgrafiken von Opfern und potenziellen Tätern zu zeichnen. Nach allem, was am Tag zuvor geschehen war, hatte Büttner gar nicht mehr klar denken können. Schlauer wäre es gewesen, eine Nacht drüber zu schlafen und sich dann nach einem guten Frühstück wieder ans Werk zu machen. Aber Ruhephasen schien diese Frau ja nicht zu kennen.

Büttner wünschte sich, dass sie heute einen Gang zurückschalten würde, aber große Hoffnung hatte er keine. So war sie nicht gestrickt. Aber er. Die logische Konsequenz würde also sein, dass er sie zukünftig nach achtzehn Uhr allein würde losziehen lassen. Sollte sie sich eben in ihrem Job verausgaben, für sich selbst jedenfalls sah er darin keinen Sinn. Zumal jetzt feststand, dass sie beide und damit vermutlich auch der Täter noch für längere Zeit auf der Insel gefangen sein würden, und sein Urlaub in Andalusien damit sowieso täglich in weitere Ferne rückte. Wozu also sollte dieser Stress, den Lena Lorenzen veranstaltete, von Nutzen sein?

Büttner quälte sich aus dem Bett. Zu gerne wäre er noch für ein Stündchen liegen geblieben, zumal der Wind nach wie vor um die Häuser pfiff. Beim Gedanken daran, wieder in die nasse Kälte hinauszumüssen, schauderte ihm schon jetzt. Er nahm sich vor, sich wenigstens noch einen Schal zu kaufen. Oder doch besser gleich eine Winterjacke? An Angebot schien es auf dieser Insel jedenfalls nicht zu mangeln, wie er gestern bei seinem Gang durch die Einkaufsstraße festgestellt hatte. Die Insulaner wussten eben, was der Gast auf ihrem Eiland am dringendsten benötigen würde, schließlich mussten sie selbst das unwirtliche Nordseewetter mindestens dreihundertsechzig Tage im Jahr aushalten.

Nach einer ausgiebigen Dusche betrat Büttner den Frühstücksraum. Lena Lorenzen saß bereits am Tisch, vor sich einen halb leer gegessenen Teller und einen fast ausgetrunkenen Becher Kaffee. Natürlich. Büttner vermutete, dass sie an diesem Morgen die Erste gewesen war, die sich am Büfett bedient hatte. Außer ihnen waren noch vier weitere Gäste anwesend, die ihm knapp zunickten, als er den Raum betrat.

»Moin«, begrüßte er seine Kollegin. Noch bevor sie etwas erwidern konnte, wandte er sich dem Büfett zu und häufte sich einen Teller voll mit Rührei und Speck. Bei der Kellnerin bestellte er sich einen Cappuccino.

»Moin«, sagte Lena Lorenzen, als er an den Tisch zurückkam. Sie bedachte die zahlreichen Speckstreifen auf seinem

Teller mit einem kritischen Blick, sagte jedoch nichts, sondern fragte nur: »Haben Sie gut geschlafen, Herr Kollege?«

»Ja, danke. Ein bisschen kurz vielleicht.« Büttner setzte sich und begann zu essen.

Sie informierte Büttner über die Erkenntnisse, die Johann ihr am Abend zuvor geliefert hatte, und fügte hinzu: »Ich habe schon ein wenig an der Tagesplanung gearbeitet.«

»Warum wundert mich das jetzt nicht?«, brummte Büttner.

Sie ignorierte ihn, warf aber demonstrativ einen Blick auf die vor sich hin tickende Kuckucksuhr, die ihnen gegenüber an der Wand hing. »In einer halben Stunde werden Vater und Sohn in der Polizeidienststelle sein.«

Büttner zog eine Grimasse. »Warum denn nicht gleich vorm Aufstehen? Und wer sind Vater und Sohn?«

Lena Lorenzen sah ihn tadelnd an. »Das hatten wir doch gestern Abend besprochen. Hinnerk und Enno Eilers. Schon vergessen?«

»Nee. Aber darf ich bitte erst einmal in Ruhe frühstücken?«

»Stehen Sie immer so spät auf?« Lena Lorenzen leerte ihre Tasse und erhob sich. »Ich erwarte Sie dann in einer Viertelstunde im Foyer.«

»Schön für Sie. Aber seien Sie mir nicht böse, wenn ich mich verspäte.« Büttner deutete auf sein Rührei. »Dies ist nämlich erst der erste Gang, wissen Sie?«

Lena Lorenzen verzichtete auf eine direkte Reaktion und verließ kopfschüttelnd den Raum.

Als Büttner rund eine Dreiviertelstunde später auf der Polizeidienststelle eintraf, waren Hinnerk und Enno Eilers bereits dort.

Natürlich war auch Büttner während des Frühstücks nicht ganz untätig gewesen und hatte über die beiden nachgedacht, selbst wenn er bislang nicht das Vergnügen gehabt hatte, sie persönlich kennenzulernen. Nach allem, was Lena Lorenzen ihm über sie berichtet hatte, war es sicherlich nicht uninteressant zu sehen, wie Vater und Sohn miteinander umgingen. Zwar waren er und seine Kollegin keine Psychotherapeuten, aber ein paar Anhaltspunkte, wie die zwei zueinander standen und ob sie sich womöglich gegenseitig in Schutz nehmen oder gar beschuldigen würden, würde die Befragung sicherlich ergeben.

»Moin«, begrüßte er die Anwesenden mit einem Nicken und stellte sich vor.

Auch wenn Lena Lorenzen von seinem Zuspätkommen ganz sicher nicht begeistert war, so ließ sie es sich zumindest nicht anmerken. Im Gegenteil bluffte sie sogar, indem sie ihm einen beschwörenden Blick zuwarf und zu ihm sagte: »Ich hoffe, Sie konnten in der Zwischenzeit etwas Interessantes herausfinden?«

Büttner war für einen kurzen Moment irritiert, begriff dann jedoch ihre Taktik und spielte mit. »Oh ja, natürlich. Es ist genau so, wie wir es uns gedacht haben.«

In wortlosem Einverständnis fixierten nun beide Kommissare ihre Zeugen, um ihnen zu suggerieren, dass das, was Büttner herausgefunden hatte, natürlich sie betraf.

Es wirkte. Vater und Sohn fühlten sich plötzlich sichtlich unwohl in ihrer Haut und rutschten nervös auf ihren Stühlen hin und her. Was den möglichen Schluss nahelegte, dass sie tatsächlich etwas zu verbergen hatten.

Im Stillen beglückwünschte Büttner seine Kollegin zu ihrer Strategie, die darauf hinzudeuten schien, dass sie sich bei ihren Ermittlungen nicht von persönlichen Gefühlen leiten ließ. Denn was sie eigentlich von ihrem Kollegen hielt, hatte sie beim Frühstück ja ziemlich deutlich gezeigt. Dass sie sich seine Verspätung dennoch taktisch zunutze machte, zeugte von einer gewissen Professionalität.

Während Lena Lorenzen weiterhin Einigkeit demonstrierte, indem sie zur Kaffeemaschine ging, um ihrem Kollegen einen Kaffee einzuschenken, musterte Büttner Vater und Sohn prüfend. Die Familienähnlichkeit war nicht zu verkennen. Beiden sah man an, dass sie viel Zeit draußen verbrachten und körperliche Arbeit nicht scheuten. Während in Hinnerk Eilers' Gesichtsausdruck aber eine gewisse Entschlossenheit lag, hatte der von Enno eher etwas Melancholisches, ja fast sogar etwas Trauriges. Was daran liegen mochte, dass er um Nele trauerte. Auf jeden Fall aber haftete ihm etwas Sensibles an, während sein Vater eher der Typ Haudegen war, der schon alles in seinem Leben gesehen hatte und sich so schnell nichts vormachen ließ. Er war sicherlich mit Vorsicht zu genießen.

»Ich will jetzt endlich mal wissen, was Sie meinem Sohn eigentlich vorwerfen!«, blaffte Hinnerk Eilers, sobald Lena Lorenzen sich wieder gesetzt hatte.

»Wer sagt denn, dass wir ihm etwas vorwerfen?«, entgegnete sie.

»Mein Junge hat niemandem etwas getan!«

»Dann hat er ja auch nichts zu befürchten. Wir befragen Sie beide als Zeugen, das ist alles.«

»Und wieso dann gleich zweimal?«, ließ Eilers nicht locker.

»Weil sich während unserer Ermittlungen neue Hinweise ergeben haben, denen wir nachgehen müssen. Das lässt sich manchmal nicht vermeiden.« Sie wandte sich an Enno: »Wie wir inzwischen von mehreren Zeugen übereinstimmend gehört haben, war Nele Ihnen nicht gleichgültig. Es muss Sie ziemlich geschmerzt haben, dass sie einen festen Freund hatte, dem sie so sehr vertraute, dass sie hier auf Juist mit ihm ein interessantes Projekt realisieren wollte.«

»Pah! Interessantes Projekt!«, wetterte Hinnerk Eilers mit seiner donnernden Stimme, ohne Enno auch nur die geringste Möglichkeit zu einer Erwiderung zu lassen. »Das ganze Gesocks wollte sie auf die Insel holen! Unsere Kinder in Gefahr bringen, das wollte sie! Ihren Stoff verkaufen, jawoll, darum ging es ihr! Soziales Projekt, pah!«

»Aber das stimmt doch gar nicht«, widersprach Enno mit dünner Stimme. Ihm war anzuhören, dass es ihm schwerfiel, seinem Vater Kontra zu geben. »Nele wollte wirklich …«

Die Faust seines Vaters fuhr auf den Tisch nieder. »Das kannst du dem Pfarrer erzählen, Junge, der glaubt auch an Geister! Aber mir macht so eine nichts vor. Diese Flittchen sind doch alle gleich und …!«

»Sie haben eine ziemliche Wut auf Nele«, stellte Büttner mit ruhiger Stimme fest. »Ihnen muss es sehr entgegenkommen, dass sie jetzt tot ist.«

Es dauerte einen Moment, bis Eilers begriff, worauf der Kommissar hinauswollte. Heftig begann er, mit seinen Armen zu rudern, und er stieß mit feuchter Aussprache hervor: »Soll das heißen, dass Sie jetzt mich verdächtigen, oder was?« Er tippte sich mit dem Zeigefinger an die Stirn. »Ich glaube, bei Ihnen tickt da oben was nicht ganz richtig, Herr Kommissar.«

»Na, na, na«, mischte sich nun Lena Lorenzen mit warnendem Unterton ein. »Passen Sie auf, dass Sie nicht als Allererstes eine Anzeige wegen Beamtenbeleidigung kassieren, Herr Eilers.« Seinen Namen hatte sie besonders akzentuiert ausgesprochen. Sie machte eine kurze Pause, bevor sie deutlich ruhiger sagte: »Außerdem hatte ich mit Ihrem Sohn gesprochen. Also erwarte ich auch von ihm eine Antwort. Vielleicht können wir uns darauf einigen, dass Sie nur antworten, wenn Sie gefragt werden.«

Diese klare Ansage brachte Eilers, der es offensichtlich gewohnt war, den Ton anzugeben, aus dem Konzept. Er murmelte etwas Unverständliches, dann lehnte er sich mit verschränkten Armen in seinem Stuhl zurück und schaute mit mürrischem Blick von einem zum anderen.

»Also, noch mal zu Ihnen, Enno«, fuhr Lena Lorenzen fort. »Was hielten Sie von dem Projekt, das Nele hier initiieren wollte?«

Enno zuckte die Schultern. »Ich weiß nicht. Wäre sicher 'ne coole Sache geworden. Aber von so was versteh ich nichts.«

»Vielleicht hat es Sie ja auch gestört, dass sich Nele nach wie vor prostituiert hat«, brachte Büttner einen neuen Aspekt ins Spiel. Bewusst provokativ fügte er hinzu: »Es muss verdammt schwer sein, mit anzusehen, wie sich die Frau, die man liebt, an andere Männer verkauft.«

Enno war bei seinen Worten blass geworden. »Aber ... Aber das stimmt doch gar nicht«, stammelte er. Er wollte noch etwas hinzufügen, aber wieder fuhr sein Vater dazwischen: »Natürlich stimmt das! Wo lebst du denn, Junge! Nele hat's mit jedem hier auf der Insel getrieben. Mit jedem Einzelnen, Mann! Wie blind muss man denn sein!«

»Auch mit Ihnen?«, unterbrach Lena Lorenzen seine Tirade und sah ihn herausfordernd an.

»Was?«

»Sie sagten, Nele habe es hier auf der Insel mit jedem getrieben. Und da das Sie nun mal mit einschließt ...« Sie ließ den letzten Teil ihres Satzes in der Luft hängen und hob die Hände. »Sehe ich das richtig?«

»Na ja, ich ... ähm ... also ...«, stammelte Hinnerk Eilers überrumpelt. Sein Gesicht war knallrot angelaufen.

Seinem Sohn hingegen war bei dieser Reaktion der letzte Rest Farbe aus dem Gesicht gewichen. Er starrte seinen Vater mit offenem Mund an. »Das ... Das ist jetzt nicht wahr«, stammelte er. »Das ... Das ist nicht dein Ernst. Du? Mit Nele? Wo du doch ganz genau weißt, dass ... Ich ... Ich glaub das einfach nicht!«

»Na ja … ich …« Hinnerk Eilers wand sich auf seinem Stuhl. Die Situation war ihm sichtlich unangenehm. Vom alten Haudegen keine Spur mehr.

»Dafür war sie Ihnen also gut genug«, konstatierte Büttner nüchtern, auch wenn er Mühe hatte, seinen Widerwillen zu verbergen.

»Sie … Sie war eine … eine Nutte. Da hat ein Mann wie ich doch gar keine Chance, wenn die einem schöntut. Sie hätten sie mal sehen sollen, so wie … wie die mich bedrängt hat.«

Lena Lorenzen tippte auf einen Zettel, der vor ihr lag. »Ich habe einen Computerausdruck der Telefongesellschaft. Daraus geht hervor, dass Sie Nele angerufen haben, und zwar ziemlich spät am Abend. Und das gleich mehrmals an unterschiedlichen Tagen.« Sie ließ ihren Finger eine Liste hinunterfahren und zählte mit. »Insgesamt siebenmal in drei Wochen. Von Nele aber ging an Sie kein einziger Anruf aus. Von Bedrängen ihrerseits kann also kaum die Rede sein.«

Enno stand wortlos auf und verließ den Raum. Büttner und Lena Lorenzen ließen ihn gewähren. Zwar konnte der Verdacht gegen ihn nicht ausgeräumt werden, doch würde aus ihm nun vermutlich ohnehin nichts mehr herauszubekommen sein. Das Gespräch war anders verlaufen als erwartet, aber die neuen Erkenntnisse konnten sich durchaus sehen lassen – auch wenn Büttner wenig davon hielt, nun noch einen Verdächtigen mehr zu haben, denn das bedeutete automatisch mehr Arbeit. Aber so war es nun mal in seinem Job. Und solange er hier auf dieser Insel festsaß, war es ja auch ganz gut, wenn es etwas zu tun gab.

Lena Lorenzen stand auf und reichte Hinnerk Eilers ein amtlich aussehendes Dokument. »Wir werden gleich Ihren Schuppen durchsuchen. Das ist der richterliche Beschluss dafür. Sie können selbstverständlich anwesend sein.«

»Nein, danke!« Eilers schien sich wieder halbwegs berappelt zu haben. »Sind wir jetzt hier fertig?«

Büttner räusperte sich. »Fürs Erste schon. Richten Sie sich allerdings auf weitere Fragen ein. Ihrem Sohn können Sie das Gleiche mitteilen.«

Eilers stand murrend auf und verließ grußlos den Raum.

Sechzehn

Vor dem Schuppen angekommen, zog Lena sich Latexhandschuhe über, zerschnitt das Siegel und öffnete die Tür. Büttner und Ollmers folgten ihr. Der Lichtschalter war schnell gefunden und in der Halle wurde es taghell. Schätzungsweise hundertfünfzig Strandkörbe standen hier in Reih und Glied. Am Rande der Halle befand sich eine Art Werkstatt, in der sich drei Körbe zur Reparatur befanden.

»Das sind sicher bald die letzten Körbe, die Hinnerk am Wickel hat«, setzte Ollmers zu einer Erklärung an. »Er und Enno sind im Winter Monate damit beschäftigt, die Teile auf Vordermann zu bringen. Spätestens zu Ostern geht die Saison ja wieder los.«

»Ich schlage vor, wir teilen uns auf«, sagte Lena. »Letztlich hätte jeder der Körbe als Zwischenlager für unsere beiden Opfer dienen können.«

»Auf was soll ich achten?«, fragte Ollmers und zog seine etwas zu kleinen Latexhandschuhe hoch.

»Fingerabdrücke können wir leider nicht sichern. Aber wenn Sie Haare finden, bitte archivieren.« Lena hielt die Plastiktüten zur Beweissicherung hoch. »Achten Sie auf alles, was ungewöhnlich scheint. Ist am Boden zu erkennen, dass der Korb vor Kurzem bewegt wurde? Ist eventuell der Bezug beschädigt? Vielleicht haben die beiden versucht, ein Zeichen zu hinterlassen. Dass wir etwas entdecken, das einem der beiden Opfer gehört hat, halte ich zwar für unwahrscheinlich, aber halten Sie trotzdem Ausschau danach.«

»Können wir jetzt?«, fragte Büttner, der bei ihrem kleinen Vortrag gelangweilt die Deckenkonstruktion der Halle gemustert hatte.

»Ich konzentriere mich auf den linken Bereich, Sie, Herr Kollege Ollmers, bleiben in der Mitte …« Bevor Lena weitersprechen konnte, war Büttner bereits nach rechts abgebogen und musterte den ersten Strandkorb.

Lena stöhnte innerlich auf, nickte dem Inselpolizisten zu und machte sich auf den Weg zu den Körben. Gleich beim ersten stellte sie fest, dass eine feine Staubschicht über dem Bezug lag. Mit einer Taschenlampe leuchtete sie die Sitzfläche an und kontrollierte, ob die Schicht durchgängig vorhanden war. Anschließend ging sie einmal um den Strandkorb herum und leuchtete die nicht so gut einsehbaren Stellen aus. Nach dem fünften Korb hatte sie eine Routine entwickelt, die sie schnell vorankommen ließ.

Beim vierundzwanzigsten Korb bemerkte sie auf Anhieb, dass etwas anders war. Sie schoss ein Foto, das die sichtbaren Spuren auf dem Holzboden dokumentierte. Wie die frischen Kratzer deutlich zeigten, musste der Korb vor nicht allzu langer Zeit bewegt worden sein. Vorsichtig kontrollierte sie die Staubschicht. Sie war nur am Rand der Sitzfläche intakt. Hier hatte vor Kurzem jemand gesessen oder gelegen. Lena richtete sich auf und sah sich um. Ihr Standort war nicht sofort einsehbar, wenn man die Halle betrat, die Entfernung zum Ausgang war allerdings gering. Akribisch leuchtete sie den Korb aus und fand tatsächlich mehrere kurze Haare, die sie mithilfe einer

Pinzette in eine Plastiktüte beförderte. Als sie den Nachbarkorb der gleichen Prozedur unterzog, bot sich ein ähnliches Bild. Auch hier fand sie Haare, dieses Mal längere.

Büttner bestellte sich einen Cappuccino, Lena einen Milchkaffee. Sie hatten nach den Funden im Lagerhaus und einer weiteren halbstündigen Suche die Siegel erneuert und waren wieder ins Dorf zurückgegangen. Als ein Café in Sicht kam, hatte Büttner darauf bestanden einzukehren. Ollmers hatte ihnen zugenickt und war weiter Richtung Polizeistation gegangen.

»Schön und gut«, meinte Büttner, als die Getränke geliefert worden waren und er sich nach dem ersten Schluck auf dem Stuhl zurückgelehnt hatte. »Nele und Torben waren also vielleicht dort. Aber wie bringt uns das konkret weiter?«

»Im Moment gar nicht«, stimmte ihm Lena zu. »Aber vielleicht finden die Kriminaltechniker hier Fingerabdrücke oder gar DNA-Spuren des Täters. Auch wenn er ansonsten vorsichtig vorgegangen ist, jeder Täter macht irgendwann mal einen Fehler.«

»Na gut, warten wir die Ergebnisse ab.« Büttner hielt seine Tasse in beiden Händen und schien sich daran zu wärmen. »Könnte also Hinnerk Eilers unser Täter sein?«

»Ich bin mir nicht sicher, ob die Motivlage einen beziehungsweise sogar zwei Morde hergibt.«

»Immerhin dürfen Sie jetzt Eilers senior zu Ihrer Liste der Verdächtigen hinzufügen und auf Ihrer schicken Grafik eine lange Verbindungslinie von ihm zu Nele ziehen«, meinte Büttner leicht spöttisch.

»Danke, Kollege. Ich werde das bei Gelegenheit nachholen«, antwortete Lena und überlegte, ob sie ihn gleich hier zur Rede stellen oder einen günstigeren Zeitpunkt abwarten sollte. Inzwischen hatte sich das Café immer mehr gefüllt und war wohl kaum der geeignete Ort für eine handfeste Auseinandersetzung. Zumindest schien Büttner ihren Unmut mitbekommen zu haben.

Er setzte sich aufrecht hin. »Und jetzt? Senior oder Junior?«

Lena grinste. »Nun mal langsam mit den jungen Pferden.«

Selbst Büttner musste über die gelungene Revanche schmunzeln. »Zwei zu null für Sie.«

»Dann wäre das ja geklärt«, sagte Lena, froh, die Stimmung etwas aufgeheitert zu haben. »Eilers senior hat mir erklärt, er würde die Halle den Winter über nicht abschließen. Klingt nicht so glaubwürdig, oder?«

Büttner nickte und griff zu seinem Handy. Lena verfolgte seine Fragen. Offensichtlich sprach Büttner mit dem Inselpolizisten. Als er auflegte, wandte er sich an Lena. »Sie hatten recht. Ollmers kontrolliert hin und wieder die Hallen. Tagsüber sind sie tatsächlich nicht verschlossen, aber in der Nacht schon, meinte der Kollege. Vor ein paar Jahren haben wohl mal ein paar pubertierende Jugendliche dort eine feuchtfröhliche Feier abgehalten.«

»Hat mich Eilers also dreist angelogen. Sieh an! Da hat er aber schnell reagiert, um sich und seinen Sohn aus der Schusslinie zu bringen. Von einem Einbruch hat er mir zumindest nichts erzählt und an der Tür habe ich auch keine Spuren gefunden, die darauf hinweisen.«

»Senior oder Junior?«, wiederholte Büttner seine Frage.

»Ich schlage vor, wir nehmen uns zunächst Enno vor. Das war vorhin ein Tiefschlag für ihn, von dem er sich nicht so schnell erholen wird. Wenn wir überhaupt eine Chance bei ihm haben, dann jetzt.«

Büttner hatte schon wieder sein Handy am Ohr und bat Ollmers, Enno Eilers zur Polizeistation zu zitieren.

»Es tut uns leid, dass wir Sie gleich zweimal am Tag belästigen müssen«, begann Lena die Befragung. Anschließend legte sie ihr Smartphone auf den Tisch und aktivierte die Aufnahmefunktion. »Sie haben sicher nichts dagegen, dass ich das Gespräch aufzeichne?«

Enno Eilers schüttelte den Kopf. Seit er von Ollmers in den Raum gebracht worden war, hatte er nicht gesprochen.

Lena deutete aufs Smartphone. »Könnten Sie das bitte laut sagen?«

»Ich hab nichts dagegen.«

»Erzählen Sie uns von Nele. Wie war sie zu ihrer Schulzeit?«

Eilers schwieg weiter.

»Natürlich können Sie auch die Aussage verweigern, Herr Eilers«, fuhr Lena fort. »Aber das macht keinen guten Eindruck. Ich will ehrlich sein: Wir haben Sie in Verdacht, Nele Habers und Torben Althuis vorsätzlich getötet zu haben.«

»Purer Unsinn!«, murmelte Eilers empört, ohne aufzuschauen.

»Das mag durchaus sein. Aber im Moment sieht es nicht so gut aus für Sie. Nele und Torben waren vermutlich im Strandkorbschuppen, bevor sie auf die Toilette verfrachtet wurden, um ihnen dort den tödlichen Schuss zu setzen.«

Enno Eilers zuckte mit den Schultern, schwieg aber weiter beharrlich.

»Sie sind seit der Jugend auf Nele fixiert und inzwischen regelrecht besessen von ihr. Nele hat Sie immer wieder abgewiesen, und das über Jahre. Trotzdem haben Sie nicht lockergelassen. Ganz im Gegenteil. Ihre Besessenheit hat sich bis zu Neles Tod fortgesetzt. Unser Kollege Ollmers hat Sie mehrfach ermahnt, Ihre Observationen der jungen Frau zu unterlassen.«

Eilers stöhnte laut auf.

»Sie haben Zugang zu dem Strandschuppen, durch Ihre Beobachtungen wussten Sie von Neles nächtlichen Spaziergängen, und an Heroin zu kommen ist heutzutage nicht so schwer.« Lena hielt kurz inne, bevor sie ihn laut anfuhr: »Schauen Sie mich gefälligst an, wenn ich mit Ihnen rede.«

Enno Eilers schreckte zusammen und hob langsam seinen Kopf. »Das ist alles gelogen«, sagte er. »Ich könnte Nele nie etwas antun.«

»Okay! Gehen wir mal davon aus, dass Sie die Wahrheit sagen. Dann sollten Sie sich sehr schnell besinnen und mit uns kooperieren. Ansonsten fahren Sie mit der nächsten Fähre aufs Festland. Was das bedeutet, brauche ich Ihnen wohl kaum zu erklären.«

Es dauerte eine Weile, bevor Enno Eilers antwortete. »Was wollen Sie von mir wissen?«

Büttner räusperte sich. »Meine Kollegin hatte Sie gebeten, von Nele zu erzählen. Von der Schulzeit, ihrer Drogenkarriere und der Zeit danach.«

Jetzt nickte Eilers und begann, leise zu erzählen. Nele und er waren vom ersten Schultag an befreundet gewesen. Seine Freunde lästerten darüber, dass er ständig mit einem Mädchen zusammen war, aber das ließ ihn kalt. Nele war und blieb seine beste Freundin. Als ihre Eltern nach der Grundschulzeit überlegten, wieder aufs Festland zu ziehen, brach für ihn, aber auch für Nele, eine Welt zusammen. Gemeinsam schmiedeten sie Pläne, den gefürchteten Umzug zu verhindern. Als Nele sich schließlich gegenüber ihren Eltern durchsetzen konnte, war ihm ein Stein vom Herzen gefallen. In den Folgejahren vertiefte sich ihre Freundschaft, beide verband ihre Liebe zu der Insel und den Naturgewalten, die sie hier so hautnah erlebten. Stundenlang streiften sie durch das Naturschutzgebiet, beobachteten seltene Vögel oder lagen einfach am Strand und erzählten sich Geschichten. Nichts und niemand schien ihre innige Freundschaft zerstören zu können.

»Was geschah dann?«, fragte Büttner, der die Rolle des einfühlsamen Ersatzvaters übernommen hatte.

Enno Eilers seufzte schwer. »Damals habe ich es nicht begriffen, aber wir beide wurden älter. Plötzlich war jede Berührung … anders.«

»Sie sind beide in die Pubertät gekommen«, stellte Büttner fest. »Das ist ganz normal.«

»Das weiß ich natürlich. Was meinen Sie, wie häufig ich mich gefragt habe, ob ich damals etwas falsch gemacht habe. Ob ich ihr meine Liebe gleich zu Anfang hätte gestehen sollen. Mich mehr …« Tränen liefen über seine Wangen. »Aber es war, wie es nun mal war. Nele sah in mir nur einen Freund, einen guten Freund, vielleicht auch den besten Freund, mehr aber auch nicht.«

»Und dann haben Nele und ihre Familie die Insel verlassen?«, fragte Büttner.

»Ja. Für mich war das ein Weltuntergang. Ich habe monatelang mit niemandem mehr gesprochen, bin in der Schule abgesackt und … Es war einfach nur eine schreckliche Zeit.«

»Was ist dann passiert?«

Enno Eilers nickte gedankenversunken. »Nele ist zurückgekommen. Zwar nur übers Wochenende und natürlich auch nicht jedes Mal, aber einmal im Monat war sie schon hier.«

»Trotzdem war es nicht wie vorher?«, versuchte Büttner, das Gespräch in Gang zu halten.

»Nein. Zuerst habe ich es wohl gar nicht wahrgenommen, weil ich einfach nur froh war, dass Nele in meiner Nähe war. Aber irgendwann …« Er schluckte und senkte den Kopf. »Natürlich wusste ich, was Drogen sind. Haschisch und so was haben ja die Urlauber im Sommer mitgebracht. Ich habe es auch mal probiert, aber mir ist davon so schlecht geworden, dass ich es nie wieder angerührt habe. Bei Nele war das anders. Ich habe auf sie eingeredet, ihr sogar das Zeug geklaut, aber sie wollte nicht auf mich hören. Irgendwann kam es zum ganz großen Streit. Wir waren am Strand und haben uns gegenseitig angeschrien, bis wir heiser waren.« Eilers hatte die letzten Sätze sehr leise gesprochen, als wolle er die Erinnerungen nicht wieder heraufbeschwören. »Dann war Nele für fast zwei Jahre verschwunden, und als sie wieder zurück auf die Insel kam, war alles anders.«

»Sie nahm inzwischen harte Drogen?«, fragte Lena.

»Ja, aber auch das habe ich erst nicht verstanden und gedacht, sie wolle nichts mehr mit mir zu tun haben. Heute weiß ich, dass sie überhaupt nichts für ihr Verhalten konnte. Sie war abhängig und hat den ganzen Tag nur darüber nachgedacht, wie sie an Geld für den Stoff kommt.«

Lena ließ eine Weile verstreichen, bevor sie die nächste Frage stellte: »Sie haben sie unterstützt, als sie von den Drogen loskommen wollte?«

»Ja, Torben und ich. So gut es eben ging.«

»Das muss hart für Sie gewesen sein«, bemerkte der Kommissar. »Immer dieser Torben an ihrer Seite, obwohl Sie doch ihr bester Freund waren.«

Mit immer noch feuchten Augen blickte Eilers Büttner an. »Das war der reinste Horror, aber ich habe mich zusammengerissen. Für Nele. Es war für sie wichtig, dass wir, dass ich sie unterstützt habe.«

»Haben Sie gehofft, dass sie Torben irgendwann fallen lässt?«, fragte Lena, auch wenn ihr klar war, dass sie mit der Frage das fragile Vertrauen zerstören konnte, das sie gerade zu dem jungen Mann aufgebaut hatte.

»Nele hat Torben geliebt, so sehr, wie man überhaupt einen Menschen lieben kann. Wer hätte das besser verstanden als ich. Das Einzige, was ich noch tun konnte, war, sie zu beschützen, wenn sie hier auf der Insel war.«

»Sie wussten, dass sie sich mit Ihrem Vater trifft?«

»Nein, davon wusste ich bis heute Morgen nichts. Ich hätte meinen Vater …« Er schnaubte laut. »Ich hätte ihn windelweich geschlagen.«

»Waren Sie jemals in Sankt Peter-Ording?«, setzte Lena zu einer weiteren Frage an.

Eilers warf ihr einen erstaunten Blick zu, antwortete aber bereitwillig. »Ja. Ich bin da häufiger. Das ist ein fantastisches Gebiet zum Surfen.«

»Wann waren Sie das letzte Mal dort?«

Eilers schien zu überlegen und sagte dann: »Das ist schon eine Weile her. April letzten Jahres. Es kann aber auch Mai gewesen sein.«

Büttner lehnte sich nach vorne und stellte die nächste Frage: »Wer außer Ihnen hat einen Schlüssel zum Lagerschuppen?«

»Mein Vater. Ich. Sonst niemand. Im Sommer haben wir noch ein paar Aushilfen, aber die bekommen eigentlich keinen Schlüssel vom Schuppen.« Er stutzte. »Doch, die Feuerwehr hat noch einen. Zur Sicherheit, falls es brennt.«

Lena nickte nachdenklich. Sie würden die Verdächtigen auf ihre Mitgliedschaft in der freiwilligen Feuerwehr abklopfen müssen.

Siebzehn

Nach der Befragung von Enno Eilers verabschiedete sich David Büttner aus dem Polizeirevier. Er beschloss, zum Strand zu gehen, sich einen windgeschützten Platz zu suchen und ein paar Telefonate zu führen. Vielleicht würde er Susanne in Andalusien erreichen, es täte gut, ihre Stimme zu hören. Außerdem wünschte er, sein Hund Heinrich wäre bei ihm, denn dem würde es hier mit Sicherheit gefallen und er hätte sich mal so richtig austoben können. Auf den Straßen von Juist war kaum ein Mensch zu sehen und auch der Strand dürfte weitgehend menschenleer sein. Paradiesische Zustände für Hund und Halter also.

Trotz seiner Abneigung gegen ausgedehnte Spaziergänge hatte Büttner das Gefühl, ein wenig Ruhe und frische Luft in diesem Moment ganz gut gebrauchen zu können, um seine Gedanken zu sortieren. Zu viele Namen und Fakten schwirrten ihm im Kopf herum.

Er lief die paar Hundert Meter Richtung Strandhotel, hinter dem es einen direkten Zugang zum Strand gab. Der Wind tobte nach wie vor heftig, doch immerhin regnete es nicht. Ganz im Gegenteil erstrahlte der Himmel in einem fast unnatürlich tiefen Blau, die Sonne blendete seine Augen. Rasch ging er den Weg zurück in den Ort und kaufte sich eine Sonnenbrille.

Die Wellen der Nordsee türmten sich auch heute noch ungewöhnlich hoch auf und brandeten mit einem heftigen Rauschen an den Strand. Im Zusammenspiel mit dem Wind war der Lärm ohrenbetäubend und doch hatte er etwas Beruhigendes. Kaum dass er den Sand unter seinen Schuhen spürte, meinte Büttner bereits, freier atmen zu können.

Er lief nicht zum Wasser vor, sondern bewegte sich am Rand der Dünen entlang. Nach vielleicht fünfzig Metern entdeckte er eine kleine Einbuchtung in den Dünen. Sobald er sie betreten hatte, ebbten die Umgebungsgeräusche merklich ab. Ein guter Ort zum Telefonieren.

Am Morgen hatte er Sebastian Hasenkrug gebeten, ihm die Telefonnummer von Neles Vater zukommen zu lassen. Es war an der Zeit, mit ihm ein Gespräch zu führen. Vor allem interessierte Büttner, warum Joachim Habers ausgerechnet mit Arne Postel eine geschäftliche Beziehung eingegangen war.

Schon nach dem zweiten Klingeln meldete sich Habers am anderen Ende. »Wissen Sie schon, was mit Nele passiert ist?«, fragte er mit bebender Stimme, nachdem Büttner sich vorgestellt hatte. »Wie weit sind Sie mit Ihren Ermittlungen? Mein Schwager hält sich bedeckt und will mir nichts sagen. Dabei müsste er als Staatsanwalt doch eigentlich über den Stand der Dinge informiert sein, oder? Wir werden hier noch verrückt, meine Frau und ich. Ausgerechnet jetzt gibt es keine Möglichkeit, auf die Insel zu kommen. Dabei wäre es uns doch so wichtig …« Er beendete den Satz nicht. »Wir sind schon in Norddeich«, verkündete er dann. »Sobald wieder Fähren oder Flugzeuge verkehren, werden wir rüberkommen.«

Büttner konnte Habers gut verstehen. Natürlich hatten er und seine Frau das Bedürfnis, auf der Insel zu sein, um so ihrer Tochter auf die einzig noch mögliche Weise nahe zu sein. Sie mussten durch die Hölle gehen. Dennoch war er ganz froh, dass die beiden ihnen hier nicht vor den Füßen herumsprangen und sie womöglich zur Eile antrieben. Das Gleiche galt für den Staatsanwalt. Das Telefonat wegen der im Internet aufgetauchten Bilder hatte Büttner mehr als gereicht. In gewisser Weise hatte dieser steife Ostwind also durchaus sein Gutes.

»Ich kann Ihre Unruhe verstehen«, sagte Büttner. »Meine Kollegin und ich tun alles, damit wir den Mörder bald dingfest machen können, da können Sie sicher sein.«

»Sie vermuten ihn auf Juist?«

»Es gibt gewisse Hinweise, die darauf hindeuten«, blieb Büttner vage. »Mehr kann ich Ihnen zu dieser Zeit leider nicht sagen.« Er machte eine kurze Pause, bevor er fortfuhr: »Allerdings bräuchte ich mal Ihre Hilfe, Herr Habers, denn da gibt es etwas, das ich nicht verstehe.«

»Nur zu. Alles, was hilft, Neles Tod …«

»Ja, ja, schon gut.« Büttner fragte sich, ob Habers nach der Frage, die er zu stellen gedachte, auch noch so kooperativ sein würde. »Es geht um Folgendes: Wie wir herausgefunden haben, sind Sie ein Geschäftspartner von Arne Postel. Angeblich gehört Ihnen die Fischbude und er ist nur angestellt. Bislang waren wir davon ausgegangen, dass es sich um Postels Eigentum handelt.«

Wie Büttner erwartet hatte, herrschte auf diese Frage hin erst einmal Schweigen.

»Was … ähm … Was genau meinen Sie denn jetzt damit?«

»Dies ist kein Ratespiel, Herr Habers«, entgegnete Büttner. »Bitte beantworten Sie einfach meine Frage.«

Joachim Habers räusperte sich. »Na ja, es war … Es ging um Nele.«

»Das habe ich mir schon gedacht.«

»Ja. Also … ähm …«

»Herr Habers«, sagte Büttner entnervt. »Ich muss Sie sicherlich nicht darauf aufmerksam machen, dass wir in einer Mordsache ermitteln. Und immerhin handelt es sich bei dem Opfer um Ihre Tochter. Meinen Sie nicht, dass es da angebracht wäre, einfach nur die Wahrheit zu sagen, anstatt herumzudrucksen? Oder haben Sie womöglich gar kein Interesse an der Aufklärung des Falles?« Er hatte es bewusst provozierend ausgedrückt, um Habers aus der Reserve zu locken.

Der sprang prompt drauf an. »Wie können Sie es wagen ...!«, wetterte er los, wurde jedoch sofort von Büttner unterbrochen.

»Die Wahrheit, Herr Habers, nur die Wahrheit. Das kann doch so schwer nicht sein. Was hat Sie dazu veranlasst, Arne Postel einzustellen?«

»Er ... Er hat mich unter Druck gesetzt.«

»Womit?«

»Es ging um Nele.«

»Das sagten Sie bereits.«

»Na ja«, Habers senkte seine Stimme, als fürchtete er Mithörer, »Sie wissen sicher schon, dass Nele ... dass sie sich ... Es fällt mir schwer, es auszusprechen. Na gut.« Er holte tief Luft. »Meine Tochter hat sich verkauft, um sich ihren Drogenkonsum finanzieren zu können.«

»Ja, das ist uns bekannt.«

»Nun ja, Postel hatte da eine Idee. Er hat angeblich schon immer davon geträumt, auf Juist zu leben und sich dort eine Existenz aufzubauen. Er meinte, wenn sich das realisieren ließe, dann könnte er ein Auge auf Nele haben, die ja auch plante, sich mit Torben dort niederzulassen und ein Projekt für Drogenabhängige zu starten. Ich weiß nicht, ob Sie davon wissen.«

»Ja«, antwortete Büttner. »Aber ich frage mich gerade, warum wir all dies erst in mühsamer Ermittlungsarbeit herausfinden mussten. Sie hätten es uns gleich erzählen müssen, das hätte uns manchen Aufwand erspart.«

»Ich wusste nicht, dass es wichtig ist.«

»Hm.« Büttner wusste nicht, ob er ihm das glauben sollte, aber er ließ es erst mal so stehen. »Und Sie beschäftigen Postel, nur damit er ein Auge auf Ihre Tochter haben kann? Ist das nicht ein wenig übertrieben? Ich meine, Nele war auf einem guten Weg. Sie war clean, sie hatte eine vielversprechende Zukunft vor sich. Warum also hätte sie einen Aufpasser brauchen sollen?«

»Es erschien mir sicherer«, lautete Habers' knappe Antwort.

»Sicherer? Also wenn meine Tochter in dieser Situation wäre, dann würde ich alles daransetzen, dass sie ihre alten Kontakte abbricht. Vor allem zu den Menschen, mit denen sie in Hamburg verkehrt hat. Und dazu gehörte Arne Postel nun mal.«

»Auf Arne konnte Nele sich immer verlassen«, erwiderte Habers, doch klang seine Stimme so schwach wie dieses Argument.

»Gerade sagten Sie noch, Postel habe Sie unter Druck gesetzt«, meinte Büttner. »Das alles klingt aber gar nicht nach Druck, sondern nach einer einvernehmlichen Übereinkunft.«

»Dann habe ich mich wohl falsch ausgedrückt. Also, er hat mich überzeugt. Ja, überzeugt ist wohl der bessere Ausdruck. Natürlich würde ich niemandem etwas finanzieren, der mich unter Druck setzt.« Habers lachte nervös.

»Arne Postel hatte eine Diskothek in Hamburg, in der mit Drogen gedealt wurde«, wandte Büttner ein. »Der ganze Laden wurde hopsgenommen, Postel wurde untersagt, ein Gewerbe zu betreiben. Und das nennen Sie vertrauenswürdig? Er hat vermutlich auch Ihre Tochter mit Drogen versorgt, Herr Habers. Gerade bei ihm wäre also äußerste Vorsicht geboten gewesen. Warum haben Sie sich ausgerechnet ihn als den Beschützer Ihrer Tochter ausgesucht? Das passt doch alles nicht zusammen.« Büttners Ton wurde schärfer, er verlor langsam die Geduld. Hielt dieser Mann ihn für einen Idioten?

»Wenn Sie meinen.«

Habers machte offensichtlich dicht, doch das wollte Büttner ihm nicht durchgehen lassen. »Hat Postel Sie erpresst?«

»Welchen Grund hätte er dafür haben sollen?«

»Das frage ich *Sie.*«

»Natürlich hat er mich nicht erpresst! Womit denn?« Habers klang empört. »Ich sagte doch bereits, dass er lediglich ein Auge auf Nele haben sollte.«

»Das hatte er ganz gewiss«, brummte Büttner.

»Was soll denn das jetzt schon wieder heißen?«

Büttner schnaubte. »Nun erzählen Sie mir nicht, dass Sie nichts von den Gefühlen wussten, die Postel Ihrer Tochter entgegenbrachte. Er war in sie verliebt, sie hat diese Liebe jedoch nicht erwidert.«

Am anderen Ende herrschte für einen längeren Augenblick Schweigen, dann sagte Habers: »Davon habe ich nichts gewusst. Ich habe damals mit Mareike gesprochen. Sie hat davon nichts erwähnt, sondern mich in dieser Idee unterstützt.«

Büttner seufzte. »Natürlich hat sie das. Sie ist nämlich in Postel verliebt. Der Deal zwischen ihm und Ihnen wird ihr gut in den Kram gepasst haben.«

Habers schwieg eine Weile, bevor er sagte: »Das ist verwirrend.«

»Ganz meine Meinung. Und trotzdem habe ich das Gefühl, dass Sie mir noch nicht die ganze Wahrheit gesagt haben, Herr Habers. Also lege ich jetzt auf und lasse Sie noch mal in Ruhe darüber nachdenken, was Ihnen die Aufklärung dieses Falles wert ist.«

»Heißt das, Arne Postel wird verdächtigt?«

»Momentan haben wir mehrere Verdächtige«, erwiderte Büttner. »Aber ich kann nicht behaupten, dass Sie Postel mit Ihrem Hin und Her aus der Schusslinie genommen haben. Sollte das Ihre Absicht gewesen sein, dann ist das gründlich in die Hose gegangen.«

»Ich will niemanden aus der Schusslinie nehmen. Ich will, dass Neles Mörder gefunden wird, ohne Rücksicht auf Verluste.«

»Dann unterstützen Sie uns, Herr Habers. Sie wissen ja, wie Sie mich erreichen. Auf Wiederhören.« Büttner legte auf. Weitere Rückfragen würden zu diesem Zeitpunkt nichts bringen. Er überlegte, ob er Sebastian Hasenkrug bitten sollte, Neles Vater ins Kommissariat vorzuladen und ihn mal richtig in die Mangel zu nehmen. Wenn Habers sich in Norddeich aufhielt, wäre das sicherlich nicht die schlechteste Möglichkeit. Er griff erneut zum Telefon.

»Moin, Hasenkrug. Ich hätte da mal eine Aufgabe für Sie. Es geht um Joachim Habers.« Nachdem er seinem Assistenten entsprechende Anweisungen gegeben hatte, machte sich Büttner auf den Weg zum Hafen. Auch wenn er wenig Hoffnung hatte, Arne Postel an seiner Fischbude anzutreffen, wollte er es doch zumindest versuchen. Natürlich war es möglich, dass Habers Postel längst über das soeben geführte Telefonat informiert hatte. Vor allem dann, wenn die beiden etwas zu verbergen hatten. Vielleicht aber hatte Büttner Glück und würde Postel mit einer erneuten Befragung überrumpeln können, um herauszufinden, inwieweit seine Aussage mit der von Joachim Habers übereinstimmte. Dass sich die beiden eine Version für den Fall der Fälle zurechtgelegt hatten, schloss er aus, denn seine Fragen schienen Habers unvorbereitet getroffen zu haben.

Als Büttner am Hafen eintraf, war die Fischbude verrammelt, von Postel war weit und breit nichts zu sehen. Er überlegte, wo er ihn eventuell antreffen könnte. Wie war noch gleich der Name seiner Vermieterin gewesen? Büttner meinte, sich zu erinnern, dass Postel ihn genannt hatte. Er griff zum Telefon und rief Ollmers an, in der Annahme, dass dieser bei dem Verhör, das Lena Lorenzen vermutlich gerade mit Hinnerk Eilers führte, nicht dabei war.

»Ja?«, kam es knapp vom anderen Ende.

»Büttner. Ich bin auf der Suche nach Arne Postel. In seiner Fischbude ist er nicht. Können Sie mir sagen, wo er wohnt?«

»In der Einliegerwohnung von Meta Momsen.« Ollmers nannte ihm die Anschrift. »Oder soll ich ihn aufs Revier kommen lassen?«

»Nee, danke, nicht nötig. Ich würde dann die Gelegenheit nutzen, auch ein paar Worte mit Frau Momsen zu wechseln, zumal wir Postels Alibi noch verifizieren müssen. Vielleicht weiß sie ja, ob er in der Tatnacht zu Hause war oder nicht. Vielen Dank, Herr Kollege.«

Büttner legte auf und machte sich auf den Weg zur angegebenen Adresse.

Achtzehn

Büttner hatte sich gleich nach der Befragung von Enno Eilers mit der Bemerkung verabschiedet, dass er etwas frische Luft brauche. Lena tippte eher auf seinen knurrenden Bauch, der ihn zu dem schnellen Abgang genötigt hatte, und vermutete, dass er in spätestens zwei Stunden wieder auftauchen würde.

Ihr Blick fiel auf den durchsichtigen Asservatenbeutel mit den künstlichen Mohnblumen. Er war ordnungsgemäß beschriftet mit Fundort, Datum, Zeit und den anderen erforderlichen Daten. Sie nahm den Beutel in die Hand und machte sich auf den Weg zu ihrem Juister Kollegen.

»Sie könnten mir etwas Arbeit abnehmen und die Geschäfte auf Juist nach diesen Mohnblumen absuchen«, sprach sie Ollmers an.

»Ich wollte gerade den gleichen Vorschlag machen«, antwortete er und erhob sich von seinem Schreibtisch. »Mehr als zwei oder drei Geschäfte können das nicht sein. Am besten, ich mache mich gleich auf den Weg.« Er zog einen Schlüssel aus der Tasche. »Der Ersatzschlüssel. Schließen Sie doch bitte ab, wenn Sie gehen.«

Er verabschiedete sich von ihr und verließ eiligen Schrittes die Polizeistation, bevor Lena ihm weitere Anweisungen zu den

Befragungen geben konnte. Sie seufzte leise und murmelte: »Das wird er ja wohl auch so hinkriegen.«

Als sich ihr Handy bemerkbar machte, eilte sie zurück zu ihrem provisorischen Schreibtisch.

»Was macht der Sturm?«, wollte Johann als Erstes wissen.

»Ich gehe mal davon aus, dass du dich im Internet genauestens über die Wetterlage informiert hast, aber danke der Nachfrage. Ich lebe noch, falls das dein eigentliches Anliegen war.«

»Du kannst einem aber auch jeden Spaß vermiesen. Aber gut, ich wollte sowieso mit dir über die Telefonlisten sprechen.«

Lena hatte ihm die Daten direkt weitergeleitet, mit der Bitte, sie ausgiebig unter die Lupe zu nehmen. »Und?«

»Zunächst die junge Frau, die telefonisch sehr aktiv war. Die Nummer von Hinnerk Eilers habt ihr ja schon selbst identifiziert.«

»Ja, der Kollege vor Ort hat sie gleich erkannt.«

»Okay. Die Daten reichen leider nur zwei Monate zurück. Sehr viele Männer habe ich nicht gefunden.«

Lena hatte Johann von Nele Habers' Nebentätigkeit berichtet, damit er ein Augenmerk auf eventuelle Kandidaten richten würde. »Okay. Ihre Haupttätigkeit in diesem Bereich ist ohnehin schon eine Weile her.«

»Ja, das sagtest du schon. Um es kurz zu machen, ich habe nur zwei mögliche Kunden identifiziert. Die Gesprächspartner waren Männer im besten Alter, die Dauer der Telefonate reichte aus, um einen Termin auszumachen. Ich habe dir beide Namen und Adressen in der Mail notiert, die gleich nach unserem Gespräch rausgeht.«

»Danke. Du hast mir viel Arbeit erspart. Ich wäre …«

»Hey«, unterbrach Johann sie. »Auch wenn es so klang, ich war noch nicht fertig. Also: Mit einem Arne Postel hat sie sehr regelmäßig gesprochen. Im Durchschnitt viermal am Tag.«

»Tatsächlich? So oft? Wie lange dauerten die Gespräche?«

»Unterschiedlich. Durchaus auch mal länger, bis zu einer halben Stunde, aber auch viele kurze Gespräche von ein paar Minuten.«

»Okay. Weiter?« An Johanns Stimme hatte sie schon gehört, dass es offensichtlich weitere interessante Anrufe gab.

»Vier Anrufe bei ihren Eltern. Die Gespräche dauerten etwas länger, was ja auch nachvollziehbar ist.« Er legte eine kurze Pause ein, bevor er fortfuhr. »Dann habe ich noch einen Enno Eilers im Programm. War das nicht der Sohn des Freiers?«

»Ja. Wir haben ihn vorhin intensiv verhört.«

»Er hat sie jeden Tag mindestens einmal angeklingelt, sie hat aber nur selten das Gespräch angenommen, sodass meistens die Mailbox ranging. Er hat aber nie etwas draufgesprochen.«

»Und wenn sie das Gespräch angenommen hat, wie lange dauerte es dann?«

»Dachte mir schon, dass du das fragst. Einmal zweiundzwanzig Minuten, ein anderes Mal eine halbe Stunde.«

Das klang eher nach einem Gespräch zwischen alten Freunden. So wie sie Nele inzwischen einschätzte, würde sie sich kaum auf ein längeres Streitgespräch eingelassen haben. »Du hast noch etwas?«

»Wie kommst du darauf?«, fragte Johann.

Lena musste unwillkürlich schmunzeln, als sie den unschuldigen Gesichtsausdruck, den er in Momenten wie diesem aufzusetzen pflegte, vor ihrem inneren Auge sah. »Raus damit!«

»Sie hat dreimal mit einer Bank telefoniert. Dreimal darfst du raten, in welchem Land. Kleiner Tipp: Es ist ziemlich weit weg.«

»Johann, ich habe wenig Zeit und nicht die geringste Ahnung, welche Bank es sein könnte.«

»Singapur!« Er hatte die einzelnen Silben weit auseinandergezogen.

Lena war für einen Moment sprachlos. Da sie dreimal die gleiche Nummer gewählt hatte, würde sie sich wohl kaum verwählt haben.

»Bevor du fragst: Die Gespräche dauerten immer fast gleich lang, um die fünf Minuten.«

»Singapur? Was sagt uns das jetzt?«

»Ich habe das mal gegoogelt. Die Bank wird gerne für Bitcoin-Transaktionen genutzt. Du weißt schon, diese digitale Währung, die in der letzten Zeit ständig in den Schlagzeilen ist.«

»Aber warum?«, murmelte Lena.

»Wenn ich das auch noch herausbekommen hätte, würde dir wahrscheinlich bald sehr langweilig auf dieser Insel, die von der restlichen Welt abgeschnitten ist.«

Lena, immer noch in Gedanken, hatte bei Johanns letzten Worten schon nicht mehr richtig hingehört. Sie fragte nach, ob es weitere auffällige Anrufe gegeben hätte, woraufhin Johann versprach, ihr die komplette Liste sortiert und mit den vollständigen Namen der Telefonteilnehmer zuzuschicken. Als Letztes berichtete Johann von Torbens Telefonliste, die kurz war und auf der neben Neles Nummer drei weitere aus Hamburg auftauchten. Johann hatte recherchiert, dass es sich bei den Personen um alte Freunde von Torben handelte, mit denen er regelmäßig telefoniert hatte.

Lenas nächster Anruf galt Leon, den sie nach der Kryptowährung ausfragte. Mürrisch antwortete er und lachte, als sie fragte, ob er den Kontostand von Nele Habers bei der Bank in Singapur herausbekommen könnte.

»Ihr denkt alle, ich schnippe einmal kurz mit den Fingern und zack, ist die Information da. Banken sind logischerweise bestens gesichert. Wenn die einfach zu knacken wären, läge ich jetzt auf Kuba am Strand und würde es mir gut gehen lassen. Um es kurz zu machen: keine Chance.«

Leon hatte ihr schon lange nicht mehr so ausführlich geantwortet. Normalerweise war er extrem kurz angebunden und dazu noch schlecht gelaunt, wenn er ihre Stimme hörte.

»Okay! Trotzdem danke für die Informationen. Ich …« Sie hörte ein leises Knacken in der Leitung. Wieder einmal hatte Leon aufgelegt, ohne sich zu verabschieden.

Lena öffnete Johanns Mail und suchte nach den zwei weiteren Männern, die seiner Meinung nach als Freier infrage kamen.

Gleich der erste Name kam ihr bekannt vor. Tamme Onken. Sie gab ihn in die Suchmaschine ein und identifizierte ihn als Inhaber eines Restaurants auf Juist. Offensichtlich war sie an dem Lokal vorbeigelaufen und hatte den Namen gelesen. Kurz entschlossen wählte sie seine Nummer.

»Onken!«

Lena stellte sich vor und bat darum, dass er direkt zu einem Gespräch in die Polizeistation kam.

»Im Moment ist es ganz schlecht«, brummte Onken.

Normalerweise war spätestens die zweite Frage die nach dem Grund des Gesprächs. Tamme Onken stellte sie allerdings nicht.

»Wenn ich Sie richtig verstehe, möchten Sie lieber eine staatsanwaltliche Vorladung nach Emden ins Kommissariat. Vermutlich werden ja morgen die Fähren …«

»Sind Sie jetzt in der Polizeistation?«, unterbrach Onken sie.

»Ja, das bin ich. Sie können kommen, falls das Ihre eigentliche Frage war.«

»Sind Sie allein?«

»Auch das ist richtig. Kollege Ollmers ist noch eine Weile außerhalb beschäftigt.« Lena wusste zwar nicht, wann der Inselpolizist zurück sein würde, ahnte aber, worauf Onkens Frage hinauslief, und wollte ihm keinen Grund geben, sich zu verweigern.

»Ich bin in fünf Minuten bei Ihnen«, hörte sie Onken sagen, der anschließend ohne Abschiedsgruß auflegte.

Lena musste nicht lange warten, bis der Restaurantbesitzer vor ihr stand und mit leicht säuerlichem Gesichtsausdruck meinte: »Ich hoffe, es geht schnell.«

»Setzen Sie sich doch.« Lena zeigte auf den Stuhl vor ihrem Schreibtisch.

Sie schätzte den Mann auf Mitte fünfzig. Er war kaum größer als sie und hatte volles graues Haar, das er streng nach hinten gekämmt trug. Die Röte in seinem Gesicht ließ vermuten, dass er gerne die eine oder andere Weinprobe selbst durchführte und vermutlich auch einem guten Whisky nicht abgeneigt war. Er saß aufrecht vor ihr und schien auf die erste Frage zu warten.

»Sie fragen gar nicht, warum ich Sie hergebeten habe. Das ist ungewöhnlich«, stieg Lena in die Befragung ein.

Im ersten Moment schien Onken irritiert zu sein, fing sich aber sofort wieder. »Es wird ja wohl um die Toten am Strand gehen, vermute ich mal.«

»Das ist richtig, Herr Onken. In welcher Beziehung standen Sie zu Nele Habers?«

»Beziehung? Was soll das denn? In keiner, oder besser gesagt, ich kannte sie vom Sehen, so wie man sich hier auf Juist halt kennt. Ihr Vater war ja damals ein großes Tier bei uns. Gut, über das Mädchen wurde natürlich auch einiges getratscht, aber das interessiert mich nicht so.« Er zeigte mit dem Finger auf sein linkes Ohr. »Das geht hier rein und hier«, die andere Hand fuhr zum rechten Ohr, »gleich wieder raus.«

Lena beschloss, aufs Ganze zu gehen. Der Mann war gewieft und schlagfertig. Es würde eine Weile dauern, bis er sich in Widersprüche verwickelte.

»Uns liegen Hinweise vor, dass Sie einer von Nele Habers' Kunden waren.«

»Kunde? Ist tatsächlich was dran an diesen Gerüchten, dass das Mädchen …? Teufel auch! Wer hätte das gedacht.«

Lena lächelte und sah Onken eine Weile schweigend an.

»Herr Onken, wir können hier jetzt Spielchen spielen. Sie können weiter so tun, als würden Sie zum ersten Mal hören, dass Nele Habers sich prostituiert hat. Wenn Sie das unbedingt möchten, können wir das selbstverständlich so machen. Allerdings hätte das zur Folge, dass ich Sie gleich an erster Stelle auf meine Verdächtigenliste setze, was wiederum heißt, dass Sie komplett durchleuchtet werden: Wir müssen Ihr gesamtes Umfeld befragen – Ihre Familie, Nachbarn, Angestellten –, wir müssen uns bei Ihnen zu Hause umsehen und im Restaurant … Dass sich das nicht lange geheim halten lässt, brauche ich Ihnen als Insulaner nicht zu erklären.« Wieder legte sie eine Kunstpause ein. »Wir könnten natürlich auch unter vier Augen über diese Angelegenheit sprechen. Sie sagen mir, was Sie wissen, ich versuche mein Möglichstes, diskret damit umzugehen.«

Onken war eine Nuance blasser geworden und schien fieberhaft darüber nachzudenken, wie er sich verhalten sollte.

»Kann ich mich darauf verlassen, dass das unter uns bleibt?«

»Wie gesagt, wenn es irgendwie möglich ist …«

»Okay! Ich habe mich ein paarmal mit ihr getroffen. Sie hat Geld bekommen, nach einer halben Stunde war alles vorbei. Mit ihrem Tod habe ich nicht das Geringste zu tun.« Er nickte noch einmal als Bestätigung, dass seine Aussage damit beendet wäre. »Kann ich jetzt gehen?«

»Wann genau hatten Sie diese Art von … *Kontakt* zu Frau Habers?«, fuhr Lena unbeirrt fort.

»Das weiß ich nicht mehr genau. Es ist ’ne Weile her.«

Lena blätterte in dem Stapel Papier, der vor ihr lag. »In den letzten zwei Wochen haben Sie zweimal mit ihr telefoniert. Hilft Ihnen das vielleicht bei Ihrer Erinnerung?«

»Dürfen Sie das überhaupt?«, fuhr er sie an. »Einfach so in den Telefonlisten von unbescholtenen Bürgern rumschnüffeln?«

Lena legte ihr Smartphone vor sich hin und stellte die Stoppuhr. »Sie haben genau zwei Minuten Zeit, Herr Onken.« Sie drehte das Handy um, damit er die Zeit im Blick hatte, und drückte auf den grünen Button. »Genau ab jetzt.«

Onken starrte auf die hastig wechselnden Zahlen. Seine Atmung ging schwer, seine Nase war rot angelaufen. Kurz vor Ablauf der Zeit drückte er auf Stopp und schob das Handy wieder über den Tisch zu ihr.

»Ja, verflucht. Es ist vor Kurzem noch ein letztes Mal passiert. Aber deshalb bringe ich doch niemanden um. Es war ein ganz normaler Deal. Geld gegen Ware. Punkt. Sie wollen mir hier etwas unterschieben, mit dem ich nichts zu tun habe.«

»Wie häufig haben Sie sich in den letzten zwei Wochen gesehen?«

»Ein Mal. Das habe ich doch schon gesagt.« Er schien zunehmend gereizt zu sein und warf Lena einen wütenden Blick zu.

»Sie haben zweimal telefoniert. Warum?«

Sein kurzes Zögern war nur mit geübtem Auge zu erkennen. Er zuckte die Schultern. »Sie hatte keine Zeit. Da konnte man nichts machen.«

»Keine Zeit, oder wollte sie nichts mehr mit Ihnen zu tun haben?«

»Wie ich gesagt habe. Sie konnte gerade nicht. Punkt.«

Lena ließ Onken eine Weile schmoren, bevor sie sagte: »Wo waren Sie in der Nacht, als Nele Habers getötet wurde? Sagen wir, von drei bis acht Uhr?«

»Sie wollen von mir ein Alibi?« Er schüttelte angewidert den Kopf. »Zu dieser Zeit pflege ich zu schlafen. Da meine Frau und ich getrennte Schlafzimmer haben, kann ich leider nicht mit einem Alibi behilflich sein. Reicht das?«

»Das wird sich zeigen.«

Er stand auf. »Mehr habe ich dazu nicht zu sagen. Wenn Sie mich unbedingt vorladen wollen, dann tun Sie das.« Er ging ein paar Schritte Richtung Tür und drehte sich dann um. »Ich habe übrigens einen hervorragenden Anwalt. Nur damit Sie Bescheid wissen.« Er zog die Tür auf und schlug sie hinter sich wieder zu.

»Einmal oder zweimal. Warum lügst du?«, murmelte Lena und klappte die Akte vor sich zu.

Neunzehn

Meta Momsen war eine kleine, rundliche Frau mit roten Apfelbäckchen. Ihr graues Haar trug sie zu einem altmodischen Dutt gesteckt. Sie mochte um die siebzig Jahre alt sein. Sie begrüßte David Büttner mit einem freundlichen Lächeln. »Moin. Sie kommen gerade richtig, ich habe Tee aufgesetzt.«

Büttner hob verwundert die Brauen. Er hatte sich noch nicht einmal vorgestellt und bekam schon eine Einladung zum Tee?

»Nun gucken Sie mal nicht so erschrocken«, sagte sie mit einem Lachen. »Zurzeit kommt keiner auf die Insel rauf und keiner runter. Woher sollte also ein Bösewicht kommen, der mich in meinem eigenen Haus überfällt? Vom Himmel fallen vielleicht? Nun kommen Sie schon rein, ist ja ziemlich ungemütlich da draußen.«

Büttner zuckte die Schultern. Natürlich hätte er ihr nun eine ganze Reihe von Argumenten nennen können, warum man einen Fremden auch bei unwirtlicher Ostwindlage nicht ins Haus lassen sollte, aber er beschloss, darauf zu verzichten. Es gab wenige Menschen, die sich einen Rest ihres Urvertrauens bewahrt hatten, und er würde ganz gewiss nicht derjenige sein, der es ihr nahm. Also zog er nur seinen Dienstausweis hervor und sagte: »Dennoch würde ich mich gerne vorstellen. Mein Name ist Büttner, ich bin von der Kriminalpolizei.«

»Aber das weiß ich doch«, sagte Meta Momsen zu seiner Verwunderung. »Sie waren bei meinem Bruder im Geschäft und haben allerhand Sachen gekauft. So was spricht sich doch rum.«

»Ach«, war alles, was Büttner hierauf einfiel. Er folgte ihr in die Küche, in der gerade der Wasserkessel auf dem Herd anfing zu pfeifen.

»Setzen Sie sich doch.« Sie musterte ihn. »Bestimmt mögen Sie auch einen Keks zum Tee.«

Wie ertappt griff sich Büttner an seinen nicht ganz schlanken Bauch. Ob er wirklich …? Seine Zweifel verflogen, als die Frau nun herrlich duftendes Gebäck auf den Tisch stellte, bei dem es sich keineswegs um einfache Kekse, sondern um offensichtlich frisch aus dem Ofen kommende Schokomuffins handelte.

Meta Momsen goss den Tee auf, stellte ihn auf ein Stövchen und setzte sich zu ihm, nachdem sie zwei Tassen aus dem Schrank geholt hatte. »Sie sind sicher wegen Arne hier«, stellte sie dann ohne Umschweife fest.

»Ja. Sie wissen nicht zufällig, ob er zu Hause ist?«

»Ist er nicht. Er war heute Nacht auch gar nicht hier. Vermutlich ist er bei Mareike.«

»Und warum gehen Sie davon aus, dass ich ihn sprechen möchte?«

»Es heißt, dass Sie ihn auf dem Kieker haben. Sie und Ihre junge Kollegin, die ja wohl aus Kiel kommt.«

Büttner war baff. Natürlich war es kaum zu verhindern, dass ihre Ermittlungen auf Aufmerksamkeit bei den Inselbewohnern stießen; aber dass der Buschfunk derart gut funktionierte, obwohl sich kaum ein Mensch auf der Straße aufhielt, damit hätte er dann doch nicht gerechnet. Um seine Irritation zu überspielen, trat er die Flucht nach vorne an. »Können Sie mir denn sagen, ob Arne Postel in der Nacht, als Nele Habers und Torben Althuis ermordet wurden, zu Hause war?«, fragte er.

»Darüber habe ich auch schon nachgedacht«, antwortete Meta Momsen. »Man macht sich ja so seine Gedanken. Ich bin mir aber fast sicher, dass er nicht hier war.«

»Mit Sicherheit sagen können Sie es aber nicht.«

»Na ja, sagen wir mal so: Die ganze Insel war ja ruckzuck auf den Beinen, als die Nachricht rumging, dass man Nele und Torben tot aufgefunden hat. Passiert ja nicht alle Tage, so was. Ich weiß noch, dass ich morgens an Arnes Tür geklopft habe. Aber da war er nicht da.«

»Wer hat Sie über den Tod der beiden informiert?«

»Mareike rief an. Eigentlich wollte sie Arne sprechen, aber sie sagte, er ging nicht ans Telefon.«

»Um welche Uhrzeit war das in etwa?«

»So gegen acht, würde ich sagen.«

»Dann wurden Sie aber sehr früh von dem Tod der beiden unterrichtet.«

Meta Momsen senkte den Blick. »Ach ja«, seufzte sie. »Solche Nachrichten verbreiten sich hier sehr schnell.«

Büttner meinte, eine gewisse Unsicherheit in ihrer Stimme zu hören. Sagte sie ihm wirklich die ganze Wahrheit? Tatsächlich erschien es ihm beinahe ausgeschlossen, dass jemand Unbeteiligtes so früh von den Toten erfahren hatte. Seines Wissens wäre sie dann gleichzeitig mit dem Auffinden der Leichen informiert gewesen. Konnte das sein? Er würde es überprüfen müssen.

»Wie ist denn Ihr Verhältnis zu Arne Postel?«, stellte er die nächste Frage. »Verstehen Sie sich gut?«

Sie überlegte einen Augenblick, dann nickte sie. »Ja, ich denke schon. Er geht mir ab und zu etwas zur Hand. Er ist kein schlechter Mensch. Ein wenig aufbrausend vielleicht. Aber zu mir ist er immer höflich.«

»Aufbrausend?«, hakte Büttner nach.

Sie zog die Augenbrauen zusammen. »Ja. Er kann schon ziemlich wütend werden, wenn etwas nicht nach seinem Kopf geht.«

»Zum Beispiel?«

»Na ja, ich glaube, er war zum Beispiel ziemlich sauer, dass Nele nicht mit ihm zusammen sein wollte. Ich hab gehört, wie er sie am Telefon angeschrien hat.« Sie hob abwehrend die Hände. »Nicht dass ich neugierig bin oder lausche oder so. Aber dieses Gebrüll konnte ich nun wirklich nicht überhören.« Sie schob ihm die Muffins rüber. »Hier, nehmen Sie doch einen.«

Büttner tat wie ihm geheißen. »Wann war das? Also das Gebrüll?«, fragte er nach dem ersten Bissen. Der Muffin schmeckte köstlich.

»Oh, das habe ich mir gemerkt. Es war nämlich einen Tag bevor Nele dann tot aufgefunden wurde.«

»Hm. Worum ging es bei der Auseinandersetzung?«

»Ganz genau weiß ich das natürlich nicht, weil ich doch nur Arne gehört habe und nicht, was Nele ihm geantwortet hat. Aber es ging wohl darum, dass da was zwischen den beiden gelaufen war und er hoffte, dass da mehr draus wird.«

»Aber Nele wollte nicht mehr von ihm?«, hakte Büttner nach.

»Wäre er sonst so wütend geworden? Nele hatte doch auch einen Freund. Ich habe sie öfter zusammen gesehen. So verliebt wirkten die beiden.« Meta Momsen tat Kluntjes in die Tassen und schenkte Tee ein, dann gab sie noch einen Löffel Sahne hinzu, die sich im heißen Tee zu Wölkchen zerfaserte.

»Wenn es so ist, wie Sie sagen, warum geht sie dann mit einem anderen Mann ins Bett?«

»Das müssten Sie sie schon selbst … Ach herrje!« Sie schlug sich die Hand vor den Mund. »Bitte entschuldigen Sie. Für einen Moment hatte ich vergessen …«

»Schon gut«, winkte Büttner ab. »Und wie endete das Telefonat zwischen Postel und Nele?«

»Auch mit Gebrüll.«

»Ja. Aber wurde noch etwas Bestimmtes gesagt? Eine Drohung vielleicht?«

»Das kann man wohl sagen. Arne brüllte, dass er sich das nicht gefallen lässt und dass sie schon sehen wird, was sie davon hat.«

Büttner konnte nicht umhin festzustellen, dass sich die Schlinge um Postels Hals immer enger zuzog. Er überlegte, ob die Indizien ausreichten, um ihn für eine Weile festzusetzen. Irgendwer müsste ihn mal so richtig in die Mangel nehmen, ohne dass Postel die Möglichkeit hatte, sich der Situation zu entziehen. Andererseits: Sie waren hier auf Juist. Bis auf eine kleine Arrestzelle gab es nichts, wo sie Postel unterbringen konnten. Also verwarf er den Gedanken gleich wieder. Solange es nicht die Möglichkeit gab, ihn aufs Festland zu bringen, würden sie sich wohl mit den gegebenen Umständen arrangieren müssen.

»Sie haben vermutlich keine Ahnung, wann Herr Postel wieder nach Hause kommen wird?«, fragte er.

Sie lächelte. »Nein. Er ist ja schon groß, der kommt und geht, wann er will. Aber vielleicht versuchen Sie es mal bei Mareike. Sie wissen ja, wo sie wohnt.«

Büttner knurrte unwillig.

»Aber da ist noch was«, sagte Meta Momsen. »Ich glaube nämlich, dass ich jemanden gesehen habe.«

»Gesehen? Wann?«

»Na ja, da war doch dieser Aufruf in der Inselzeitung, dass sich Zeugen melden sollen.«

Büttner horchte auf. »Und?«

»Ich schlafe nachts schlecht, wissen Sie? Und da stehe ich dann schon mal am Fenster und schaue hinaus. Einfach so. Es beruhigt mich. Und wenn ich dann müde genug bin, gehe ich wieder ins Bett.«

»Sie reden von der Nacht, in der der Mord geschah?«

»Ja. Normalerweise ist ja so spät nichts mehr los auf der Straße. Aber in dieser Nacht lief ein Mann an meinem Haus vorbei in Richtung Nordstrand.«

»Konnten Sie ihn erkennen?«

»Nein, er hatte eine Kapuze über den Kopf gezogen. Es war ja bitterkalt.« Sie machte eine kurze Pause, bevor sie hinzufügte: »Aber vom Gang her würde ich fast sagen, dass es Hinnerk Eilers war.«

Das war interessant! »Wie kommen Sie darauf?«

»Na ja, ich kenne Hinnerk ja schon lang.«

»Aber bezeugen könnten Sie es nicht«, stellte Büttner sachlich fest.

»Nur so, wie ich es gerade gesagt habe. Man will ja niemandem unrecht tun. Gut möglich, dass es jemand anders war. Ich leg mich da lieber nicht fest.«

»Okay.« Büttner nickte, dann wischte er ein paar Krümel von der Hose und erhob sich von seinem Platz. Er legte eine Visitenkarte auf den Tisch. »Falls Herr Postel nach Hause kommt, könnten Sie mich dann bitte sofort anrufen?«

»Aber sicher doch, Herr Kommissar.«

»Vielen Dank für den Tee und den köstlichen Muffin, Frau … ähm …«

»Momsen.« Sie lächelte.

»Frau Momsen. Ich mache mich dann mal wieder auf den Weg.«

»Ich bringe Sie an die Tür.«

Bevor er auf die Straße hinaustrat, drehte sich Büttner noch einmal um und fragte: »Sie wissen nicht zufällig, wann die Fähren wieder fahren oder wenigstens ein Helikopter fliegt?«

»Ich hab da was von morgen munkeln hören«, antwortete sie. »Hängt vom Wetter ab. Ihnen gefällt's wohl nicht bei uns?«

»Darum geht es nicht«, brummte Büttner. Er hoffte, dass sie mit ihrer Prognose recht behalten würde. Aber wenn es so war, dann blieb ihnen nicht mehr viel Zeit, um den Täter einzukreisen. Also lag zweifelsohne noch ein anstrengender Tag vor ihm.

Er zog sein Telefon aus der Tasche und rief Lena Lorenzen an, um die weiteren Schritte mit ihr abzustimmen. Es war an der Zeit, dass sie sich gegenseitig auf den neuesten Stand brachten.

Zwanzig

Büttner zog seinen Mantel aus und stellte sich an die Heizung im Büro der Polizeistation. »Das ist so überhaupt nicht mein Wetter.«

Lena holte ihm einen heißen Kaffee und stellte ihn auf seinen Platz an ihrem kleinen Besprechungstisch. Kurz darauf setzte Büttner sich zu ihr und berichtete von seinem Gespräch mit Neles Vater und dem Besuch bei Arne Postels Vermieterin. Dann erstattete Lena, die innerlich Abbitte leisten musste, da sie ihren Kollegen bei der verlängerten Mittagspause vermutet hatte, Bericht über ihre Befragung von Tamme Onken.

»Da hat wohl jemand Angst, dass die Familie von seinen Eskapaden Wind bekommt«, merkte Büttner an.

»Davon kann man ausgehen«, sagte Lena mit einem Schulterzucken. »Allerdings bin ich der Meinung, dass er mir etwas verschwiegen hat.«

»Bauchgefühl?«

Lena nickte. »Er war sehr vorsichtig und schien Angst zu haben, sich zu verplappern. Fragen Sie mich jetzt nicht, was es sein könnte. Ich habe mir da schon die ganze Zeit den Kopf drüber zerbrochen.«

Büttner trank einen Schluck heißen Kaffee. »Dass Zeugen zurückhaltend sind, erlebe ich immer wieder. Die meisten

Menschen haben wohl so eine kleine dunkle Seite in ihrem Leben, von der niemand etwas erfahren soll.«

»Schon richtig, aber bei Onken …« Sie stutzte. Onkens Zurückhaltung musste etwas mit ihrem Fall zu tun haben. Onkens Verbindung zum Fall waren seine Besuche bei Nele Habers. »Also, wenn ein Mann zu einer Prostituierten geht und er unbedingt will, dass es geheim bleibt …«

Büttner zuckte mit den Schultern. »… dann lebt er ganz schön gefährlich. Wenn ein Bekannter oder ein Freund ihn beim Betreten einer bestimmten Wohnung beobachtet, ist sein Geheimnis kein Geheimnis mehr. Und auf so einer kleinen Insel wie Juist spricht sich alles schnell herum.«

»Oder es sieht der Falsche und er ist schnell um ein paar Euros ärmer«, murmelte Lena gedankenversunken.

»Erpressung?«, fragte Büttner. »Das wäre allerdings ein Grund, über seine Antworten genauestens nachzudenken. Denn wenn wir davon erfahren, könnten wir ziemlich schnell vermuten, dass da jemandem der Geduldsfaden gerissen ist.«

Lena stand auf und drehte eine Runde in dem kleinen Raum. Beim Gehen fiel ihr das Denken leichter. Hatte Nele sich nicht nur prostituiert, sondern war auf die Idee gekommen, doppelt abzukassieren? »Könnte Nele ihre Freier erpresst haben?«

Büttner wiegte den Kopf hin und her. »Die Kriminaltechnik hat ihren Laptop sichergestellt. Hasenkrug hätte mich sicher informiert, wenn dort kompromittierende Fotos oder gar Erpresserbriefe gefunden worden wären.«

»Die können auch auf ihrem Handy sein, und das ist verschwunden. Vielleicht ja nicht zufällig.« Lena legte den Kopf in den Nacken. »Nele brauchte Geld, viel Geld, um ihr Projekt zum Laufen zu bringen. Ich kenne zwar nicht den Preis für ihre Dienste, aber ich vermute mal, dass diese Einkommensquelle niemals gereicht hätte, um ihr Projekt zu finanzieren.«

»Diese neumodischen Handys speichern doch inzwischen alles irgendwo in so einer …« Büttner schien das Wort nicht einzufallen.

»Cloud. Ein externer Speicher. Wahnsinnig schwierig, da ranzukommen.«

»Hatten Sie da nicht so einen …?«

Lena stöhnte leise. Leon ein zweites Mal innerhalb kürzester Zeit mit einem Auftrag zu kommen, würde ihm sicher nicht schmecken. Im besten Fall würde er gleich wieder auflegen. Trotzdem stand sie auf, das Handy bereits am Ohr.

»Du schon wieder!«, maulte Leon sie an.

Lena erklärte ihr Anliegen und bat ihn um einen weiteren Gefallen.

»Das dauert«, sagte er zu ihrer Verwunderung. »Schick mir die Nummer. Ich melde mich.«

Als Lena nachfragen wollte, wie lange er brauchen würde, hatte er bereits wieder aufgelegt.

Zurück bei Büttner, fasste sie Leons Aussagen zusammen.

»So ganz legal ist das nicht, was Sie da machen, oder?«, fragte er mit einem schelmischen Blick. Als Lena gerade antworten wollte, fügte er mit erhobener Hand hinzu: »Was ich nicht weiß, macht mich nicht heiß. Ich gehe einfach mal davon aus, dass Ihr Superhacker beim LKA beheimatet ist und er selbstverständlich alle notwendigen …«

»Wir waren bei dem Thema Erpressung«, unterbrach Lena ihn. »Wenn Nele nicht der aktive Part war, dann könnte es ja eine zweite Person gegeben haben.«

»Einen Komplizen, meinen Sie? Sozusagen Arbeitsteilung. Wer käme dafür infrage?«

»An erster Stelle würde man da an Torben Althuis denken. Aber nach dem, was wir bisher von ihm und Nele wissen, wird sie ihn damit nicht belastet haben. Vielleicht wusste er nicht einmal, dass sie sich wieder prostituiert, und schon gar nicht, dass sie die Männer erpresst. Arne Postel und Enno Eilers sind weitere Kandidaten. Sie waren ihr beide mehr oder weniger hörig und hätten alles für sie getan. Vielleicht ist es aber auch ein uns vollkommen Unbekannter, den sie aus Hamburg kennt.«

»Das sind mir alles zu viele Wenn und Aber, Frau Kollegin«, meinte Büttner.

»Ich werde später noch den zweiten potenziellen Freier aufsuchen. Vielleicht bekomme ich aus dem ja mehr raus. Wenn einer erpresst wurde, dann vermutlich auch alle anderen.«

»Sehe ich auch so.« Büttner hob demonstrativ die Hand und warf einen Blick auf die Uhr. »Kurz vor vier. Zeit für eine kleine Zusammenfassung. Was haben wir?«

Lena wunderte sich, dass Büttner ihren bisherigen Part übernahm, ließ sich aber nichts anmerken. »Ich sehe bei Arne Postel die meisten Fäden zusammenlaufen. Er war Nele absolut ergeben und unglücklich in sie verliebt. Die beiden haben in den letzten Wochen mehrfach am Tag telefoniert und sich nach Auskunft von Zeugen regelmäßig getroffen. Gleichzeitig wissen wir, dass Nele zwar mit ihm geschlafen, dies aber nicht als Beginn einer Beziehung gesehen hat, sondern als …« Lena stockte.

»Bezahlung oder Belohnung?«, half ihr Büttner aus. »Die junge Frau scheint ihren Körper ja sehr freizügig angeboten zu haben.«

Lena gefiel diese Wortwahl nicht. Sie hatte in ihrer Polizeikarriere mit vielen Prostituierten Kontakt gehabt. Auch wenn manche von ihnen beteuerten, dass sie vollkommen freiwillig der Arbeit nachgingen, hatten sie alle ihre eigene, zum Teil sehr tragische Geschichte. Eine Gemeinsamkeit hatten sie fast alle: Der Einstieg in die Prostitution war nur selten freiwillig gewesen. Neben der klassischen Zwangsprostitution, die nicht ohne direkte Gewaltanwendung und massiven Druck auskam, standen häufig Geldsorgen im Vordergrund, die nicht selten mit Drogenkonsum einhergingen.

»Es gibt wenige Frauen, die sich freiwillig prostituieren«, meinte Lena leicht säuerlich. »Mag ja sein, dass Nele diese schrecklichen Erfahrungen so weit abgestumpft haben, dass ihr ihr Körper egal war, aber darum beneide ich sie sicher nicht.«

Büttner verzog sein Gesicht und schnaubte. »Freiwillig hin, freiwillig her. Sie war inzwischen clean, wie wir wissen, und hat ohne Geldsorgen ihren Körper verkauft. Und wenn unsere Theorie mit der Erpressung stimmen sollte, war sie nicht nur ein Opfer.«

Lena atmete tief durch. Diese Diskussion würde zu nichts führen. Sie entschloss sich, das Thema zu wechseln. »Wir waren bei Postel. Er war enttäuscht, fühlte sich vielleicht sogar hintergangen. Aber reicht das, um zwei Menschen zu töten?« Als Büttner etwas einwenden wollte, hob sie beschwichtigend die Hände. »Ich weiß, das Thema hatten wir schon. Trotzdem: Was könnte passiert sein, dass er so von Sinnen war, dass er Nele und Torben tötete?«

»Eifersucht oder verschämte Liebe kann sich nach und nach hochschaukeln, bis der Täter seine Handlungen nicht mehr unter Kontrolle hat«, warf Büttner ein.

»Wie würden Sie reagieren, wenn Sie jahrelang einer Frau hinterhergelaufen wären und plötzlich entdecken, dass Sie nur als Laufbursche ausgenutzt wurden?«

»Meine Welt würde zusammenbrechen.«

»Genauso sehe ich das auch. Stellt sich die Frage: Was hat ihn zu der Erkenntnis gebracht? Was war der Auslöser?«

Büttner schob die leere Kaffeetasse zur Seite. »Na ja, er hat vielleicht gedacht, er wäre am Ziel, als Nele mit ihm geschlafen hat. Aber dann …«

»Postel ist doch kein grüner Junge. Nele war ganz sicher nicht die erste Frau, mit der er im Bett war.«

»Aber vielleicht die wichtigste?«

Zurück in der Polizeistation, gingen sie die ersten Meldungen durch, die aufgrund des Aufrufs bei der Inselzeitung eingegangen waren. Ralf Ollmers hatte sie nach Relevanz vorsortiert und sie gleich gewarnt, dass es sich bei den Personen, die sich gemeldet hatten, um ortsbekannte Kneipengänger und Gerüchteverbreiter handelte. Trotzdem griff Lena zum Telefon und sprach mit drei Personen, deren Beobachtungen ihr am konkretesten erschienen.

Büttner hatte währenddessen mit seinem Kollegen in Emden telefoniert, der seinen Besuch bei Neles Eltern gerade abgeschlossen hatte.

»Und?«, fragte er, als Lena ihr Handy zur Seite legte. »War etwas dabei?«

»Schwer zu sagen. Zwei der Personen wollten sich wohl nur wichtigmachen, aber eine Frau – nach der Stimme zu urteilen, war sie in meinem Alter – ist am frühen Morgen nach Hause gekommen und hat dabei eine Beobachtung gemacht.«

»Wer kommt so spät nach Hause?«

Lena schmunzelte. »Ich vermute, sie war bei einem Mann und wollte nicht unbedingt gesehen werden. Wichtiger ist, was sie beobachtet hat. Zunächst sind ihr Nele und Torben begegnet. Sie kannte Nele vom Sehen und auch Torben war ihr schon einige Male über den Weg gelaufen.«

»Und weiter?«, drängelte Büttner.

»Als die Zeugin gerade ihre Haustür aufgeschlossen hatte, hörte sie hinter sich ein Geräusch und sah dann einen Mann, der bereits an ihr vorbeigegangen war. Sie hat ihn also nur von hinten gesehen und ähnlich beschrieben wie Frau Momsen. Groß, breitschultrig, kräftiger Gang und die Kapuze über dem Kopf.«

»Eilers senior?«

»Ich habe sie natürlich gefragt, ob sie den Mann erkannt hat. Sie meinte aber, dass es zu dunkel gewesen wäre. Wie gesagt, hat sie den Mann auch nur von hinten gesehen. Da allerdings zwischen den beiden Begegnungen nur wenige Sekunden vergangen sind, können wir wohl davon ausgehen, dass Nele und Torben verfolgt wurden.«

»Postel, Eilers junior und Eilers senior sind alle groß und kräftig.«

Lena nickte. »Zumindest können wir Mareike ausschließen. Sie kann auf keinen Fall die Verfolgerin gewesen sein. Tamme Onken ist zu klein, Robert Meister, das ist der zweite Kandidat von der Telefonliste, kenne ich noch nicht. Ich habe mich um zwanzig Uhr mit ihm verabredet.«

»Sind eigentlich weitere Fotos im Internet aufgetaucht?«, fragte Büttner unvermittelt.

»Nein, bisher zum Glück nicht. Vielleicht habe ich unseren Verfolger mit der Verfolgungsjagd doch etwas erschreckt.«

»Wollen wir es hoffen. Trotzdem frage ich mich, wer dahinterstecken könnte. Eilers senior sicher nicht. Dann schon eher sein Sohn oder Postel.«

»Sehe ich auch so. Wir brauchen Durchsuchungsbeschlüsse für beide Wohnungen. Handy, Tablet oder Laptop. Irgendwo müssen diese Fotos doch sein.«

Büttner schmunzelte. »Dachte ich mir doch, dass Sie mir zustimmen. Ich habe Hasenkrug gebeten, uns die Beschlüsse zu besorgen. Morgen früh sollten sie vorliegen.«

Lena ließ sich ihre Überraschung nicht anmerken. Und wenn sie Büttners Miene richtig interpretierte, hatte er weitere interessante Informationen von seinem Kollegen bekommen. Sie sah ihn fragend an.

»Stimmt, das wollte ich Ihnen noch erzählen. Hasenkrug war bei Neles Eltern, oder um genau zu sein, er hat mit dem Vater gesprochen. Es ging mir vor allem um den Fischbrötchenstand am Hafen. Um es kurz zu machen: Nele hat ihren Vater gebeten, Arne Postel zu unterstützen, und ihn auch auf die Idee mit dem Stand gebracht. Darauf, dass Postel Habers erpresst hat, deutet nach allen Überprüfungen nichts hin.«

»Sieh an. Vermutlich wollte Nele ihn an sich binden.«

»Aber irgendwann reichte der Lohn wohl nicht mehr«, murmelte Büttner.

»Mag sein«, sagte Lena nachdenklich. War die kurze Bettgeschichte zwischen Nele und Postel der Anfang vom Ende gewesen? Hatte sich die Situation so zugespitzt, dass am Ende zwei Menschen sterben mussten? »Okay. Durchsuchung morgen früh, danach Verhör Postel.«

Büttner nickte zustimmend. »Klingt nach einem guten Plan, würde ich mal sagen.«

Einundzwanzig

Schon als sie vor dem Haus von Meta Momsen standen, war von innen lautes Geschrei zu hören. Ganz eindeutig kam dieses nicht aus dem Haupthaus, sondern aus der Einliegerwohnung im Souterrain.

»Sie sind also schon wach«, stellte David Büttner fest, während er an einem Schokoriegel knabberte. »Und wenn ich wetten müsste, dann ist es seine Freundin Mareike, mit der sich Postel derart in den Haaren liegt. So ganz einig scheinen sich die beiden in letzter Zeit nicht zu sein.«

Der Anruf von Ralf Ollmers, dass die Durchsuchungsbeschlüsse für Postels und Eilers' Wohnungen vorlagen, war bereits früh am Morgen gekommen. Anscheinend hatte Hasenkrug es entsprechend dringend gemacht, denn die Beschlüsse waren noch am Vorabend vom Festland gefaxt worden. Nach einem schnellen Kaffee hatten sich Büttner und Lorenzen auf den Weg gemacht, in der Hoffnung, Postel zu dieser Stunde vielleicht noch zu Hause anzutreffen. Anscheinend hatten sie Glück.

Lena Lorenzen drückte ausdauernd auf den Klingelknopf, das Geschrei im Inneren des Hauses endete abrupt. Eine ganze Weile geschah nichts. Büttner stellte sich vor, wie Arne Postel und Mareike Behrens gerade beide den Finger auf den Mund legten, um sich gegenseitig zu bedeuten, keinen Mucks von sich zu geben. Vielleicht rechneten sie mit einem Besuch, der ihnen nicht willkommen war. Oder wussten sie womöglich schon, wer vor der Tür stand?

Büttner ließ seinen Blick über die Fassade schweifen. Von den Fenstern des Souterrains aus dürften allenfalls ihre Füße zu erkennen sein. Eine Gardine bewegte sich. Man versuchte also herauszufinden, um wen es sich bei den morgendlichen Besuchern handelte.

Seine Kollegin klingelte erneut, doch auch diesmal blieb alles ruhig. Sekunden später jedoch waren auf der anderen Seite der Haustür Schritte zu hören, gleich darauf wurde sie geöffnet. Vor ihnen stand eine völlig übernächtigte Meta Momsen in altrosa Bademantel und mit zerzaustem Haar. Sie musterte sie gähnend. »Moin. Kommen Sie rein.« Sie hielt ihnen die Tür auf und sie traten ein.

»Moin, Frau Momsen«, erwiderte Büttner. »Es tut mir leid, dass wir Sie so früh am Morgen stören.«

Die alte Frau winkte mit einer Handbewegung ab. Sie streckte kurz den Kopf zur Tür hinaus und bemerkte mit einem zufriedenen Unterton: »Der Wind scheint ja endlich nachzulassen.« Dann sagte sie: »Schon gut, Herr Kommissar. Sie machen ja auch nur Ihren Job. Außerdem habe ich sowieso nicht mehr schlafen können, bei dem Geschrei da unten. Gut, dass Sie jetzt da sind, um es zu beenden. Mögen Sie einen Tee?«

»Sehr freundlich, aber nein.« Lena Lorenzen stellte sich vor und zeigte Meta Momsen den Durchsuchungsbeschluss. »Wir würden uns in der Wohnung von Herrn Postel gerne ein wenig genauer umsehen. Ollmers wird auch gleich hier sein. War Postel die ganze Nacht hier?«, fragte sie.

»Sie kamen sehr spät nach Hause. Ich hatte gerade wieder meinen Platz am Fenster bezogen.«

»Mareike ist bei ihm?«

»Ja.«

»Haben sie auch schon gestritten, als sie in der Nacht hier ankamen?«

»Nein. Sie kamen Arm in Arm und turtelten wie zwei Frischverliebte. Keine Ahnung, was danach passiert ist. Auf jeden Fall bin ich irgendwann wieder ins Bett und wenig später von dem Geschrei aufgewacht.«

»Kommt es öfter vor, dass die beiden so laut werden?«, fragte Büttner.

»So wie heute habe ich es noch nie erlebt. Zwischendurch dachte ich, er schlägt Mareike. Ich hab schon überlegt, die Polizei zu rufen.«

»Nun, die ist ja jetzt da.« Büttner deutete auf eine Treppe gleich neben der Haustür, die nach unten führte. »Geht's hier entlang?«

Meta Momsen nickte. »Ja. Die Tür gleich unten links. Viel Erfolg.« Sie schlurfte in Richtung Küche davon.

Sekunden später klopfte Lena Lorenzen an Postels Tür. »Herr Postel, wir wissen, dass Sie da sind! Machen Sie bitte die Tür auf, ansonsten müssten wir sie aufbrechen!«

Büttner hob bei dieser Ankündigung erstaunt die Brauen, sagte aber nichts. Das rabiate Vorgehen der Kollegin zeigte Wirkung, denn nur wenige Augenblicke später drehte sich ein Schlüssel im Schloss und ein mürrisch dreinblickender Arne Postel in Jogginghose und T-Shirt blickte ihnen entgegen. »Sie schrecken auch vor nichts zurück, oder?«, brummte er.

»Wir werden uns hier jetzt ein wenig umsehen.« Lena Lorenzen drückte ihm den Durchsuchungsbeschluss in die Hand.

»Warum das denn?«

Die beiden Kommissare überhörten die Frage. »Moin, Frau Behrens«, begrüßte Büttner Postels Freundin Mareike, die völlig verheult auf einem Sofa saß. Ihr Gesicht war fleckig, Nase und

Augen waren geschwollen. Auch war sie komplett angezogen, was darauf hindeutete, dass sie womöglich gar nicht im Bett gewesen war. Sie schien keine besonders angenehmen Stunden hinter sich zu haben. Allerdings sah es auf den ersten Blick nicht so aus, als hätte sie körperliche Blessuren davongetragen.

»Ich geh dann jetzt mal«, näselte sie und erhob sich von ihrem Platz.

Lena Lorenzen hob die Hand. »Zuerst wüsste ich gerne, was der Grund für Ihren heftigen Streit war.«

»Das geht Sie nichts an«, knurrte Postel.

Mareike senkte den Kopf und biss sich auf die Lippen, als Büttner sie nun prüfend musterte. »Sehen Sie das auch so, Frau Behrens?«

Mareike schielte von unten herauf zu Postel, der mit verschränkten Armen dastand und sie wenig freundlich ansah. Dann nickte sie. Büttner hatte allerdings den Eindruck, als hätte sie nur allzu gerne etwas gesagt, würde sich aber aus Angst vor Postel zurückhalten. Am besten würde es wohl sein, sie später noch einmal aufzusuchen. »Gut, dann können Sie jetzt gehen, Frau Behrens«, sagte er.

Mareike schniefte und wischte sich mit dem Ärmel ihres Pullovers über das tränennasse Gesicht. Dann schnappte sie sich ihre Jacke und verließ wortlos den Raum, wobei sie Arne Postel keines Blickes würdigte.

»Wenn Sie jetzt bitte auch …« Büttner brach ab, als es erneut an der Tür klingelte. »Machen Sie bitte auf, das wird unser Kollege sein«, sagte er zu Postel, der daraufhin ein unartikuliertes Brummen von sich gab und auf den Türöffner drückte.

»Wenn Sie jetzt bitte auch die Wohnung verlassen würden«, vollendete Büttner seine Aufforderung.

»Sie schicken mich raus in die Kälte?«, fauchte Postel, obwohl das ganz gewiss nicht sein eigentliches Problem war.

»Sie können auch gerne auf der Treppe warten. Hauptsache, Sie sind nicht im Weg. Aber bleiben Sie auf jeden Fall in der Nähe des Hauses, wir möchten später noch mit Ihnen reden.«

Ralf Ollmers kam die Treppe hinunter. In den Händen hielt er zwei Plastikboxen. »Falls wir Beweise sichern müssen«, erklärte er.

Als Postel die Wohnung verlassen hatte, streiften sich die Polizisten Einweghandschuhe über und machten sich ans Werk. In den nächsten Minuten schauten sie in Schränke, durchwühlten Schubladen und inspizierten den Inhalt des Bücherregals. Da Postel nur über ein Zimmer mit angeschlossenem Bad verfügte, dauerte diese Aktion nicht allzu lange. Das einzig Interessante, was sie spontan entdeckten, waren ein paar Fotos, die Lena Lorenzen eines nach dem anderen betrachtete.

»Mir scheint, an der Beziehung zwischen Nele Habers und Arne Postel war doch mehr dran, als man uns bislang verraten hat«, stellte sie fest und drückte Büttner die Fotos in die Hand. Sie zeigten die beiden bei Sonnenschein am Strand, mal eng umschlungen, mal einfach nur in die Kamera strahlend. Dem Aufnahmewinkel nach zu urteilen, handelte es sich bei den Fotos um Selfies. Postel und Nele trugen Badekleidung, was darauf schließen ließ, dass die Aufnahmen bereits im letzten Jahr gemacht wurden – oder aber nicht auf Juist, sondern an einem Strand im Süden. Nach Neles Aussehen zu urteilen, hatte sie den Drogenkonsum zu diesem Zeitpunkt bereits hinter sich gelassen, aber der Eindruck konnte natürlich auch täuschen.

»Ich werde aus den beiden nicht schlau«, murmelte Büttner mehr zu sich selbst. Lauter sagte er zu Lena Lorenzen: »Interessante Bilder. Wo genau haben Sie sie gefunden?«

»Sie lagen offen auf dem Schreibtisch herum.«

»Womöglich haben sich Postel und Mareike gerade deswegen gestritten«, mutmaßte Büttner.

»Ja, möglich.« Lena Lorenzen nahm die Fotos wieder an sich und drehte sie in den Händen, als könnte sie auf diese Art noch mehr Interessantes auf ihnen entdecken. »Es wäre gut zu wissen, wann und wo sie aufgenommen wurden«, folgte sie Büttners Gedankengang.

»Wissen Sie vielleicht was darüber?«, fragte Büttner seinen Kollegen, der hinter Lena Lorenzen getreten war und die Fotos neugierig musterte.

Ollmers blickte wie ertappt auf, dann schüttelte er ein wenig zu heftig den Kopf. »Nee, keine Ahnung«, sagte er.

»Wissen Sie, ob die beiden mal zusammen im Urlaub waren?«

»Kann ich nicht sagen. Bin ja nicht ihr Kindermädchen.«

Büttner hob erstaunt die Brauen. Warum wurde der Kollege auf einmal so pampig? »Lassen Sie sich von Postel sein Smartphone aushändigen«, forderte er Ollmers auf. Er griff nach einem Laptop, der auf dem Schreibtisch stand, und stellte ihn in eine der Plastikboxen auf dem Boden. »Vielleicht sind wir schlauer, wenn wir seine Dateien gecheckt haben.« Er hoffte, dass sich seine Kollegen besser mit Computern und Smartphones auskannten als er selbst. Sowohl Lena Lorenzen als auch Ralf Ollmers traute er entsprechende Kenntnisse durchaus zu.

»Ich hab hier noch was«, verkündete Lena Lorenzen. Sie hielt einen Aktenordner in die Höhe. »Hier ist der Arbeitsvertrag für die Fischbude abgeheftet, den Postel mit Neles Vater abgeschlossen hat.«

»Der liegt uns schon vor«, sagte Ollmers.

Bevor Lena Lorenzen nachfragen konnte, ergänzte Büttner: »Mein Assistent hatte Joachim Habers bereits danach gefragt. Der hat ihn dann wohl gestern noch rübergefaxt.«

Lena Lorenzen runzelte die Stirn. »Habers trägt den Vertrag mit sich herum, während er in Norddeich auf die Fähre wartet?«

»Ich nehme an, dass er jemanden beauftragt hat, ihn zu faxen«, erwiderte Büttner. »Hauptsache ist doch, er liegt vor. Dann können wir ihn vor unserem Gespräch mit Postel prüfen und ihn direkt darauf ansprechen.« Er schaute sich um. »Sind wir hier fertig?«

Seine Kollegen nickten. Ollmers hob die Plastikbox vom Boden, in der der Laptop stand, Lena Lorenzen nahm die andere und legte den Aktenordner hinein, auf dessen Rücken das Wort *Verträge* stand. »Ich nehme ihn trotzdem mal mit. Wer weiß, was Postel noch so alles treibt.«

»Apropos Fähre«, meinte Büttner, als sie die Treppe hinaufstiegen. »Weiß man schon, ob heute wieder eine fährt?« Er hoffte immer noch, möglichst bald in seinen Urlaub aufbrechen zu können. Der Gedanke, dass sich Susanne ohne ihn in Andalusien amüsierte, gefiel ihm ganz und gar nicht.

»Nee, erst morgen«, antwortete Ollmers.

»Das ist gut«, sagte Lena Lorenzen. »Heute haben wir hier sowieso noch genug zu tun. So besteht wenigstens keine Gefahr, dass uns der Mörder entwischt.«

»Wo ist eigentlich Postel?«, fragte Büttner, der ihn auf der Treppe vermutet hatte. Er öffnete die Haustür. Der Gesuchte stand im Vorgarten und rauchte. In der anderen Hand hielt er einen Becher – anscheinend hatte ihn Meta Momsen mit Kaffee versorgt.

»Kommen Sie bitte um zwölf Uhr zu uns ins Revier«, forderte Lena Lorenzen Postel auf, während Ollmers der Vermieterin Bescheid gab, dass sie das Haus wieder verlassen hatten.

»Ich hab Ihnen schon alles gesagt«, brummte Postel.

»Und genau daran habe ich so meine Zweifel«, entgegnete Lena Lorenzen. »Also, Punkt zwölf.«

Zweiundzwanzig

»Sie haben mir noch gar nichts von der Befragung des zweiten Freiers berichtet«, sagte Büttner, als sie das Haus verlassen hatten.

»Er hat kurzfristig abgesagt.« Lena schaute auf die Uhr. »In zehn Minuten treffe ich ihn bei ihm zu Hause.«

Büttner nickte. »Okay. Dann sichten wir schon mal das Material. Die Befragung wird ja vermutlich nicht allzu lange dauern.«

An der nächsten Kreuzung trennten sie sich. Wenig später stand Lena vor dem ersten Reetdachhaus, das ihr auf Juist begegnete. Sie schätzte das Alter des Gebäudes auf höchstens zehn Jahre und fand, anders als bei vielen Häusern der Insel, kein Schild, das auf eine Zimmer- oder Wohnungsvermietung hinwies. Wie Lena im Internet recherchiert hatte, betrieb Robert Meister ein florierendes Maklerbüro, in dem auch seine Frau tätig war.

Ein kleiner, rundlicher Mann mit kurzen Haaren öffnete ihr die Tür und trat schnell zur Seite, als Lena ihren Namen genannt hatte.

»Gehen wir doch in mein Büro«, schlug er vor. »Ich habe leider nur eine halbe Stunde Zeit.«

Der Flur sah aus, als wäre er von einer Frau eingerichtet worden. Ein frischer Strauß Blumen stand auf einer antiken Anrichte, an den Wänden hingen maritime Fotos in hochwertigen Rahmen, auf den rustikalen Holzdielen lag ein langer Läufer in Ockertönen. Meister führte sie in einen Raum, den er offensichtlich als Büro nutzte. Hier stand ein schlichter Designerschreibtisch mit Glasplatte, eine Wand war vollständig mit einem Regal ausgefüllt, in dem allerdings nur wenige Bücher standen.

Meister bot ihr einen Platz vor dem Schreibtisch an und setzte sich nach kurzem Zögern. »Was kann ich für Sie tun?«

»Sie sind im Moment allein zu Hause?«, begann Lena mit einer Frage.

Meister zog seine Augenbrauen zusammen. »Ich bin jetzt etwas erstaunt, warum das für Sie interessant ist, aber ja, es stimmt. Meine Frau ist bereits im Büro und unsere beiden Kinder sind in der Schule.«

»Weiß Ihre Frau von Nele Habers?«

Seine Augenlider zuckten kurz, dann lächelte er. »Mir ist im Moment nicht klar, worauf Sie hinauswollen. Natürlich haben wir gehört, dass das junge Mädchen tot aufgefunden wurde.«

»Mir ging es mehr um Ihren ganz persönlichen Kontakt zu Frau Habers. Wir haben Hinweise, dass Sie einer ihrer Freier waren.«

»Freier? Ich wusste gar nicht, dass Frau …«

»Herr Meister«, unterbrach Lena ihn lächelnd. »Ich kann mir nicht vorstellen, dass Ihnen weitere Recherchen in dieser Richtung angenehm sein werden. Oder soll ich jetzt direkt mit Ihrer Frau sprechen? Die Nachbarn könnten natürlich auch etwas gesehen haben, Ihre Freunde …«

»Schon gut!« Er bedachte Lena mit einem wütenden Blick. »Was genau wollen Sie wissen?«

»Dann gehe ich einmal davon aus, dass Sie Nele Habers für Sex bezahlt haben. Wie viel haben Sie für ein Treffen bezahlt?«

Meister hielt ihrem Blick nur kurz stand, dann schaute er zur Seite und murmelte: »Hundertfünfzig.«

Lena entschied sich für einen Frontalangriff und hoffte, Meister damit überrumpeln zu können. »Wie ist der Erpresser an Sie herangetreten?«

»Woher wissen …?« Er brach ab und schien bemerkt zu haben, dass er in die Falle getappt war. »Erpressung? Wovon reden Sie?«

Lena stand auf und legte ihm eine Visitenkarte auf den Schreibtisch. »Ich gebe Ihnen bis heute Nachmittag um zwei Uhr Zeit. Überlegen Sie es sich, ob Sie mit mir reden oder es vorziehen, wenn wir über andere Wege an die notwendigen Informationen kommen.«

Sie nickte ihm zu und verließ das Büro, ohne darauf zu warten, ob Meister noch etwas sagen würde.

Zurück in der Polizeistation, saßen Büttner und Ollmers mit genervter Miene vor dem beschlagnahmten Laptop.

»Probleme?«, fragte Lena und stellte sich hinter die beiden.

»Passwortgeschützt«, brummte Büttner. »Da muss ein Experte ran.«

Lena warf einen Blick auf den Bildschirm und nickte. »Das wird schwierig.«

Genervt klappte Büttner den Laptop zu. »Und bei Ihnen?«

»Ich habe dem guten Mann Bedenkzeit bis zwei Uhr gegeben. Er hat zugegeben, mit Nele Habers verkehrt zu haben. Hundertfünfzig Euro pro Treffen.«

»Ein Freier?«, fragte Ollmers, der inzwischen aufgestanden war und vor der Kaffeemaschine stand.

»Ja, Kandidat Nummer zwei«, wich Lena seiner Frage aus. Sie wollte den beiden Männern nicht unnötig Ärger bereiten, indem sie ihre Namen bekannt gab. Wenn sich ihre Aktivitäten auf der Insel herumsprechen würden, könnten sie sicher sein, dass Onken und Meister keine weiteren Informationen herausrücken würden.

Ollmers schien sich mit ihrer Erklärung zufriedenzugeben, schenkte sich eine Tasse Kaffee ein und verließ den Raum.

»Das Handy ist sicher auch geschützt?«, fragte Lena an Büttner gerichtet.

»So sieht's aus. Und in seinen Ordnern haben wir bisher nichts Verdächtiges gefunden.« Er sah auf die Uhr. »In zehn Minuten sollte er hier sein.«

»Wir haben einige Punkte zu klären. Laptop und Handy müssen warten. Ich telefoniere kurz mit meinem IT-Spezialisten. Vielleicht kann er etwas machen.«

Leon nahm das Gespräch erst nach dem dritten Versuch an. Das Passwort aus der Ferne zu knacken hielt er für unmöglich, versprach Lena aber, ihr ein Programm zu schicken, mit dem sie es selbst versuchen konnte.

»Wenn der wirklich was zu verbergen hat, wird er jede einzelne Datei verschlüsselt haben«, meinte Leon. »Das wird richtig heftig.«

Kaum hatte Lena das Gespräch beendet, klopfte es an der Tür. Büttner rief »Herein!« und Arne Postel trat ein.

»Setzen Sie sich doch bitte«, bat Büttner ihn freundlich und wies mit der Hand auf einen Stuhl vor dem kleinen Besprechungstisch.

Widerwillig nahm Postel Platz, nachdem er seine Jacke ausgezogen hatte. »Das ist Polizeiterror. Haben Sie keine anderen Verdächtigen? Versuchen Sie es lieber mal bei diesen ganzen Biedermännern, die hier auf der Insel herumlaufen.«

Lena stellte das Aufnahmegerät in die Mitte des Tisches, startete die Aufnahme und betete die Formalitäten herunter.

»Sie sprachen gerade von Biedermännern. Wen meinten Sie damit und was haben diese Männer mit Nele Habers zu tun?«

»Ich bin nicht Ihr Spitzel. Machen Sie einfach Ihre Arbeit, anstatt Unschuldige zu schikanieren.«

Büttner räusperte sich. »Frau Momsen kann Ihr Alibi nicht bestätigen. Sie ist sich sicher, dass Sie zur fraglichen Zeit nicht in der Wohnung waren.«

»Die dumme Alte bekommt doch alles durcheinander. Ich war zu Hause. Jeder, der etwas anderes behauptet, lügt.«

»Reden Sie etwas respektvoller von der alten Dame«, fuhr Lena ihn an. »Wir haben Zeugen dafür, dass Sie sich wenige Stunden vor Neles Tod heftig mit ihr gestritten haben.«

»Wir hätten ganz schön viele Tote, wenn jeder Streit auf dieser Welt mit einem Mord enden würde«, antwortete Arne Postel mit spöttischem Unterton.

Lena legte ein Plastikröhrchen auf den Tisch. »Wir brauchen von Ihnen eine DNA-Probe.« Sie zog das Wattestäbchen aus dem Röhrchen und reichte es ihm. »Sie kennen das sicher aus Filmen. Einfach einmal an der Mundschleimhaut entlangziehen.«

»Wofür sollte das gut sein?« Er hatte die Augenbrauen zusammengezogen und schien verunsichert.

»Für einen Abgleich mit den gefundenen DNA-Spuren.«

»Vom Mörder?« Seine Augen flackerten.

»Davon gehen wir aus.«

Arne Postel griff zögerlich nach dem Stäbchen und fuhr damit die Wangeninnenwände entlang, bevor er es in das von Lena gereichte Röhrchen zurücksteckte. »Bitte schön! Sie werden nichts finden.«

Lena nahm das Plastikröhrchen entgegen und beschriftete es sorgfältig. Dabei warf sie immer wieder einen Blick auf Postel, der anscheinend neue Kraft getankt hatte.

»War's das jetzt?«

Ohne ihm direkt zu antworten, breitete Büttner einige der gefundenen Fotos vor ihm aus. »Wonach sieht das für Sie aus?«

Postel ließ seinen Blick sehnsüchtig über die Fotos streifen. Er sah aus, als könnte er die Tränen nur mit Mühe zurückhalten. Seine Augen wurden feucht, die Atmung wurde flach.

»Das sind private Fotos«, flüsterte er. »Das sind meine Fotos. Sie dürfen sie nicht …«

»Doch, Herr Postel, das dürfen wir nicht nur, wir sind sogar dazu verpflichtet«, unterbrach Lena ihn sanft. »Wann hat Nele Ihnen gesagt, dass Sie beide nie ein Paar werden?«

Postel warf Lena einen giftigen Blick zu. »Sie haben nicht die geringste Ahnung, was zwischen Nele und mir gelaufen ist.«

»Dann erzählen Sie es mir«, forderte Lena ihn auf.

Er schwieg und starrte durch Lena hindurch.

»Wann waren Sie das letzte Mal in Sankt Peter-Ording?«, hakte Lena weiter nach.

»Um diesen Scheißort mache ich schon seit Jahren einen großen Bogen.«

»Wir haben Zeugen, die bestätigen, dass Sie sich im letzten Herbst dort aufgehalten haben.«

»Wow! Zeugen! Machen wir jetzt gleich eine Gegenüberstellung oder erst morgen?« Er beugte sich vor, mit den Händen auf dem Tisch. »Ich habe keine Ahnung, ob Sie mich verarschen wollen, aber glauben Sie mir, ich habe keine guten Erinnerungen an SPO. Ich war da schon Jahre nicht mehr.«

Lena hatte ihn bei seiner Antwort genau beobachtet. Wenn er nicht ein begnadeter Schauspieler war, sagte er die Wahrheit. Er hatte weder die Antwort hinausgezögert noch irgendeine Reaktion gezeigt, die verdächtig wirkte.

»Ihr Laptop ist passwortgeschützt«, wechselte Büttner das Thema. »Würden Sie uns bitte das Passwort verraten?«

Postel lachte kurz auf. »Sie sind ja drollig! Auf dem Rechner sind ausschließlich private Dinge. Da hat niemand etwas zu suchen.« Er funkelte Büttner an. »Niemand!«

»Sich in dieser Frage zu verweigern ist Ihr gutes Recht«, sagte Lena. »Aber Ihnen sollte klar sein, dass es nur eine Frage der Zeit ist, bis unsere Experten Ihre Passwörter herausgefunden haben.«

»Das glaube ich kaum.«

Lena lächelte selbstbewusst. »Glauben Sie mir, wir haben beim LKA Experten, die schon ganz andere Hürden genommen haben.«

Arne Postel erstarrte für einen Moment, dann fing er sich und erwiderte Lenas Lächeln. »Sie bluffen. Und das nicht mal besonders gut.«

Lena hielt seinem Blick stand. »Mit solchen Dingen pflege ich nicht zu spaßen. Entscheiden Sie, ob Sie jetzt reinen Tisch machen wollen oder lieber warten, bis wir Ihnen alles haarklein nachweisen können. Jetzt haben Sie noch die Chance, selbst aktiv zu werden und dem Staatsanwalt zu zeigen, dass Sie kooperativ sind. Sie sollten nicht zu lange nachdenken – wir werden Ihr Passwort schneller rausfinden, als Sie denken.«

»Suchen Sie lieber Neles Mörder, anstatt hier so einen Aufstand zu machen. Und jetzt sage ich nichts mehr.« Er stand ruckartig auf, sein Stuhl fiel mit einem lauten Knall auf den Boden. »Sie können mich ja verhaften, wenn Sie ausreichend Beweise haben. Und solange das nicht der Fall ist, gehe ich mal lieber an meine Arbeit.« Er wandte sich abrupt ab, griff nach seiner Jacke und verließ den Raum.

»Der hat ganz sicher Dreck am Stecken«, kommentierte Büttner Postels Abgang. »Aber ich glaube kaum, dass er Nele und Torben getötet hat.«

»Als es um den Laptop ging, wurde er unruhig und hat es mit aufgesetzter Selbstsicherheit überspielt. Wir müssen uns darauf einrichten, dass er dort einige Sicherungen eingebaut hat.«

»Fragt sich nur, warum.«

»Es wird etwas mit Nele zu tun haben.«

»Oder mit Neles Vater?«, schlug Büttner vor. »Vielleicht hat er irgendwas gegen ihn in der Hand und erpresst ihn. Und so ist er auch an die Fischbude gekommen.«

»Das wäre eine Möglichkeit, aber auch, dass er mit Nele gemeinsame Sache gemacht und für sie bei den Männern abkassiert hat.«

In diesem Augenblick klopfte wieder jemand an die Tür. Lena stand auf und öffnete.

Vor ihr stand Robert Meister. »Kann ich Sie kurz sprechen?«

»Selbstverständlich. Kommen Sie rein.« Sie begleitete den Mann zu dem Stuhl, auf dem wenige Minuten zuvor Arne Postel gesessen hatte. »Das ist mein Kollege aus Emden, Hauptkommissar Büttner. Wir arbeiten gemeinsam an dem Fall. Sie können offen reden.«

Dass eine weitere Person im Raum war, schien Meister nicht zu gefallen. Er zögerte, begann dann aber zu sprechen. »Es geht um …« Er hielt kurz inne. »… um die Treffen mit Nele. Es existieren Fotos, die mir per Mail zugespielt wurden.«

»Sie sind also wirklich erpresst worden?«, fragte Lena.

»Wenn Sie es unbedingt so nennen wollen. Ja. Und bevor Sie fragen, ich weiß nicht, wer dahintersteckt. Das Geld ging auf eine ausländische Bank. Ich musste dafür Bitcoins kaufen und sie nach Singapur überweisen.«

»Wie hoch war die Summe?«

»Dreimal zweitausend Euro. Mir wurde versichert, dass danach die Fotos vernichtet werden.« Er hielt seine Hände abwehrend hoch. »Aber mit Nele hat das nichts zu tun. Sie hat mir hoch und heilig versprochen, dass sie nichts davon weiß und auf keinen Fall selbst dahintersteckt.«

»Und das haben Sie ihr abgenommen?«, fragte Büttner mit verblüfftem Gesichtsausdruck.

»Aber ja! Nele hätte das niemals gemacht. Sie war ein Engel.«

»Sie wissen aber schon, warum wir Sie das fragen?«, sagte Büttner.

»Natürlich weiß ich das! Das sieht man doch jeden Tag im Fernsehen. Der Erpresser hat es zu weit getrieben und wird umgebracht. Aber ich habe mit Neles Tod nicht das Geringste zu tun.«

»Dann hoffe ich mal, dass Sie ein einwandfreies Alibi haben.«

Meister zog einen Zettel aus der Tasche. »Das ist die Adresse von einem Kollegen in Frankfurt. Ich war mit ihm gemeinsam auf einem Seminar und habe auch bei ihm im Gästezimmer übernachtet. Die Seminarbescheinigung schicke ich Ihnen noch per Mail und hier«, er tippte auf den Zettel, »steht die Telefonnummer von meinem Kollegen. Rufen Sie ihn an.«

»Können Sie uns die Fotos zeigen?«, stellte Lena die nächste Frage.

»Die habe ich allesamt gelöscht«, antwortete Meister. »Ich war so wütend …«

»Können Sie mir die Fotos beschreiben? Waren Sie und Nele gut zu sehen oder wurden die Bilder eher aus der Ferne aufgenommen?«

»Beschreiben?« Meister atmete schwer. »Sie waren halt eindeutig. Ich würde sagen, die hat jemand durchs Fenster aufgenommen. Leider hatten wir die Vorhänge nicht zugezogen.« Erst jetzt schien er den Sinn hinter Lenas Frage zu erkennen. »Nele kann sie unmöglich selbst aufgenommen haben, wenn Sie das meinen.«

Nachdem sie noch einmal alle Details durchgegangen waren, schrieb Lena ein Protokoll und ließ Robert Meister unterschreiben.

Dreiundzwanzig

»Sollte mich wundern, wenn Robert Meister der einzige von Neles Freiern ist, der erpresst wurde«, stellte David Büttner fest, nachdem der Makler wieder gegangen war. »Mir scheint, das könnte ein mögliches Motiv für den Mord sein. Vielleicht auch für den an Torben.«

»Ja, umso wichtiger wäre es, an die Dateien auf Postels Computer zu kommen«, bemerkte Lena Lorenzen. »Mein Gefühl sagt mir, dass wir da einiges entdecken werden.«

»Sie glauben, dass Postel etwas mit der Erpressung zu tun hat?«

»Meister ist ja davon überzeugt, dass Nele es nicht selbst gewesen ist«, meinte Lena Lorenzen. »Wenn die Fotos tatsächlich durchs Fenster aufgenommen wurden, muss noch jemand anders im Spiel sein. Allerdings gebe ich nicht viel auf seine Einschätzung, dass Nele nichts mit der Sache zu tun hat. Warum sollte Nele sonst dreimal in Singapur bei genau der Bank anrufen, an die ihr Freier die Summen überwiesen hat? Meister hatte so einen verklärten Blick, als er von Nele sprach. Um eine anscheinend so ausgebuffte Frau wie sie als Engel zu bezeichnen, muss man schon ganz schön naiv sein.«

»Wenn Nele mit den Erpressungen aber wirklich nichts zu tun haben sollte, würde uns das Motiv für den Mord wegbrechen«, stellte Büttner fest.

Lena Lorenzen nickte abwesend und musterte Postels Computer. »Ich hoffe, dass wir eine Möglichkeit finden, den Rechner zu knacken.« Wie aufs Stichwort schrillte ihr Smartphone.

Es war Leon. »Ich hab dir was geschickt«, sagte er. »Damit solltest du das Passwort knacken können.« Noch ehe Lena etwas erwidern konnte, hatte er aufgelegt.

»Etwas Interessantes?«, fragte Büttner.

»Ja. Vermutlich schon.« Lena Lorenzen warf einen Blick auf die Uhr. »Aber darum kümmere ich mich später. Zunächst sollten wir noch mal zu Eilers, bevor er erfährt, dass wir Postels Wohnung durchsucht haben. Womöglich könnte er sonst nervös werden und befürchten, dass er als Nächster dran ist. Nicht dass er sicherheitshalber anfängt, das eine oder andere beiseitezuschaffen. Damit wäre der Überraschungseffekt dahin.«

Gerade wollten sie zur Tür hinausgehen, als diese von Ollmers geöffnet wurde. »Ach, gut, dass Sie kommen«, meinte Lena Lorenzen. »Haben Sie herausfinden können, ob die Mohnblumen, die man bei den Toten gefunden hat, hier auf Juist gekauft wurden?«

»Ja. Kein Treffer«, brummte ihr Gegenüber. »Sie müssen vom Festland kommen. Hier auf Juist führt die kein Geschäft.«

»Also eine Sackgasse.« Büttner runzelte unzufrieden die Stirn. Er hatte gehofft, dass sie wenigstens an dieser Stelle weiterkommen würden. »Okay. Danke«, sagte er und bedeutete Lena Lorenzen und Ollmers mit einem Tippen auf die Armbanduhr, ihm zu folgen.

Hinnerk Eilers wirkte gehetzt, als er den Kommissaren die Haustür öffnete. Gekleidet war er in eine dicke Jacke und Stiefel, sein Gesicht war gerötet, was darauf schließen ließ, dass er gerade erst nach Hause gekommen war. Er schien wenig begeistert, Büttner und Lorenzen zu sehen. Büttner bemerkte aus dem Augenwinkel, dass Eilers irgendetwas in seiner Jackentasche verschwinden ließ, doch ging er nicht darauf ein. Eilers sollte sich ruhig sicher fühlen, solange sie sich hier aufhielten.

Lena Lorenzen zeigte Eilers den Durchsuchungsbeschluss. »Wir waren vorhin schon mal hier«, bemerkte sie, »haben Sie jedoch nicht angetroffen. Darf ich fragen, wo Sie gewesen sind?«

»Nee, dürfen Sie nicht.« Er sah sie finster an. »So langsam nerven Sie.« Er nahm den Beschluss in die Hand und wedelte mit ihm herum. »Sie müssen ja ganz schön verzweifelt sein, wenn Sie bei unbescholtenen Bürgern zu solchen Mitteln greifen.«

»Hätten Sie kooperiert, wäre Ihnen die Durchsuchung erspart geblieben«, konterte Lena Lorenzen. »So, und nun lassen Sie uns bitte unsere Arbeit machen. Wir werden uns in allen Räumen umsehen, Sie fassen bitte nichts mehr an.« Sie nickte Ollmers zu. »Behalten Sie ihn im Auge.«

»Ist Ihr Sohn zu Hause?«, fragte Büttner, während sie durch den Flur ins Wohnzimmer gingen, das unpersönlich eingerichtet und völlig überheizt war.

»Nein. Er arbeitet. Oder glauben Sie vielleicht, wir hätten sonst nichts zu tun?« Eilers ließ sich in einen Sessel sinken, wurde jedoch direkt von Lena Lorenzen aufgefordert, diesen wieder zu verlassen. Sie deutete auf einen Stuhl. »Auf dem können Sie sitzen, den Sessel müssen wir näher in Augenschein nehmen.« Eilers fügte sich mit einem unartikulierten Brummen, während er seine Jacke auszog und sie über die Stuhllehne hängte. Er blieb mit verschränkten Armen sitzen, während sich die Ermittler die Einweghandschuhe überzogen und mit ihrer Arbeit begannen.

»Hey, was soll das! Lassen Sie das!«, fauchte Eilers, als Lena Lorenzen einen Laptop einkassierte, der auf dem Tisch stand, und ihn in eine mitgebrachte Plastikbox stellte. »Was ich da drauf habe, geht Sie nun wirklich nichts an!«

»Lesen Sie sich den Durchsuchungsbeschluss doch einfach mal durch«, unterbrach Lena Lorenzen ihn mit ruhiger Stimme. »Dann werden Sie feststellen, dass wir nicht nur Ihren Laptop, sondern auch Ihr Smartphone beschlagnahmen dürfen.« Sie streckte ihm mit einem Nicken die Hand hin. »Darf ich bitten?«

Eilers sprang von seinem Stuhl hoch und trat mit erhobener Faust bedrohlich nah an Lena heran. »Noch einmal«, zischte er. »Sie werden es bereuen, wenn …«

Während sich Lena Lorenzen von diesem Auftritt nicht beeindrucken ließ und seinem Blick standhielt, schnellte von hinten ein Arm heran und riss Eilers zurück, sodass der ins Taumeln geriet. »Komm, Hinnerk, lass den Scheiß«, sagte Ollmers und drückte ihn gegen die Tür. »Du handelst dir nur jede Menge Ärger ein, wenn du dich so aufführst. Ist besser, du lässt uns einfach machen, glaub's mir.« Er nickte zum Stuhl hinüber. »Setz dich wieder hin! Oder soll ich dich aus dem Verkehr ziehen?«

Was auch immer Ollmers mit *aus dem Verkehr ziehen* gemeint hatte, es zeigte Wirkung. Stumm vor sich hin fluchend, trollte sich Hinnerk Eilers auf seinen Platz zurück. Sein Körper zitterte vor unterdrückter Wut. Ganz offensichtlich fiel es ihm schwer, nicht alles um sich herum kurz und klein zu schlagen.

»Dein Smartphone!«, forderte Ollmers ihn auf. Mit ausgestreckter Hand stand er da und wartete, bis Eilers es aus der Jackentasche genestelt hatte.

»Ich muss aber noch jemanden anrufen«, brummte Eilers. »Nur noch ein Anruf, okay?«

»Nein.«

Noch bevor Eilers etwas erwidern konnte, war das Klacken der Haustür zu hören, gleich darauf trat Enno ins Zimmer.

Überrascht sah er von einem zum anderen. »Was ist denn hier los?«, fragte er.

»So sieht es aus, wenn einen die Polizei zum Schwerverbrecher stempelt«, erwiderte sein Vater.

»Ach, gut, dass Sie da sind«, meinte Büttner. Er griff Enno am Ärmel seiner Jacke, zog ihn zur Tür hinaus und schloss diese hinter sich. »Ich nehme an, dass Sie in diesem Haus auch ein Zimmer haben. Würden Sie es mir bitte zeigen?«

»Warum das denn?« Enno wirkte plötzlich verunsichert.

»Wie Sie wissen, hatte Ihr Vater regelmäßig Kontakt zu Nele und …«

»Deswegen hat er sie aber noch lange nicht umgebracht«, sagte Enno.

»Das habe ich auch nicht behauptet. Aber in einer Mordermittlung kommt es auf jedes Detail an. Es geht auch darum, Verdächtige gegebenenfalls auszuschließen.«

»Ausschließen! Pah!« Enno schien plötzlich richtig wütend zu sein. »Ihnen geht es doch nur darum, dass Sie jemanden einbuchten können! Ihnen ist es doch scheißegal …!«

»Gibt es denn einen Grund, warum wir Ihren Vater einbuchten sollten?«, fragte Büttner lauernd. Gerade betraten sie ein mit Rollos abgedunkeltes Zimmer. Nachdem sich Büttners Augen an das schummrige Licht gewöhnt hatten, stellte er fest, dass in diesem Raum anscheinend schon seit langer Zeit niemand mehr aufgeräumt, geschweige denn geputzt hatte. Es sah aus wie Kraut und Rüben. Berge von Klamotten türmten sich auf dem Boden, überall stand dreckiges Geschirr herum. Außerdem roch es wie mehrere Monate nicht gelüftet. »Also?«, hakte er nach, als Enno schwieg.

Der schluckte schwer und schien nach Worten zu suchen. »Nein. Nein, natürlich nicht«, sagte er und seine Wut schien wie weggeblasen. »Ich … Ich meinte ja nur.«

Büttner hatte nicht den Eindruck, dass das schon alles war, doch als der junge Mann nun den Kopf senkte, beschloss er, ihn vorerst in Ruhe zu lassen. Viel wichtiger war es zu diesem Zeitpunkt, dass sie an Computer und Smartphone herankamen. Wenn Leute eindeutige Spuren hinterließen, dann waren diese in der Regel auf diesen Geräten zu finden. Wie gut, dass die meisten Menschen so arglos mit den technischen Errungenschaften umgingen. Aus irgendeinem Grund schienen viele noch nicht realisiert zu haben, wie aufschlussreich die Informationen sein konnten, die man über sie austauschte. Nicht selten war es nur eine banale Textnachricht, die durch die mitgesendeten Daten zu Zeit und Ort schon so manchem Täter zum Verhängnis geworden war.

»Geben Sie mir bitte Ihr Smartphone.«

»Was?« Enno starrte ihn mit weit aufgerissenen Augen an.

»Sie haben mich schon verstanden. Nach der Auswertung bekommen Sie es zurück.« Sein Blick fiel auf einen PC, dessen Tower unter einem völlig zugemüllten Schreibtisch stand. »Genauso wie Ihren Rechner.« Ihm entfuhr ein Seufzen bei der Erinnerung an Arne Postels Geräte. »Und wenn Sie es gut mit uns meinen, dann teilen Sie uns auch gleich Ihre Passwörter mit.«

»Aber …«

»Wir bekommen sie sowieso raus«, behauptete Büttner im Brustton der Überzeugung, auch wenn er von solchen Dingen absolut keine Ahnung hatte. Er vertraute da einfach mal auf den inoffiziellen Mitarbeiter seiner Kollegin.

»Ich … Ich hab da was herausgefunden«, sagte Enno zu Büttners Überraschung. Eigentlich hatte er mit deutlicher Gegenwehr gerechnet.

»Und was?«

Enno senkte den Kopf. »Mein Vater. Also, ich glaube, dass er, dass er …«

»Dass er?«

»Na ja.« Enno druckste herum. Er schien sich sehr unwohl in seiner Haut zu fühlen. »Na ja, da sind so … also … auf seinem Rechner, da sind so …«

»Ja?«

Enno holte tief Luft und stieß diese ruckartig wieder aus. »Nee«, winkte er dann zu Büttners Bedauern ab. »Nee, ich hab mich bestimmt versehen.«

»Versehen? Womit?«, versuchte Büttner es erneut. Er sah Enno, der mit gesenktem Kopf vor ihm stand, beschwörend an. »Noch mal, Herr Eilers: Wenn Ihr Vater irgendwelche Dateien auf dem Rechner hat, die den Mordverdacht gegen ihn erhärten, dann finden wir sie. Deswegen sind wir hier. Sollten Sie also etwas wissen, dann …«

»Ich weiß nichts«, stieß Enno hervor.

»Herr Eilers, bitte …«

»Nee, wirklich nicht.« Ennos Gesicht hatte einen dunklen Rotton angenommen. »Aber …«

»Aber?«

»Aber wenn Sie vielleicht doch was finden … Ich meine, mein Vater ist ja nun schon so lange allein und …«

Büttner ging ein Licht auf. Fast hätte er laut aufgelacht. »Sie haben Pornos auf dem Rechner Ihres Vaters gefunden«, schlussfolgerte er.

Enno nickte. Die Angelegenheit schien ihm wirklich peinlich zu sein.

»Das ist ganz sicher nicht das, wonach wir suchen«, versuchte Büttner, ihn zu beruhigen. »Ich verstehe ja, wenn es Ihnen unangenehm ist, aber Ihr Vater ist ein erwachsener Mann und …«

»Es sind auch Bilder von Nele dabei«, platzte es aus Enno heraus. Seine Stimme bebte vor Aufregung.

»Von Nele?« Büttner hoffte, dass Enno nicht erneut dichtmachen würde. »Sie meinen, wir werden auch … ähm … eindeutige Fotos von Nele auf seinem Rechner finden?«

Enno nickte.

»Woher wissen Sie das?«

»Ich … Ich war da dran. Also am Computer von meinem Vater. Weil … Es hat mich so wütend gemacht. Also das, was ich von meinem Vater und Nele gehört habe. Ich wollte es einfach nicht glauben. Ich dachte, er erzählt nur Scheiß, um mich zu ärgern. Da hab ich sein Smartphone genommen und gesehen, dass er öfter mal mit Nele telefoniert hat. Immer nur ganz kurz. Dann hab ich seine Mails und so gecheckt, ob ich irgendwas finde. Und dann waren da diese Bilder …«

Also doch, dachte Büttner. Ihr Verdacht, dass auch Eilers wegen seiner Schäferstündchen mit Nele erpresst worden war, war also gar nicht so weit hergeholt. Doch um das zu verifizieren, musste er noch ein wenig mehr wissen. Also gab er sich ahnungslos: »Also hat Ihr Vater, sagen wir mal, pikante Fotos von Nele gemacht?«

Enno schüttelte den Kopf. »Nein. Er hat sie nicht gemacht.«

»Und das wissen Sie so genau, weil …?«

»Weil er mit drauf ist«, presste Enno zwischen den Zähnen hervor.

Also war noch jemand Drittes im Spiel. Büttner nickte. So langsam kamen sie der Sache näher. Laut sagte er: »Darf ich fragen, woher Sie die Passwörter für die Geräte Ihres Vaters haben?«

»Da kommt man so rein«, lautete Ennos knappe Antwort. Er schien seinen Vater in keiner Weise mehr schonen zu wollen. Vermutlich konnte er ihm die Sache mit Nele nicht verzeihen, war aber bislang davor zurückgeschreckt, sein Wissen mit der Polizei zu teilen. Nun aber konnte er sich einreden, nicht selbst aktiv geworden zu sein, sondern lediglich auf konkrete Fragen der Polizei reagiert zu haben.

»Also kein Passwort?«, versicherte sich Büttner. »Auch nicht für seine E-Mails?«

»Er hat das Passwort gespeichert, weil er meint, dass er es sich nicht merken kann.«

Umso besser, dachte Büttner. Dann mussten sie Lena Lorenzens Hacker nicht ein weiteres Mal bemühen.

»Sind Sie bei Enno fertig?«, hörte er seine Kollegin rufen.

»Ja, alles klar«, rief Büttner zurück. Dann wandte er sich erneut an Enno: »Und jetzt geben Sie mir bitte Ihr Smartphone. Der Kollege Ollmers trägt dann gleich Ihren Rechner nach draußen.«

Enno wurde blass. »Aber … Aber ich dachte … Ich meine, Sie haben doch nun die Dateien von meinem Vater und …«

»Sie haben ein Problem damit, dass wir Ihre Geräte konfiszieren?«

»Nein. Nein, natürlich nicht. Aber Sie finden da ja sowieso nichts und da dachte ich …«

»Das Denken überlassen Sie lieber uns«, konterte Büttner. »Und nun geben Sie mir bitte Ihr Smartphone.«

Wenig später ließ er einen ziemlich betreten dreinblickenden Enno zurück und rief seiner Kollegin zu: »Frau Lorenzen, schauen Sie doch bitte noch in den Jackentaschen von Hinnerk Eilers nach. Gut möglich, dass Sie dort etwas Interessantes finden.«

Bepackt mit allerlei Gerätschaften und einem Speicherstick, verließen die drei Polizisten kurz darauf das Haus.

Vierundzwanzig

Lena hob die Plastiktüte hoch, als Büttner sie fragte, was sich in Eilers' Tasche befunden habe.

»Sieh an! Hatte ich doch den richtigen Riecher.« In der Tüte befand sich ein schwarzer USB-Stick. »Kann mir schon denken, was da drauf ist«, murmelte er.

Sie befanden sich auf dem Weg zurück in die Polizeistation, um dort die Fundsachen zu sichten. Eilers senior war für eine Stunde später zum Verhör geladen, sein Sohn sollte kurz danach kommen.

»Spätestens morgen Mittag sollen die Fähren wieder fahren«, meinte Lena. »Entweder haben wir bis dahin handfeste Beweise gegen einen der Verdächtigen, die bei der Haftprüfung standhalten, oder wir laufen Gefahr, dass die potenziellen Täter die Insel verlassen und erst mal nicht mehr auffindbar sind.«

»Schon klar. Aber ich denke, wir stehen kurz vor dem Durchbruch.«

In ihrem kleinen provisorischen Büro sichtete Lena als Erstes den Datenstick. Er enthielt Fotos, die Eilers senior mit Nele Habers zeigten. Auch hier musste eine dritte Person im Spiel gewesen sein, da der Standort des Fotografen mehrfach gewechselt worden war, was gegen eine fest installierte Kamera sprach. Zusätzlich enthielt der Stick eine eindeutige Erpresser-E-Mail, die genaue Anweisungen zum Geldtransfer enthielt. Wie bei Meister sollte der Betrag in Bitcoins umgewandelt und auf ein Konto in Singapur überwiesen werden. In diesem Fall handelte es sich um siebentausend Euro.

»Sieht so aus, als sei diese Mail erst vier Tage vor dem Mord verschickt worden«, meinte Lena und zeigte auf das Datum. »Ich vermute, dass Eilers noch nicht gezahlt hat.«

»Was ihn nicht gerade weniger verdächtig macht«, meinte Büttner.

»Ja, es wird langsam eng für Hinnerk Eilers«, stimmte Lena zu und bat Ollmers darum, den Rechner von Eilers senior zu durchsuchen. Sie selbst holte sich Postels Laptop und machte sich daran, das Passwort zu entschlüsseln. Ausnahmsweise hatte Leon eine ausführliche Anleitung mitgeschickt, mit der Lena in wenigen Minuten das Programm zum Laufen brachte. Leon hatte angemerkt, dass es Stunden dauern könnte, bis das Passwort entschlüsselt sei.

Ollmers verkündete, dass er bei seiner ersten Durchsicht von Enno Eilers' Geräten keine verdächtigen Dateien gefunden habe. Die Anrufliste auf dem Handy war unwiderruflich gelöscht worden, die SMS und WhatsApp-Nachrichten ebenfalls. Sein Computer wiederum war passwortgeschützt, Lena würde ihn der gleichen Prozedur unterziehen müssen wie Arne Postels Rechner.

Kurz bevor Eilers senior die Polizeistation betrat, erschien Büttner wieder, der sich vor einer Weile mit der Bemerkung verabschiedet hatte, er müsse etwas zu Mittag essen.

Eilers nahm auf dem ihm zugewiesenen Stuhl Platz und warf den Kommissaren einen wütenden Blick zu. »Sie sind vollkommen auf dem Holzweg«, fauchte er, ohne dass auch nur eine Frage gestellt worden war.

»Eines nach dem anderen«, wies Lena ihn zurecht, stellte das Aufnahmegerät in die Mitte des kleinen Tisches und tat den

Formalitäten genüge. Nachdem Eilers auch dieses Mal auf einen anwaltlichen Beistand verzichtete, stellte sie die erste Frage.

»Haben Sie bereits den geforderten Betrag überwiesen?«

Eilers, der wohl damit gerechnet hatte, dass die Kommissare bereits den Inhalt seines Datensticks kannten, winkte ab. »Glauben Sie wirklich, dass ich mich erpressen lasse? Natürlich habe ich nichts überwiesen.«

»Es wäre Ihnen also egal gewesen, wenn die Fotos auf der Insel die Runde gemacht hätten?«

»Hätten sie nicht. Dafür hätte ich schon gesorgt!«

»Interessant«, brachte Büttner sich ein. »Wie genau wären Sie da vorgegangen? Ich vermute mal, nicht gerade zimperlich.«

Eilers zeigte mit dem Zeigefinger an die Stirn. »Sind Sie bescheuert? Ich bin kein Mörder, falls Sie darauf hinauswollen, Sie Schlauberger. Man sieht doch an den Fotos, dass Nele sie nicht gemacht hat. Da stand jemand draußen vor dem Fenster. Dumm gelaufen. Aber ich hätte schon rausbekommen, wer dieses Schwein ist. Nur damit Sie's wissen: Ich hatte dem Erpresser eine Falle gestellt, aber dann kam ja dieser ganze Schlamassel.«

»Eine Falle?«, fragte Büttner.

»Ja, was denn sonst? Ich hab ihm geschrieben, dass ich das nicht schaffe mit diesem Blödsinn ins Ausland. Sie wissen schon …«

»Bitcoins, die Sie nach Singapur überweisen sollten«, half Lena ihm.

»Genau. Keine Ahnung, wie ich das machen soll, habe ich zurückgeschrieben. Und dass ich trotzdem zahle, und zwar in bar. Aber dazu ist es ja nicht mehr gekommen.«

»Woher hatten Sie das Heroin?«, wechselte Lena abrupt das Thema und hoffte, ihn damit auf dem falschen Fuß zu erwischen.

Wieder ging der Zeigefinger an die Stirn. »Dummes Zeug, was Sie da reden. Wo sollte ich bitte schön diesen Mist herbekommen? Noch mal zum Mitschreiben: Ich – war – es – nicht!«

»Haben Sie Nele auf die Erpressung angesprochen?«, fragte Büttner, ohne Eilers Zeit zu lassen, sich wieder zu besinnen.

»Was glauben Sie denn? Sie hat alles abgestritten und mir gedroht. Mir! Da habe ich ihr eine gelangt ...« Eilers merkte zu spät, dass er sich verplappert hatte. »Nicht doll. Nur eine kleine Ohrfeige. Die Backe ist ja nicht mal rot geworden.«

»Sie sind also gewalttätig geworden«, stellte Lena fest. »Sie hatten ein Motiv, die Gelegenheit, und die Mittel werden wir Ihnen auch noch nachweisen.«

»Mittel?«, fragte Eilers irritiert.

»Das Heroin, Mann!«, fuhr ihn Büttner an. »Sie wollen uns also ernsthaft weismachen, dass Sie mal eben so Detektiv spielen wollten und dann den Erpresser ... ja, was hatten Sie eigentlich mit ihm vor?«

Eilers donnerte mit der Faust auf den Tisch. »Was wohl. Eine kleine Abreibung hätte der Idiot bekommen. Soll er doch erpressen, wen er will, aber nicht mich. Siebentausend Euro. Nicht mit mir. Und was wäre als Nächstes gekommen? Zehntausend? Zwanzigtausend? Die hören doch nicht auf, solche Typen.«

»Sie reden sich hier gerade um Kopf und Kragen«, sagte Büttner betont ruhig. »Im Moment sind Sie unser Hauptverdächtiger. Warum sollten wir Ihnen diese Geschichte glauben?«

Je länger sie mit Eilers sprach, desto weniger war Lena davon überzeugt, dass er in der Lage war, auf so planvolle Art zu morden, schon gar nicht, ohne Spuren zu hinterlassen. Dazu war er viel zu impulsiv. Dass er den Strauß Mohnblumen am Tatort hinterlegt hatte, war noch unwahrscheinlicher. Von den Fotos im Internet einmal vollkommen abgesehen. Und dass ihm der Aufwand mit den Bitcoins zu umständlich war, nahm sie ihm durchaus ab. Aber trotz ihres Bauchgefühls konnte sie Hinnerk Eilers nicht einfach von ihrer Verdächtigenliste streichen.

»Und das obwohl Sie die Mails und Fotos vor uns verstecken wollten«, fügte Lena hinzu.

Er fuchtelte wild mit den Händen in der Luft herum. »Warum denn wohl? Sieht man doch, was Sie gleich daraus konstruieren.«

»Warum haben Sie die Mails und Fotos nicht einfach komplett gelöscht?«, hakte Lena nach.

Er zuckte mit den Schultern. »Wenn Nele es nicht war, dann war es ein anderer. Ist doch logisch. Und was wird dieser andere über kurz oder lang machen? Klar, mich wieder erpressen. Vielleicht brauche ich die Sachen ja noch, hab ich mir gedacht.« Er warf Büttner einen wütenden Blick zu. »Aber dieser …«

»Jetzt lassen Sie mal lieber Ihre Beleidigungen«, fuhr Lena ihm ins Wort. »Hatten Sie denn jemanden in Verdacht?«

»Mein Sohn war es bestimmt nicht, wenn Sie das meinen. So wie der reagiert hat, als er das mit Nele erfahren hat. Der war der Kleinen doch vollkommen hörig. Und etwas angetan hat er ihr ganz sicher nicht. Niemals! Und dieses Arschloch, das mich da erpressen wollte, hätte ich schon noch erwischt.« Er lehnte sich auf dem Stuhl zurück und schien schweigen zu wollen. Als er Lenas Blick bemerkte, fuhr er fort. »Das ist doch Ihre Aufgabe. Weiß ich, wer das war?«

»Jetzt rücken Sie schon damit raus!«, fuhr Büttner ihn an.

»Weiß der Teufel. Zuerst habe ich ja auf diesen Torben getippt. Klar, Bonnie und Clyde, war ja auch mehr als logisch.«

»Aber?«, fragte Lena.

»Was schon! Ich habe nachgedacht. Das passte einfach nicht zusammen. Als ich ihr gedroht habe, ihn mir vorzunehmen, ist sie vollkommen ausgetickt und hat mir gedroht, mich fertigzumachen, wenn ich diesem Torben etwas von der Sache erzähle. Ihr Typ hatte also keinen blassen Schimmer von ihrem kleinen Nebenverdienst. Da kann er ja wohl kaum der Erpresser sein, oder?«

»Und wer war dann Ihr Favorit?«

Eilers zuckte mit den Schultern. »Ich habe auf Postel getippt.«

»Warum?«

»Der hockte doch ständig mit der Kleinen zusammen. Und …« Er schien zu überlegen, ob er weiterreden oder lieber schweigen sollte.

»Jetzt lassen Sie sich nicht alles aus der Nase ziehen«, forderte ihn Büttner energisch auf.

»Ich habe gesehen, wie er um die Häuser geschlichen ist. Dass Nele da noch andere Männer hatte, war mir immer schon klar. Wer das ist, hat sie mir natürlich nicht auf die Nase gebunden. Logisch!«

»Wo haben Sie Postel denn gesehen?«

»Bei der Villa von diesem Makler-Heini. Ein Zugezogener. Dem ist doch nichts heilig, der würde auch seine Großmutter verkaufen, wenn es Gewinn abwerfen würde. Überall hat der hier auf der Insel seine Finger im Spiel. Und seine Frau auch.«

»Und bei seinem Haus haben Sie Arne Postel beobachtet?«, versuchte Lena, das Gespräch wieder in die richtige Richtung zu lenken.

»Sag ich doch! Und wenn mich nicht alles täuscht, hatte der so einen Fotoapparat mit einer langen Linse dabei.«

»Ein Objektiv meinen Sie?«

»Ja, was sonst!«

»Wann war das?«

Eilers fuhr sich mit der Hand durch seine Haare. »Verflucht, Sie stellen Fragen. Vor fünf Wochen vielleicht. Damals habe ich mir noch nichts dabei gedacht, aber als ich diese dämlichen Mails bekomme habe, habe ich eins und eins zusammengezählt.«

Lena warf einen Blick zu ihrem Kollegen, der kurz den Kopf schüttelte. »Wir müssen das alles zu Protokoll nehmen, Herr Eilers«, sagte sie schließlich, bevor sie das Plastikröhrchen auf den Tisch legte. »Wir brauchen von Ihnen eine DNA-Probe. Sie kennen das …« Lena brach ab, als Eilers nach dem Röhrchen griff und das Wattestäbchen herauszog, um es gleich darauf einmal durch die Mundhöhle zu ziehen.

Er reichte Lena das Röhrchen. »Bitte! Kann ich jetzt gehen?«

»Kommen Sie gegen achtzehn Uhr noch einmal rein, um das Protokoll zu unterschreiben«, sagte Lena. »Und kommen Sie nicht auf dumme Gedanken und versuchen, das auf eigene Faust zu regeln. Haben Sie mich verstanden?«

Eilers brummte etwas Unverständliches und verschwand aus ihrem Büro.

Büttner sah seufzend auf die Uhr. »In fünf Minuten kommt schon der Nächste. Ich hole mir erst mal einen Kaffee. Möchten Sie auch?«

Als Lena nickte, zog er ab. Sie griff nach Postels Laptop und stellte mit Erstaunen fest, dass Leons Wunderprogramm bereits das richtige Passwort gefunden hatte. Im nächsten Zug versuchte sie, verschiedene Dateien zu öffnen, scheiterte aber an einer erneuten Passworthürde. Sie installierte ein Programm, mit dem Leon auf den Rechner zugreifen konnte, und schrieb ihm eine Nachricht per Handy.

Büttner hatte sich nach seiner Rückkehr hinter Lena gestellt und aufmerksam zugesehen. »Der ist ja wirklich auf Nummer sicher gegangen«, murmelte er.

»Mein IT-Mann kümmert sich darum. Das ist nur noch eine Frage der Zeit.« Sie trank einen Schluck aus der Kaffeetasse, die ihr Büttner auf den Tisch gestellt hatte. »Enno Eilers. Was machen wir gleich mit ihm?«

»Sein Computer …«

»Morgen Vormittag. Früher auf keinen Fall.«

»Die Tücken der Technik. Wir sollten Enno mit Neles Vergangenheit als Prostituierte konfrontieren. Das wird er nicht gerne hören. Auch für ihn war die junge Frau doch ein Engel.«

»Einen Versuch ist es wert. Auch wenn es immer unwahrscheinlicher wird, dass er mit den Morden etwas zu tun hat, bin ich trotzdem der Meinung, dass er uns etwas verschweigt.«

»Ich habe mit alledem nichts zu tun«, wiederholte Enno Eilers.

Seit einer halben Stunde verhörten die beiden Kommissare den jungen Mann, der es bisher geschafft hatte, sich nicht in Widersprüche zu verwickeln. Nur wenn die Sprache auf Neles Männerbekanntschaften kam, wurde er unsicher und nervös. Offensichtlich hatte er sich bisher vorgemacht, dass sein Vater der einzige Freier gewesen war und dies damit zu tun hatte, dass er ihn hatte demütigen oder ihm zeigen wollen, dass Nele es nicht wert war, sie zu lieben.

»Sie kennen sich gut auf der Insel aus?«, fragte Lena.

»Das will ich doch meinen. Ist schließlich mein Zuhause hier.«

»Warum haben Sie den Strauß Mohnblumen am Tatort hinterlegt? Was wollten Sie uns damit sagen?«

»Was für Blumen? Ich weiß nicht, was Sie von mir wollen. Ich habe damit nichts zu tun.«

»Ihr Rechner wird gerade durch einen unserer Spezialisten vom Landeskriminalamt untersucht.«

»Ach! Haben Sie den mal eben schnell eingeflogen?«

»Sie sollten eigentlich wissen, dass man das auch aus der Ferne erledigen kann. Zum Glück ist die Internetverbindung ja nicht vom Sturm betroffen.«

Enno Eilers schluckte. »Sparen Sie sich die Mühe. Da finden Sie nichts!«

Lena lächelte. »Sie meinen, weil Sie alles gelöscht haben? Wissen Sie, wie häufig ich das in den letzten Jahren schon gehört habe? Mir hat mal ein IT-Spezialist gesagt, solange die Festplatte nicht geschreddert ist, sollte sich niemand zu sicher fühlen.«

»Das ist doch alles nur Gequatsche.«

In diesem Augenblick klingelte Lenas Handy. Sie hatte Johann vor dem Verhör gebeten, genau in diesem Augenblick anzurufen.

»Wie weit sind Sie?«, fragte Lena ihren Amrumer Kollegen, der meinte, dass er wohl zum richtigen Zeitpunkt angerufen habe.

»Das klingt doch schon mal gut. Zwei Stunden noch, meinen Sie? Ich bin erreichbar. Gute Arbeit, Herr Grasmann. Ich wusste, dass ich mich auf Sie verlassen kann.«

Lena beendete das Gespräch und wandte sich Enno Eilers zu. »Wo waren wir stehen geblieben?«

Der junge Mann starrte sie erbost an. »Was wollen Sie von mir? Ich habe nichts getan. Sie sind doch diejenigen, die Neles Mörder suchen sollen. Und was passiert? Nichts! Sie stochern herum, laufen hier auf der Insel von einem zum anderen und lassen sich haufenweise Lügen auftischen. Und da soll ich einfach nur rumsitzen und abwarten? Sie haben nicht die geringste Ahnung, was Nele mir bedeutet hat.«

»Soso! Wir stochern also herum«, sagte Büttner. »Sie sind mir ein wenig zu gut informiert, junger Mann. Aber ich kann mir schon denken, woher Sie Ihre Informationen beziehen.« Bisher hatte er ruhig und sachlich gesprochen, jetzt beugte er sich leicht vor und fixierte Enno Eilers, bevor er langsam und betont sagte: »Sie waren es, der uns beschattet hat. Und dabei haben Sie den Objektivdeckel Ihrer Kamera verloren.«

Enno Eilers wirkte einen Moment wie ein kleiner Junge, der beim Lügen ertappt worden war. Die Augenlider zitterten, die Wangen waren leicht gerötet, die Hände rutschten unruhig auf dem Tisch hin und her. Ganz plötzlich ging ein Ruck durch seinen Körper, er richtete sich auf und sagte: »Und wenn schon. Ist das etwa verboten?«

»Warum haben Sie die Fotos ins Netz gestellt?«, fragte Lena unvermittelt.

Enno Eilers sprang auf. »Damit hier endlich mal was passiert. Meinen Sie etwa, ich weiß nicht, wer der Staatsanwalt ist? Das ist Neles Onkel. Da sollte doch alles vertuscht werden. Ich habe nur getan, was Nele auch für mich getan hätte.«

»Setzen Sie sich wieder!«, forderte Lena ihn auf und wartete, bis er wieder auf dem Stuhl saß. »Sie sind also vor uns am Tatort gewesen«, stellte sie sachlich fest. »Woher wussten Sie, dass Nele und Torben dort lagen?«

Eilers atmete schwer und schien fieberhaft zu überlegen, ob er zu weit gegangen war. Schließlich sah er Lena direkt an. »Ich war auf dem Weg zum Strand, als mir ein Gemeindemitarbeiter entgegenkam. Er war vollkommen aufgelöst und hat mich überhaupt nicht bemerkt. Er hat mit irgendjemandem telefoniert, wahrscheinlich mit Ollmers, und hat demjenigen gesagt, dass er sofort herkommen soll. Und er sagte, dass er zwei Leichen gefunden hat.« Inzwischen standen Eilers die Tränen in den Augen. »Ich bin dann da rein und habe …« Er schlug die Hände vors Gesicht und schluchzte.

Lena wartete, bis er sich beruhigt hatte. »Und dann haben Sie die beiden fotografiert?«

Eilers nickte. »Ich stand eine Ewigkeit da und dann … Es war wie ein Reflex. Ich habe mit der Kamera ein Foto …« Er verstummte.

Nach einer Weile erklärte ihm Lena, dass sie ein Protokoll erstellen würde, das er später noch unterschreiben müsse. Er solle gegen achtzehn Uhr noch mal wiederkommen. Nachdem sie dreimal nachgefragt hatte, ob Enno Eilers sie verstanden habe, nickte der junge Mann und verließ schweigend die Polizeistation.

Fünfundzwanzig

»Was ist das?«, fragte David Büttner, als sie nach dem Verhör bei einer Tasse Kaffee zusammensaßen und Ralf Ollmers ein Fax auf den Tisch legte.

»Kam gerade aus Emden. Von Ihrem Kollegen Hasenpflug.«

»Krug. Er heißt Hasenkrug.« Büttner nahm den Zettel in die Hand und musterte ihn stirnrunzelnd. »Nur eine Liste mit Zahlen«, stellte er fest.

»Eine Excel-Tabelle«, konkretisierte Ollmers.

»Keine Ahnung, was der Kollege mir damit sagen will.« Büttner reichte das Blatt an Lena Lorenzen weiter, doch auch ihr fiel spontan nichts dazu ein.

Büttner griff nach seinem Handy, das genau in diesem Moment zu schrillen anfing.

»Haben Sie mein Fax bekommen?«, meldete sich Sebastian Hasenkrug am anderen Ende.

»Ja. Aber ich habe keine Ahnung, was Sie mir mit diesen Hieroglyphen sagen wollen, Hasenkrug. Sie sprechen wie so oft in Rätseln.« Büttner schaltete die Lautsprecherfunktion ein, damit seine Kollegen mithören konnten.

»Könnte daran liegen, dass es eine Computerdatei ist und Sie sie deshalb nicht verstehen, Chef«, konterte sein Assistent, um dann gleich fortzufahren: »Die Kriminaltechnik hat diese Datei auf Nele Habers' Laptop gefunden. Irgendein Techniker kam auf die Idee, dass es sich um Geldbeträge handeln könnte. Zumal Sie etwas von Erpressung gemurmelt haben, Chef.«

Büttner nahm den Ausdruck erneut in die Hand. »Es sind aber nur Zahlen«, murmelte er.

»Zahlen, die zu einer Erpressung passen könnten, wenn man ein Eurozeichen dahintersetzt«, meinte Hasenkrug. »Betitelt war die Datei mit *LebedeinenTraum*. Gibt es denn inzwischen konkretere Hinweise, ob wir es mit einer Erpressung zu tun haben und, wenn ja, um welche Summen es dabei ging?«

»Wir gehen inzwischen davon aus, dass eine Erpressung stattgefunden hat«, antwortete Büttner. »Zwei Freier haben bereits eingeräumt, dass sie erpresst wurden. In beiden Fällen wurde ein vierstelliger Betrag gefordert. Aber beide Freier streiten ab, etwas mit dem Mord zu tun zu haben.«

»Warum wundert mich das nicht?«, murmelte Hasenkrug.

Büttner schob den Zettel zu Lena Lorenzen hinüber und fragte sie: »Könnten Sie diese Zahlen vielleicht mal mit denen vergleichen, die wir von Neles Freiern bekommen haben?« Dann sagte er: »Danke, Hasenkrug, wir kümmern uns drum. Ansonsten wurde auf dem Laptop nichts Interessantes gefunden? Kompromittierende Fotos vielleicht?«

»Nein. Nichts Auffälliges. Allerdings gab es jede Menge Projektskizzen.«

»Zu dem Vorhaben, das Nele Habers auf Juist starten wollte?«

»Ja. Die Planungen waren ziemlich weit fortgeschritten, wie mir scheint. Selbst die Budgetplanung stand.«

»Höre ich da ein Aber?«

»Ja. Ich habe diese Budgetplanung mit der Realität abgeglichen, sprich ihre Kontoauszüge gecheckt. Bei den Einnahmen, die sie generierte, hätte es bis zur Projektrealisierung noch Jahrzehnte gedauert.«

»Ich glaube kaum, dass sie alle Einnahmen auf ihr Girokonto eingezahlt hat«, gab Büttner zu bedenken. »Bei ihrem Job handelte es sich wohl eher um ein Bargeldgeschäft.«

»Aber auch das müsste irgendwo abgeblieben sein. In ihrer Wohnung zumindest haben wir es nicht gefunden.«

»Es kann überall sein«, meinte Büttner. »Vielleicht wurde sie ja auch von ihrem Vater gesponsert. Haben Sie ihn mal danach gefragt?«

»Ja. Aber der hat behauptet, dass er diesem Projekt auf Juist skeptisch gegenüberstand. Gegeben hat er ihr angeblich nichts. Ihm wäre es wohl lieber gewesen, Nele hätte sich, wie er sagte, um einen vernünftigen Job gekümmert.«

»Hat er auch definiert, was ein vernünftiger Job ist?« Büttner hatte bislang Neles Idee, aus ihrem Erfahrungsschatz zu schöpfen und ein eigenes Projekt für Suchtkranke aufzubauen, gar nicht so abwegig gefunden.

»Nein, das hat er nicht. Aber ich denke, wir wissen alle, was Eltern sich gemeinhin für ihre Kinder wünschen. Selbstständige Tätigkeiten stehen da meistens nicht ganz oben auf der Liste.«

»So sieht's wohl aus«, musste Büttner ihm recht geben. »Sonst noch was, Hasenkrug?«

»Vielleicht sollten Sie mal bei Neles Freundin Mareike genauer hinsehen.«

Büttner horchte auf. »Warum das?«

»Für eine Kellnerin lebt sie anscheinend auf ziemlich großem Fuß.«

»Woher wissen Sie das?«

»Laut meinem Assistenten hat ein gewisser Enno Eilers bei Neles Vater angerufen und das behauptet.«

»Vielleicht hat sie geerbt.«

»Wenn, dann von Nele. Denn Eilers sagt, dass Mareike seit deren Tod mit Geld nur so um sich schmeißt.«

»Das ist erst wenige Tage her«, stellte Büttner fest. »Wie will er das nach so kurzer Zeit beurteilen? Zumal Mareike hier auf der Insel genauso gefangen ist wie wir.«

»Sie könnte im Internet shoppen. Aber vielleicht wollte Eilers auch die Aufmerksamkeit von sich weglenken«, sagte Hasenkrug.

Das könnte passen, dachte Büttner, denn schließlich hatte Enno es mit seiner Schnüffelei selbst in die Hand genommen, den Mörder seiner engsten Freundin zu entlarven. Oder er tat es – und auch diese Möglichkeit sollten sie nach wie vor nicht aus den Augen verlieren –, um von sich selbst abzulenken. Blieb die Frage, warum Enno im Verhör nichts von diesem Verdacht erwähnt hatte. »Okay«, sagte er, »wir werden uns also noch einmal genauer mit Mareike befassen.«

»Wann kommen Sie zurück, Chef?«

»Angeblich soll morgen der Fährverkehr wieder einsetzen. Was genau das für Juist bedeutet, weiß ich allerdings nicht. Hab mir den Tidenkalender noch nicht angesehen. Aber wenn ich etwas weiß, erfahren Sie es als Erster, Hasenkrug.«

»Sehr aufmerksam«, antwortete der und legte auf.

»Sind Sie fündig geworden?«, fragte Büttner seine Kollegin, die in jeder Hand einen Zettel hielt und diese offensichtlich miteinander verglich.

Sie nickte, ohne aufzublicken. »Bislang wissen wir lediglich, dass von Robert Meister dreimal zweitausend Euro verlangt wurden. Die finden sich hier zwar nicht in Einzelbeträgen wieder, aber aufgelistet sind einmal sechstausend Euro. Von Hinnerk Eilers wollte sie siebentausend Euro haben. Auch die stehen hier.«

»Ein bisschen dünn«, stellte Büttner fest. »Ein stichhaltiger Beweis, dass es sich dabei um die erpressten Gelder handelt, ist es jedenfalls nicht.«

»Nein, ganz sicher nicht«, gab Lena Lorenzen ihm recht. Sie legte die Zettel beiseite. Mit sehnsüchtigem Blick schaute sie auf Postels Laptop, der eingeschaltet dastand und auf dessen schwarzem Bildschirm weiße Zahlen- und Buchstabenreihen rauf- und runterrasten. »Und nun?«, fragte sie. »Ich fürchte, dass mein IT-Spezialist noch ein wenig brauchen wird, um Postels Passwörter zu knacken.«

»Wir könnten Enno Eilers noch mal einbestellen, um zu fragen, woher er die Informationen über Mareikes Vermögensstand hat, oder …«

»Mareike gleich selbst hierherbeordern«, beendete Lena Lorenzen Büttners Satz. Sie nickte Ollmers, der die ganze Zeit nur schweigend dagesessen hatte, auffordernd zu. »Wenn Sie bitte dafür sorgen würden, dass Mareike Behrens hier möglichst schnell erscheint.«

Ollmers stand wortlos auf und verließ den Raum.

Es dauerte gut eine halbe Stunde, bis Mareike das Polizeirevier betrat. Sie machte einen verunsicherten Eindruck. Immer wieder ging ihr Daumen zum Mund und sie begann, am Nagelbett zu knabbern, das bereits ganz blutig war.

Büttner bot ihr einen Platz an, nachdem sie ihre Jacke an die Garderobe gehängt hatte. »Haben Sie sich mit Herrn Postel wieder vertragen?«, fragte er.

»Wie bitte?« Sie schien irritiert.

»Na, heute Morgen haben Sie beide ziemlich lautstark gestritten, Sie erinnern sich?« Er betrachtete ihr Gesicht. Die linke Wange war leicht gerötet, was allerdings viele Ursachen haben konnte. Gut möglich aber auch, dass die Färbung von einer Ohrfeige stammte.

Büttner beschloss, nicht lange zu fackeln. »Haben Sie sich wegen der Fotos mit Postel gestritten oder ging es ums Geld?«

Beim Wort Geld meinte Büttner zu sehen, dass Mareike zusammenzuckte, doch hatte sie sich rasch wieder in der Gewalt. Sie zog die Augenbrauen zusammen, verschränkte die Arme vor dem Körper und sagte: »Ich weiß nicht, wovon Sie reden.«

Daraufhin legte Lena Lorenzen ein paar Fotos vor sie auf den Tisch. »Es kann Ihnen nicht gefallen haben, dass Nele und Ihr Freund sich so nahestanden. Waren diese Fotos der Grund für den Streit? Haben Sie ein wenig in Postels Schubladen gestöbert und sie gefunden? Oder hat er sie Ihnen absichtlich unter die Nase gerieben?«

Mareike schwieg und zog einen Flunsch.

Büttner entschied sich für einen Bluff. »Haben Sie davon gewusst, dass Nele plötzlich eine ganze Menge Geld eingenommen hat? Und wenn ja, haben Sie vielleicht eine Ahnung, woher dieses Geld kam?«

Mareike wurde blass. Sie kniff die Lippen zusammen und starrte auf den Boden, schwieg jedoch weiterhin.

Lena Lorenzen beugte sich vor. »Frau Behrens, wir sind Neles Mörder ganz dicht auf den Fersen. Wenn Sie etwas wissen, dann wäre jetzt der richtige Zeitpunkt, uns davon zu erzählen. Denn wenn Sie es nicht tun und wir herausfinden, dass Sie uns etwas verschwiegen haben, dann machen Sie sich der Mitwisserschaft und womöglich der Unterschlagung von Beweismitteln schuldig. Was in einem Mordfall kein Kavaliersdelikt ist und Sie teuer zu stehen käme. Also?«

»Ich weiß nur, dass Nele Geld für ihr Projekt gesammelt hat«, presste Mareike hervor, ohne den Kopf zu heben.

»Gesammelt? Wie genau müssen wir uns das vorstellen?«, hakte Büttner nach.

Mareike zuckte die Schultern. »Keine Ahnung.«

»Ich denke, Sie waren ihre beste Freundin?«, wunderte sich Lena Lorenzen. »Und da hat sie Ihnen nichts von ihren Plänen erzählt? Ich meine, wenn man ein solch tolles Projekt plant wie Nele, dann sprudelt man doch in der Regel über vor Mitteilungsdrang und kann es gar nicht genug Leuten erzählen. Ihrer besten Freundin aber erzählt sie nichts? Was mag der Grund dafür sein?«

»Es … war Neles und Torbens Ding. Ich hatte damit nichts zu tun. Gar nichts.«

»Dann haben Sie sicherlich auch keine Ahnung, wo Nele das ganze Geld aufbewahrte, das sie gesammelt hat?«

Von einem Moment auf den anderen nahm Mareikes Gesicht eine tiefrote Farbe an. Ihr Daumen wanderte wieder zum Mund. Sie schüttelte den Kopf.

Lena Lorenzen seufzte. »Frau Behrens, bitte.«

»Nehmen Sie womöglich Ihren Freund in Schutz?«, startete Büttner einen weiteren Versuch, die junge Frau aus der Reserve zu locken. »Wenn es so ist, dann rate ich Ihnen dringend, es zu lassen. Sie bringen sich in Teufels Küche.«

»Ich weiß von nichts.« Mareike klang bockig.

»Wie wir hörten, haben Sie in den letzten Tagen größere Geldbeträge ausgegeben«, bluffte Büttner. »Da aber die Insel von der Außenwelt abgeschottet war, müsste das ja hier auf Juist oder über das Internet passiert sein. Für uns dürfte es ein Leichtes sein, es herauszufinden.« Büttner deutete auf Lena Lorenzen. »Meine Kollegin hat einen Kollegen beim LKA, der knackt Computer quasi innerhalb von Sekunden.«

Lena Lorenzen hielt zur Bestätigung seiner Worte ein Dokument in die Luft und tippte mit den Fingern auf das Wort *Durchsuchungsbeschluss*. Name und Adresse, die darunter standen, verdeckte sie geschickt. »Sehen Sie, Frau Behrens, den haben wir auch schon. Bestimmt hat Ihnen Herr Postel erzählt, dass, wenn wir Ihre Wohnung auseinandernehmen, kein Stein auf dem anderen bleibt. Also?«

Mareike atmete schwer. Sie wagte kaum, den Blick zu heben, als sie nun sagte: »Nele hat mich gefragt, ob sie das Geld bei mir in der Wohnung lagern darf, bis sie es braucht.«

»Was war das für Geld?«, fragte Büttner.

»Das hat sie nicht gesagt.« Als Büttner und Lena Lorenzen schwiegen, hob sie die Hand wie zum Schwur und stieß hervor: »Ehrlich! Ich hab keine Ahnung.«

»Aber vielleicht haben Sie eine Vermutung?«

»Nele ... Sie hatte es wohl von den Männern. Gesagt hat sie nichts, aber ... na ja, woher sollte es sonst kommen?«

»Von welchen Männern reden Sie?«, hakte Lena Lorenzen nach.

»Ich hab doch schon gesagt, dass sie quasi als Prostituierte gearbeitet hat.«

»Um wie viel Geld handelt es sich denn?«, fragte Büttner.

Mareike zuckte die Schultern. »Weiß ich nicht.«

»Sie wollen mir doch nicht weismachen, dass Sie es nicht wenigstens grob gezählt haben, nachdem Nele verstorben war? Wenn ich Ihre Reaktion gerade richtig interpretiert habe, dann haben Sie einen Teil des Geldes bereits ausgegeben. Da verschafft man sich doch vorher einen Überblick, wie viel einem zur Verfügung steht. Dreistellig? Vierstellig? Fünfstellig?«

Mareike sah ihn aus großen Augen an. »Fünfstellig? Woher soll denn das kommen?«

»Also vierstellig.«

Mareike nickte. »So viertausend vielleicht.«

Büttner und Lena Lorenzen warfen sich einen Blick zu, der besagte, dass das Geld dann vermutlich nicht aus den Erpressungen stammte, sondern tatsächlich Neles Arbeitslohn gewesen war.

»Werden Sie … Werden Sie mich jetzt wegen Diebstahl anzeigen?«, fragte Mareike schüchtern.

»Das sehen wir dann«, antwortete Büttner knapp. »Gut möglich, dass wir es nicht tun, wenn Sie zukünftig mit uns kooperieren. Denken Sie darüber nach.« Er deutete auf die Tür. »Bitte schön, Sie können jetzt gehen.«

Gerade war die Tür hinter Mareike ins Schloss gefallen, als Lena Lorenzen freudig ausrief: »Ich glaube, Postels Dateien können jetzt geöffnet werden.«

Sechsundzwanzig

»Und?«, fragte Büttner, der ungeduldig hinter Lena stand. Sie war kurz davor, ihn aus dem Büro zu schicken, als sie eine Datei öffnete, deren Inhalt auf den ersten Blick aussah wie die von Hasenkrug geschickten Daten.

»Sieh mal einer an. So wird schon eher ein Schuh draus«, murmelte Lena und verglich die Zahlen der beiden Dokumente. »Identisch! Allerdings stehen bei Postel noch Initialen davor. Hier …« Sie zeigte auf das Fax. »Der Betrag stimmt mit dem von Meister überein. Ein *M.* für seinen Namen. Vor der Siebentausend steht ein *E.* wie Eilers. Und hier ein *T. O.*, was vermutlich Tamme Onken bedeutet. Er hat doch tatsächlich zehntausend Euro bezahlt oder sollte erst noch bezahlen.«

»Interessant«, meinte Büttner und kratzte sich an der Stirn. »Leider steht vor den restlichen Zahlen fast ausschließlich ein Buchstabe. Das könnte ein Vor- oder Nachname sein.«

»Wahrscheinlich hat er nur da die beiden Initialen genommen, wo zwei Nachnamen mit dem gleichen Buchstaben anfangen.«

»Wie machen wir jetzt weiter?«, fragte Büttner.

»Ich brauche hier eine Weile. Was halten Sie davon, wenn Sie Tamme Onken aufsuchen und ihn noch mal bezüglich der Erpressung befragen?«

Büttner zögerte kurz, nickte dann aber und verließ das Büro. Lena konzentrierte sich wieder auf den Laptop und suchte nach Fotos, die auf weitere Erpressungen hinwiesen. Nach einer halben Stunde fand sie in den Tiefen des Dateienwirrwarrs die ersten Aufnahmen. Neben Robert Meister, Tamme Onken und Eilers senior gab es drei weitere Fotos, die ihr unbekannte Männer zeigten. Falls es sich bei den Buchstaben vor den Beträgen tatsächlich um die Initialen der Männer handelte, fehlten von zweien die Fotos. Entweder gab es keine oder Postel hatte sie auf dem Handy oder einem Stick abgespeichert. In seinem E-Mail-Account fanden sich keine Erpresserschreiben, was nicht verwunderlich war, da Postel dort unter seinem Klarnamen schrieb. Er musste eine andere Möglichkeit gefunden haben, die Mails zu verschicken, damit sie nicht zu ihm zurückzuverfolgen waren. Nach weiteren zehn Minuten hatte sie Postels Entwurf für das Erpresserschreiben gefunden und ausgedruckt. Leider enthielt es keinen Hinweis auf die Identitäten der einzelnen Männer, die er erpresst hatte.

Als Ollmers das Büro betrat, bat Lena ihn, die drei Männer auf den Fotos zu identifizieren. Zwei davon konnte Ollmers eindeutig zuordnen, der dritte stammte nicht von der Insel. Der Inselpolizist vermutete, dass es sich um einen Urlauber handelte.

»Sind das alle Fotos?«, fragte er. »Waren das nicht noch mehr Beträge auf der Liste?«

»Das ist richtig, aber ich habe bisher keine weiteren Fotos gefunden. Ich vermute, es gibt keine, die zu den zwei restlichen Namen passen.«

»Soll ich vielleicht noch mal die Dateien durchforsten?«, bot Ollmers an. »Vier Augen sehen mehr als zwei.«

»Nein, das mache ich heute Abend. Wichtiger wäre jetzt, Arne Postel zu finden. Er wird heute Nacht in der Arrestzelle übernachten müssen. Wir werden ihn morgen mit aufs Festland nehmen.«

Ollmers schien von dem Auftrag nicht begeistert zu sein, machte sich dann aber auf den Weg. Kurz darauf kam Büttner zurück und berichtete, dass Tamme Onken die Erpressung und die damit zusammenhängende Zahlung bestätigt habe.

»Das Geld schien ihn nicht sonderlich zu interessieren. Wichtiger war ihm, dass seine Frau nichts mitbekommen sollte. Er hat mich regelrecht angefleht, seinen Namen aus der Öffentlichkeit herauszuhalten.« Büttner stöhnte. »Was für jämmerliche Typen es doch gibt. Erst den Casanova mimen und dann herumwinseln.«

»Sie sollten Ihre Geschlechtsgenossen eigentlich kennen, Kollege Büttner«, meinte Lena grinsend.

»Ich glaube immer noch an das Gute im Menschen, Frau Lorenzen. Aber wie man sieht …«

Lena nickte und erzählte Büttner von den Funden auf Postels Laptop. »Ich habe Ollmers losgeschickt, um Arne Postel festzunehmen.«

Büttner betrachtete die Namen der beiden Männer, die Ollmers aufgeschrieben hatte. »Also zwei weitere Verdächtige? Und dann noch die zwei ohne Fotos plus der Urlauber, von dem Sie sprachen. Das wären zusammen acht Freier, die erpresst worden sind.«

»Ja, so sieht es wohl aus. Die Fotos sind übrigens alle durchs Fenster oder von einer weiter entfernt liegenden Position aufgenommen. Die Männer müssen nicht unbedingt Nele in Verdacht gehabt haben. Was sagt Onken dazu?«

»Ihm ist angeblich nicht klar gewesen, wer der Erpresser ist. Nele hatte er zwar auch in Verdacht, hat sich aber nach der Zahlung trotzdem noch einmal mit ihr getroffen. Ich vermute mal, dass sich die beiden nicht nur miteinander unterhalten haben.«

»Schon faszinierend. Nele scheint die Männer ziemlich betört zu haben. Nur Eilers hatte sie bisher wegen der Erpressung in Verdacht. Aber sicher war er sich auch nicht.« Lena zog den Zettel mit den zwei Namen zu sich heran. »Wen übernehmen Sie?«

Bevor Büttner antworten konnte, trat Ollmers ins Büro. »Tut mir leid. Ich kann Arne Postel nirgendwo finden. Weder in seiner Wohnung noch bei Nele. Die Kneipen und Restaurants habe ich auch alle durch.«

»Untergetaucht«, kommentierte Büttner die Information.

»Weit wird er nicht kommen«, murmelte Lena und machte hinter einem der zwei Namen ein Kreuz. »Ich nehme dann mal Hajo Hengelsberg.«

Büttner nickte und schrieb sich den zweiten Namen auf. Thomas Reinhardt. Er notierte sich die Adresse und wandte sich an den Inselpolizisten. »Suchen Sie bitte weiter nach Arne Postel. Das scheint heute ein langer Tag zu werden.« Er nickte Lena zu und griff nach seinem Mantel. »Ich melde mich.«

Lena schrieb die Protokolle der Eilers-Verhöre zu Ende und bat Ollmers, auf Vater und Sohn zu warten, damit diese ihre Unterschriften leisten konnten. »Wo finde ich um diese Zeit wohl Hajo Hengelsberg?«

»Er wird noch in seiner Praxis sein. Er ist unser Inselarzt.«

Lena ließ sich die Adresse geben und verließ die Polizeistation. Wenige Minuten später stand sie vor einer Sprechstundenhilfe, die ihr mitteilte, dass die Praxis in einer halben Stunde schließen und es deshalb keinen Sinn ergeben würde, auf einen Termin zu warten.

Lena schob ihr den Ausweis über den Tisch. »Tut mir leid, Ihren Ablauf durcheinanderzubringen, aber ich muss Dr. Hengelsberg sprechen. Und zwar bevor ein neuer Patient zu ihm hineingeht. Haben Sie mich verstanden?«

Die Sprechstundenhilfe wollte etwas entgegnen, schwieg dann aber betreten und nickte. Lena setzte sich in Sichtweite auf einen Stuhl und stand wenige Minuten später vor dem Arzt. Nach anfänglichem Lamentieren gab er zu, Neles Dienste in Anspruch genommen zu haben. Weitere fünf Minuten später zeigte er ihr die E-Mail, die er vom Erpresser erhalten hatte.

»Haben Sie bezahlt?«, fragte Lena.

»Was sollte ich machen? Sich auf das junge Ding einzulassen war eine absolute Dummheit. Dafür bin ich dann wohl bestraft worden.«

Lena sah auf ihre Liste. »Fünftausend. Eine stolze Summe.«

»Woher wissen Sie den Betrag?«, fragte Hengelsberg erstaunt.

»Das kann ich Ihnen nicht sagen.« Sie fragte ihn nach seinem Alibi und erfuhr, dass der Arzt in den frühen Morgenstunden zu einer Patientin gerufen worden war, die im Sterben lag. Zwischen vier und acht Uhr sei er dort gewesen. Als Zeugen führte er den Ehemann und die Tochter an. Anschließend bat er darum, dass die leidige Angelegenheit, wie er es nannte, nicht an die Öffentlichkeit geraten möge.

»Dachten Sie denn nicht, dass Nele Habers Sie erpresst?«

»Die Fotos konnte sie nicht selbst gemacht haben, aber ich bin trotzdem davon ausgegangen, dass sie mit drinsteckt. Ich habe Sie angerufen und ihr gesagt, dass das eine einmalige Zahlung war und ich beim nächsten Mal zur Polizei gehen werde.«

»Was hat sie geantwortet?«

»Ich solle mich zum Teufel scheren. Und dann hat sie aufgelegt.«

»Hätten Sie uns denn informiert, wenn …?«

»Ich weiß es nicht«, unterbrach der Arzt Lena. Sie sah ihm an, wie unangenehm ihm das ganze Thema war. »Ich habe einfach darauf gehofft, dass ihr das Risiko zu groß ist.«

»Was sagt Ihre Frau dazu?«

»Sie weiß nichts von meinem Leichtsinn, bitte lassen Sie sie aus der Sache heraus. Es war wirklich ein einmaliger Fehltritt.«

Lena wollte sich gerade verabschieden, als ihr ein wichtiger Gedanke kam. »Gibt es eigentlich Heroinabhängige auf der Insel?«

»Sie spielen auf Nele an? Ich habe gehört, dass sie drogenabhängig war, allerdings war sie nie bei mir in der Praxis.«

»Und sonst?«

»Soweit ich weiß, nimmt keiner von hier Heroin. Ich denke, ich würde es über kurz oder lang erfahren.« Er stutzte. »Allerdings gab es im letzten Sommer einen Vorfall. Ein junger Mann wurde morgens von einem Jogger am Strand gefunden. Ich wurde angerufen und bin natürlich sofort hingefahren. Der junge Mann hatte sich in der Nacht etwas gespritzt und war am Morgen immer noch nicht ansprechbar. Aber wenn ich mich recht entsinne, ist er später auf die Nachmittagsfähre gesetzt worden und nie wieder hier aufgetaucht. Unser Inselpolizist hat das in seiner ruhigen Art geregelt, ohne dass es ein großes Aufsehen gegeben hat.«

»Haben Sie Heroin bei ihm gefunden?«

»Nein, nur die leere Spritze, aber ich habe ihn auch nicht durchsucht. Er lag bis zum frühen Nachmittag in der Feuerwache. Als ich nach ihm gesehen habe, ging es ihm bereits besser.« Dr. Hengelsberg sah auf die Uhr. »Wenn Sie mich jetzt entschuldigen. Es warten noch einige Patienten.«

»Kommen Sie morgen bitte auf die Polizeistation. Sie müssen noch das Protokoll unterschreiben.« Lena nickte dem Arzt zu und verließ seine Praxis.

Wieder eine Sackgasse. Zwar würde sie noch das Alibi überprüfen, aber sie ging davon aus, dass sich die Angaben des Arztes als richtig herausstellen würden. Gedankenversunken lief sie durch das Dorfzentrum und blieb vor einem Restaurant stehen.

Erst jetzt merkte sie, dass ihr Magen knurrte. Wann hatte sie das letzte Mal etwas gegessen? Nach kurzem Zögern entschloss sie sich, doch weiterzugehen. Kurz vor der Polizeistation blieb sie abrupt stehen. Irgendetwas, ein kleines Detail, irritierte sie. Hatte sie vergessen, den Arzt etwas Wichtiges zu fragen? Oder war ihr auf dem Weg hierher etwas aufgefallen, das sie nur aus den Augenwinkeln wahrgenommen hatte?

»Ist etwas passiert?«, fragte Büttner, der plötzlich neben ihr stand.

Lena zuckte mit den Schultern. »Da war was, aber ich weiß nicht genau, wer oder was. Ich war so in Gedanken …«

»Arne Postel vielleicht?«

»Nein, der sicher nicht. Mit seinen roten Haaren würde ich ihn auch in der Nacht erkennen. Es war etwas anderes … Egal. Gehen wir rein?«

Es war inzwischen kurz vor halb sieben. Ollmers kam auf sie zu und berichtete, dass die Protokolle von Vater und Sohn Eilers unterschrieben seien, er allerdings Postel weder auf dem Handy noch anderswo erreicht habe. »Ich habe alle Kneipen informiert und darum gebeten, dass man mich sofort anruft, falls er auftaucht. Frau Momsen hat ihren Mieter schon seit heute Mittag nicht mehr gesehen. Mareike habe ich nicht informiert, ich fürchte, sie würde Postel nur warnen.«

»Danke, Kollege«, sagte Lena. »Ich gehe später noch mal bei Mareike vorbei und schaue, ob er da ist.«

»Gibt es etwas Neues?«, fragte Ollmers.

»Wir sind noch gar nicht dazu gekommen, uns auszutauschen«, erwiderte Lena und betrat ihr provisorisches Büro.

»Dann mache ich mal Feierabend«, meinte Ollmers leicht säuerlich und verabschiedete sich.

Büttner sah ihm verdutzt hinterher. »War er jetzt beleidigt, dass wir ihm nichts von unseren Befragungen erzählt haben?«

»Mag sein. Aber er hätte bei der Suche nach Postel ruhig etwas mehr Engagement an den Tag legen können. Irgendwo muss er doch sein. Bei dieser Kälte wird er wohl kaum draußen übernachten.«

»Den kriegen wir schon. Wenn er morgen nicht auftaucht, lasse ich eine Hundertschaft auf die Insel bringen und sie durchforsten.« Büttner zog seinen Mantel aus. »Was sagt Ihr Zeuge?«

Lena berichtete von ihrer Befragung und hörte von Büttner anschließend eine ähnliche Story. Sein Zeuge stammte aus einer alteingesessenen Juister Familie. Er hatte, ohne zu murren, die geforderten zehntausend Euro bezahlt, war aber zur Tatzeit nachweislich auf dem Festland gewesen.

»Und es waren nur noch zwei«, fasste Lena die Situation zusammen.

»Vorschläge?«

Lena schüttelte den Kopf. »Mein Magen knurrt wie verrückt.« Sie grinste. »Heute bin mal ich an der Reihe, Hunger zu haben.«

Nachdem sie die Protokolle der letzten Befragungen geschrieben hatten, lud Lena ihren Kollegen in eine Pizzeria ein. Büttner stimmte zu, als er von Lena hörte, dass neben der klassischen Pizza auch Rindersteaks auf der Speisekarte standen.

Lena aß eine Pizza Frutti di Mare und trank dazu ein Glas Weißwein, während Büttner sich ein Steak mit Pommes frites und einem kleinen Salat gönnte. Nach dem Espresso kehrten Lenas Gedanken langsam zum Fall zurück. Ihre ursprüngliche Vermutung, dass die Morde in Sankt Peter-Ording mit denen auf Juist zusammenhingen, hatte sich in den letzten Stunden weiter verflüchtigt. Im Moment sah alles danach aus, als wenn sie es tatsächlich mit zwei unterschiedlichen Tätern zu tun hätten. Nele Habers' Nebenjob als Prostituierte und die damit zusammenhängende Erpressung der Männer stellte ein plausibles Motiv dar. Sie würden diese Spur weiterverfolgen müssen, bis sie alle Freier identifiziert hätten. Lena war klar, dass sie damit aus dem Fall raus war und spätestens übermorgen wieder nach Kiel zurückkehren würde. Sollte sich später doch noch eine Verbindung zu ihrem Fall auftun, würde Büttner sie mit Sicherheit informieren.

Büttner schob seine Espresso-Tasse zur Seite. »Wo stehen wir?«

»Robert Meister und Hajo Hengelsberg haben ein Alibi. Sie scheiden wohl als Mörder aus. Tamme Onken hat nach eigenen Angaben allein in seinem Bett geschlafen, ich halte ihn aber nicht für jemanden, der seine Probleme durch einen Mord löst. Trotzdem können wir ihn noch nicht von der Liste streichen. Hinnerk Eilers hat auch kein Alibi und ist durchaus aufbrausend, und wie er selbst zugegeben hat, rutscht ihm manchmal die Hand aus. Auch er ist noch im Spiel, aber da wir bei der Hausdurchsuchung keine Anhaltspunkte für seine Täterschaft gefunden haben, würde ich ihn vorerst noch einmal zurückstellen. Ihr Kandidat ...« Lena suchte nach dem Namen des Freiers.

»Thomas Reinhardt«, half Büttner und war selbst erstaunt, dass ihm der Name so problemlos einfiel.

»Danke! Also Thomas Reinhardt hat auch ein handfestes Alibi. Dann haben wir vermutlich noch drei Freier, die wir bisher nicht identifizieren konnten. Sobald wir Arne Postel in die Finger kriegen, wird er uns über kurz oder lang schon die Namen verraten.«

»Postel und Eilers junior sind zwar beide verstrickt in diesen ganzen Komplex rund um die Tat, aber ich kann sie mir beide nicht als Mörder vorstellen«, führte Büttner Lenas Gedanken fort. »Mareike hat auch nicht das Format, um eine solche Tat durchzuziehen.«

Lena nickte nachdenklich. »Vielleicht haben wir genau den Aspekt zu sehr vernachlässigt. Wer war in der Lage, diese Tat körperlich und mental durchzuführen und vorher genau zu planen? Das war keine Affekttat und zusätzlich hat der Täter auch keine verwertbaren Spuren hinterlassen. Normalerweise würde ich bei dieser Lage der Dinge auf einen Profi tippen oder jemanden, der …«

Büttner hob seinen Zeigefinger. »Der Arzt. Er kennt sich mit Spritzen aus, hat schon genügend Tote gesehen und weiß sicher auch, wie man DNA-Spuren vermeidet. Außerdem hatte er vielleicht Zugriff auf Heroin, sofern dieser Junkie, zu dem er gerufen wurde, noch etwas bei sich gehabt hat.«

»Ich habe vorhin mit dem Ehemann der verstorbenen Frau gesprochen. Er hat mir bestätigt, dass Dr. Hengelsberg zur fraglichen Zeit bei ihm war.«

»Wäre ja auch zu schön gewesen«, brummte Büttner.

Lena schloss für einen Moment die Augen und dachte über das Heroin nach. »Wo wurde der Heroinsüchtige noch hingebracht?«

»In die Feuerwache«, half Büttner ihr ein zweites Mal.

»Die Feuerwehr spielte doch schon mal eine Rolle. Stimmt! Ein Ersatzschlüssel zu der Halle mit den Strandkörben ist bei der Feuerwehr hinterlegt.«

»Ein Feuerwehrmann?«, fragte Büttner irritiert. »Ist das jetzt Ihr Ernst?«

Lena schüttelte gedankenversunken den Kopf. Vor ihrem geistigen Auge war sie wieder auf dem Weg von Hengelsbergers Praxis zur Polizeistation. Abrupt sprang sie auf. »Wir müssen los.«

Obwohl Büttner über den hastigen Aufbruch nicht sehr erfreut zu sein schien, folgte er Lena, die schnell am Tresen des Restaurants bezahlte und dann aus dem Lokal stürzte. Büttner bemühte sich, ihr zu folgen. Nach zwei Minuten schnellen Ganges standen sie vor einem großen Schaufenster eines

Geschäfts mit Andenken und Nippes. Lena leuchtete mit ihrem Handy in den Laden hinein, Büttner folgte ihrem Blick.

»Das war's, was ich gesehen habe.«

Direkt hinter der Schaufensterdekoration stand eine große Vase mit künstlichen Mohnblumen, davor ein Preisschild.

Siebenundzwanzig

Wie aus einem Reflex heraus rüttelte David Büttner an der Tür des Ladens, doch war diese natürlich geschlossen. Bis auf die Kneipen und Restaurants hatten alle Geschäfte längst den Feierabend eingeläutet.

»Wenn es dringend ist, dann klingeln Sie doch einfach oben«, sagte eine tiefe Stimme hinter Büttner. Er schaute sich um.

Der ältere Mann, den er noch nie gesehen hatte, deutete auf eines der erleuchteten Fenster im ersten Stock. »Berta, also die Besitzerin des Ladens, hat kein Problem damit. Wenn Sie noch dringend was brauchen, dann macht sie den Laden noch mal auf. Um diese Jahreszeit geht das, da ist ja sowieso nicht so viel los hier auf der Insel. Da freut Berta sich über jedes bisschen Umsatz.« Er tippte sich mit dem Finger an die Mütze, dann setzte er seinen Weg fort, ohne sich noch einmal nach ihnen umzudrehen.

»Na denn.« Während Büttner noch zögerte, drückte Lena Lorenzen entschlossen den Klingelknopf, der gleich über dem des Ladens angebracht war. Es dauerte nicht lange, bis oben ein Fenster aufging und eine ältere Dame mit grauer Dauerwelle ihren Kopf herausstreckte. »Ja bitte?«

»Lorenzen und Büttner von der Kriminalpolizei«, rief Lena Lorenzen hinauf. »Entschuldigen Sie die späte Störung, wir hätten da mal eine Frage an Sie.«

»Warten Sie, ich mache auf«, rief die Frau eilfertig zurück. Im nächsten Moment klappte das Fenster zu. Es dauerte keine Minute, bis das Licht im Laden anging. Sofort fiel Büttners Blick auf die Mohnblumen im Schaufenster. Sie sahen tatsächlich genauso aus wie die, die sie bei den Toten gefunden hatten.

Begleitet von dem Gebimmel eines kleinen Glöckchens, öffnete sich die Tür. »Bitte«, sagte die Inhaberin, »kommen Sie doch rein.« Sie trug eine blaue Kittelschürze, der das Aroma frisch gebratenen Fleisches anhaftete. Offensichtlich hatten sie die Dame bei der Zubereitung ihres Abendessens unterbrochen, was diese aber nicht zu stören schien. »Was haben Sie denn für eine Frage?«, wandte sie sich an Lena Lorenzen.

»Wir interessieren uns für die Mohnblumen dort im Schaufenster«, antwortete stattdessen David Büttner.

»Ja, die sind hübsch«, nickte die Frau. »Gehen weg wie warme Semmeln.«

Das war nicht gerade das, was Büttner hatte hören wollen.

»Wie viele dürfen es denn sein?«

»Bitte?«

»Die Mohnblumen. Wie viele möchten Sie denn?«

»Wir ermitteln im Mordfall Nele Habers«, erwiderte Lena Lorenzen. »Mohnblumen wie diese spielen dabei eine gewisse Rolle. Nun wüssten wir gerne von Ihnen, wer in den letzten Tagen welche gekauft hat.«

»In den letzten Tagen hat niemand diese Blumen gekauft. Und das hat einen einfachen Grund. Ich hatte eine Weile keine mehr. Aber heute Nachmittag habe ich noch einen Kasten im Lager gefunden. Ich dachte, bei dem Wetter in den letzten Tagen kann etwas Farbe im Laden nicht schaden.«

»Dann waren sie ja quasi ausverkauft«, meinte Büttner. »Passiert das häufig?«

»Nein, eigentlich nicht. Das war wohl wegen des vierzigsten Geburtstags von Carmen«, erklärte die Frau. »Da machen die Nachbarn ja immer einen Bogen, wenn so was ist. Und weil sie diese Mohnblumen ja so mag …«

»Wer ist Carmen?«, hakte Büttner nach.

»Na, die Frau von unserem Inselpolizisten doch.«

Büttner bemerkte, wie seine Kollegin scharf die Luft einsog. »Von Ralf Ollmers also?«, vergewisserte sie sich.

»Ja. Also, da musste ich extra noch welche bestellen, damit auch genug im Bogen sind und der nicht so mickrig aussieht.«

»Was geschieht mit so einem Bogen, wenn er ausgedient hat?«, erkundigte sich Büttner.

»Na ja, zumeist sind ja nur Papierblumen dran, die gehen dann direkt mit auf den Müll. Bei den Mohnblumen glaube ich ja, dass Carmen sie behalten hat. Sie mag die doch so.«

»Sie kennen Carmen Ollmers offensichtlich gut?«, fragte Büttner weiter.

»Ja, natürlich. Sie hilft hin und wieder bei mir aus, wenn im Sommer viel zu tun ist.«

»Unser Kollege Ollmers hat uns schon von seiner Frau erzählt«, blufftte Büttner. »Ist wohl nicht immer leicht in der Ehe, hatte ich den Eindruck.«

Die Frau wiegte den Kopf hin und her. »Der eine sacht so, der andere sacht so. Carmen ist ziemlich eifersüchtig, wissen Sie? Manchmal möchte ich ja nicht in Ralfs Haut stecken. Aber sonst ist sie sehr nett und immer hilfsbereit.«

»War denn Ralf Ollmers in den letzten Tagen mal hier und hat nach den Blumen gefragt?«, wollte Büttner wissen.

»Ralf? Nee. Aber warum sollte er auch? Er wusste doch, dass alle Blumen für den Bogen … Ich habe mich noch vor einer Woche oder so mit ihm darüber unterhalten. Sie müssen wissen, mein Lieferant hatte auch keine mehr, und dann war die Vase halt leer.« Sie stutzte. »Da wusste ich aber noch nicht, dass da noch dieser Karton auf Lager war. Wie gesagt, den habe ich erst heute gefunden.«

»Und Sie sind immer selbst im Laden?«

»Um diese Jahreszeit, ja.«

Lena Lorenzen räusperte sich. »Wissen Sie vielleicht, ob noch einer Ihrer Kollegen diese Mohnblumen im Angebot hat?«

»Nein, ganz sicher nicht. Und wenn, dann müsste es ganz neu sein. Aber eigentlich passen wir hier auf, dass wir nicht die gleichen Waren anbieten.«

»Vielen Dank, Frau …«, sagte Büttner.

»Ich heiße Berta. So nennt mich jeder hier.«

»Dann vielen Dank, Berta. Einen schönen Abend noch«, sagte der Hauptkommissar und wandte sich der Tür zu. In seinem Kopf ratterte es. Die Gedanken, die auf ihn einströmten, waren so ungeheuerlich, dass er kaum wagte, sie zuzulassen, geschweige denn, Schlussfolgerungen aus ihnen zu ziehen.

»Ollmers«, murmelte Lena Lorenzen. In der Hand hielt sie einen Strauß aus zehn Mohnblumen, die sie Berta noch schnell abgekauft hatte.

»Warum sollte er das tun?«, warf Büttner sofort die Gegenfrage auf.

Lena Lorenzen zog einen Zettel aus der Tasche. »Postels Liste. Ein O ist noch offen. O für Ollmers?«

»Er war auch einer der Freier, meinen Sie?«, fragte Büttner, während sie die verwaiste Straße in Richtung ihrer Pension entlanggingen.

»Und seine Frau scheint über die Maßen eifersüchtig zu sein.«

»Reicht das als Motiv?«

Wieder hob Lena Lorenzen das Blatt mit den Initialen und Geldbeträgen. »Unter Umständen wurde er erpresst. Ollmers könnte angenommen haben, dass es Nele und Torben waren.«

»Ja, aber dennoch erscheint mir das Motiv zu schwach. Gut, er würde Ärger mit seiner Frau bekommen. Aber begeht man deswegen einen Doppelmord?«

»Vielleicht fürchtete er, nicht weiter als Inselpolizist arbeiten zu können, wenn sein Verhältnis zu Nele herauskommt«, meinte Lena Lorenzen.

»Ein Polizist, der zu einer Prostituierten geht, begeht kein Verbrechen. Nein, ein Motiv ist auch das nicht.« Büttner schüttelte den Kopf. »Vielleicht liegen wir mit unserem Verdacht ja auch falsch. Nur weil ein paar Indizien gegen ihn sprechen, ist er doch …«

Lena Lorenzen unterbrach ihn mit einer Geste ihrer Hand. »Wir dürfen den Fall in Sankt Peter-Ording nicht außer Acht lassen, auch wenn nicht mehr sehr viel auf einen Serientäter hindeutet«, sagte sie. »Was aber, wenn …«

»… es doch nur eine Nachahmungstat war«, vollendete Büttner ihren Satz. »Das perfekte Ablenkungsmanöver.«

»Genau. Und es gibt nur wenige, die mit den Details um das Auffinden der Leichen in Sankt Peter-Ording vertraut sind: der Täter und …«

»Die Ermittler.«

»Es ist zwar schwer vorstellbar, aber dennoch nicht unmöglich, dass Ollmers über gewisse Kontakte an Informationen zum Fall gekommen ist«, führte Lena Lorenzen diesen Gedankengang weiter aus. »Er könnte seinen Wissensvorsprung genutzt haben, um bewusst eine Fährte nach Sankt Peter-Ording zu legen. Eine Fährte, die, wie wir wissen, immer nur ins Leere lief.«

»Und das nur aus einem Grund«, ergänzte Büttner. »Weil es nie einen Zusammenhang zwischen diesen beiden Fällen gegeben hat.« Er überlegte. »Aber wie soll Ollmers an das Heroin gekommen sein?«

»Denken Sie an die Worte des Inselarztes. Der Heroinabhängige, dessen Fall Ollmers *in seiner ruhigen Art* geregelt hat.«

So langsam kam Büttner nicht mehr umhin, die belastenden Fakten, die auf Ollmers als Täter hindeuteten, als solche anzuerkennen.

Lena Lorenzen warf einen Blick auf die Uhr. »Ich weiß ja, dass Sie Ihren Feierabend schätzen«, sagte sie. »Aber im Moment scheint mir doch wichtig, dass wir sofort mit unserem Kollegen sprechen.« Ohne Büttners Reaktion abzuwarten, griff sie nach ihrem Smartphone.

»Einverstanden«, sagte Büttner dennoch. »Ich würde mir heute Nacht sowieso nur den Kopf darüber zerbrechen. Besser, wir bekommen gleich Klarheit.« Der Gedanke, sein Kollege könnte der Mörder von Nele und Torben sein, machte ihm schwer zu schaffen. Für ihn stand es außer Frage, dass Polizisten immer Recht und Ordnung vertraten.

»Er geht nicht ans Telefon«, stellte Lena Lorenzen fest. »Schon nach dem ersten Klingeln springt die Mailbox an.«

»Dann werden wir ihm wohl einen Besuch abstatten müssen«, sagte Büttner entschlossen. »Haben wir seine Adresse?«

»Ich weiß, wo er wohnt«, antwortete Lena Lorenzen. »Er hat es mir im Vorbeigehen mal gezeigt.«

Nur wenige Minuten später standen die beiden Kommissare vor Ollmers' Haus. Als sie klingelten, wurde die Tür von einer schlanken Frau um die vierzig geöffnet.

»Carmen Ollmers?«, fragte Lena Lorenzen und wies sich, genauso wie ihr Kollege, mit dem Dienstausweis aus. »Wir müssten dringend mit Ihrem Mann sprechen.«

»Ja, das müsste ich auch«, war die überraschende Antwort der Frau. Sie machte eine einladende Geste. »Bitte, kommen Sie herein.«

David Büttner und Lena Lorenzen warfen sich einen kurzen Blick zu, dann traten sie ein und folgten Carmen Ollmers ins recht bieder eingerichtete Wohnzimmer. »Sie vermissen Ihren Mann?«, fragte Büttner.

Carmen Ollmers nickte und fuhr sich nervös durch die dunklen, mittellangen Haare. »Ja. Wir waren heute Abend bei Freunden eingeladen, aber er ist nach dem Dienst nicht nach Hause gekommen. Ich habe versucht, ihn im Revier zu erreichen, aber da ist niemand ans Telefon gegangen.« Sie warf Büttner einen flehenden Blick zu, als könne der ihren Mann herbeizaubern. »Aber er war heute doch im Dienst, oder?«

»Ja«, antwortete Büttner. »Er hat sich am frühen Abend in den Feierabend verabschiedet. Allerdings hat er nicht gesagt, wohin er geht.«

»Hat er denn noch andere Anlaufpunkte, an denen er sich manchmal aufhält?«, fragte Lena Lorenzen.

»Er geht manchmal mit Freunden ein Bier trinken. Aber doch nicht heute. Wir waren verabredet. Er ist schon mehr als zwei Stunden überfällig. Heute Mittag haben wir noch darüber gesprochen. Er kann es nicht vergessen haben.«

Büttners Blick fiel auf einen antiken Sekretär, auf dem ein paar lose Kabel lagen. »Ist das der Arbeitsplatz Ihres Mannes?«

»Na ja, einen Arbeitsplatz hat er hier eigentlich nicht«, erwiderte Carmen Ollmers. Sie runzelte die Stirn. »Wo ist denn sein Laptop hin?«, wunderte sie sich. »Das ist mir ja noch gar nicht aufgefallen.«

»Er wird ihn mit ins Büro genommen haben«, meinte Lena Lorenzen.

Carmen Ollmers schüttelte den Kopf. »Nein, das macht er eigentlich nie. Warum sollte er auch? Er hat doch einen

Computer auf dem Revier. Irgendwas stimmt da nicht.« Sie schien sich nun wirklich Sorgen zu machen.

»Können Sie uns die Kneipen nennen, in denen sich Ihr Mann gerne aufhält?«, fragte Büttner.

»Ja, sicher.« Carmen Ollmers lief zum Sekretär, nahm Notizzettel und Stift und begann zu schreiben. »Aber ich hab da auch schon überall angerufen«, sagte sie. »Er ist nirgends aufgetaucht.«

»Vielleicht ist er das ja in der Zwischenzeit«, meinte Büttner. Er bemühte sich um einen beruhigenden Tonfall, auch wenn ihn selbst langsam eine gewisse Nervosität erfasste. »Wir machen uns gleich auf den Weg.« Er nickte seiner Kollegin zu, als Carmen Ollmers ihr den Zettel mit den Namen der Kneipen in die Hand gedrückt hatte.

Büttner gab der Frau seines Kollegen seine Visitenkarte. »Sollte Ihr Mann zwischenzeitlich nach Hause kommen, dann geben Sie uns bitte sofort Bescheid.« Kurz bevor er das Wohnzimmer verließ, fiel sein Blick auf das Foto einer jungen Frau, die voller Lebensfreude in die Kamera lächelte. Es hing an der Wand, eine Ecke zierte ein schwarzer Trauerrand, der gar nicht zu dem sonst so fröhlichen Bild passen wollte. »Darf ich fragen, wer das ist?«

»Das ist Andrea«, antwortete Carmen Ollmers mit einem Seufzen. Auf die fragenden Blicke der Polizisten fügte sie hinzu: »Ralfs Schwester. Sie hat sich im letzten Jahr das Leben genommen.«

Büttner schluckte. »Oh, das ist tragisch. Mein Beileid.«

Carmen Ollmers nickte nur, und die beiden Polizisten verließen das Haus, um sich auf die Suche nach ihrem Mann zu machen.

Achtundzwanzig

Sie entfernten sich ein paar Schritte von Ollmers' Haus und blieben unter einer Straßenlaterne stehen.

»Schon merkwürdig, dass sein Laptop verschwunden ist«, meinte Lena nachdenklich. »In der Polizeistation habe ich keinen gesehen. Oder Sie?«

»Nein, definitiv nicht. Vielleicht ist der Laptop ja defekt und zur Reparatur.«

»Das hätte seine Frau doch gewusst. Aber gut. Dann machen wir uns mal auf die Suche nach unserem Kollegen.« Lena wählte noch einmal Ollmers' Nummer. Wieder sprang nur die Mailbox an. Sie zog die Liste der fünf Gaststätten aus der Tasche und sah auf dem Smartphone nach, welchen Weg sie einschlagen mussten. Schweigend liefen sie nebeneinanderher. Lena ging noch einmal alle Argumente durch. Wenn Ollmers Nele Habers' Dienste in Anspruch genommen hatte, dann musste dies schon eine Weile her sein. Er war, anders als Eilers und Onken, nicht auf der Telefonliste von Neles Handy aufgetaucht. Verrannten sie sich gerade? Gegen einen Kollegen zu ermitteln war eine schwerwiegende Angelegenheit, die man nicht ohne stichhaltige Indizien in Angriff nehmen sollte. Bisher hatten sie noch nicht einmal einen Beweis, dass Ollmers einer von Neles Kunden gewesen war. Selbst wenn, dann wäre es von Postel wenig klug gewesen, einen Polizisten zu erpressen. Das waren einfach zu viele Wenn und Aber, als dass sie darauf eine schlüssige Theorie aufbauen konnten. Wichtig war jetzt, Ollmers zu finden und den Sachverhalt zu klären. Unter Umständen gab es ja nachvollziehbare Gründe, weshalb Ollmers ihnen bezüglich der Mohnblumen nicht die Wahrheit gesagt hatte.

»Hier ist es!« Büttner zeigte auf den Eingang einer Gaststätte und öffnete im nächsten Augenblick die Tür. Angenehm warme Luft und ein Stimmengewirr strömten ihnen entgegen. Sie traten an den Tresen und fragten nach dem Inhaber, der kurz darauf vor ihnen stand.

»Ralf? Nein, der war heute noch nicht hier. Ich glaube, er hat mir gestern erzählt, dass er zusammen mit seiner Frau bei Freunden eingeladen ist. Rufen Sie doch einfach mal auf seinem Handy an. Da geht er eigentlich Tag und Nacht dran.«

Lena reichte dem Mann eine Visitenkarte und bat ihn um einen Anruf, falls Ollmers noch am Abend bei ihm einkehren würde.

»Wo geht's jetzt lang?«, fragte Büttner, als sie wieder vor dem Haus standen.

Lena sah kurz auf ihr Smartphone und zeigte nach links. »Zweihundert Meter.«

In der nächsten Gaststätte bekamen sie die gleiche Auskunft und machten sich darauf wieder auf den Weg. Eine halbe Stunde später hatten sie drei weitere Lokale abgeklappert, ohne eine Spur von Ollmers zu finden.

»Könnte es sein, dass er doch noch zu Mareike Behrens gegangen ist, um nach Postel zu suchen?«, fragte Büttner.

»Das wäre aber ein langer Besuch«, murmelte Lena, zeigte dann allerdings nach rechts. »Weit ist es ja nicht. Wir sollten kurz dort vorbeischauen.«

Als Mareike Behrens ihnen die Tür öffnete, ging ihr Blick unsicher zwischen ihr und Büttner hin und her. Sie war trotz der Kälte und des eisigen Windes ohne Jacke vor die Tür getreten und hatte sie hinter sich geschlossen.

Auf Lenas Frage antwortete sie mit einer Spur von Erleichterung. »Nein, Ralf Ollmers war heute nicht hier.«

»Und was ist mit Arne Postel?«, hakte Büttner nach.

»Arne? Nein, den habe ich auch schon seit einer Weile nicht gesehen.«

»Ist Ihnen nicht kalt?«, fragte Lena. »Vielleicht gehen wir besser ins Haus.«

»Warum?« Ihre Stimme klang schrill. Sie schien es auch bemerkt zu haben und fügte schnell hinzu: »Nein, mir ist überhaupt nicht kalt. Haben Sie noch eine Frage?«

»Durchaus«, sagte Büttner in strengem Tonfall. »Ich würde vorschlagen, dass wir uns im Haus weiterunterhalten.«

Mareike zögerte und schien fieberhaft zu überlegen, wie sie reagieren sollte. Lena trat einen Schritt vor und nahm ihr sanft den Schlüssel aus der Hand. »Sie zittern ja. Wir gehen jetzt erst mal rein und sehen dann weiter.« Sie schloss die Tür auf und schob die junge Frau in den Flur und weiter in die Küche. Büttner folgte den beiden.

Auf dem Tisch standen zwei Tassen und zwei Teller. Offensichtlich hatten die Kommissare Mareike Behrens und eine weitere Person beim Abendessen gestört. Als die junge Frau Lenas Blicke bemerkte, fing sie sofort an, den Tisch abzuräumen.

»Das ist noch von heute Morgen. Arne war zum Frühstück da.«

Büttner griff nach den Tassen. »Die sind aber noch warm.«

Aus Mareikes Gesicht wich die Farbe. Sie sank auf einen der Stühle und fing an zu schluchzen. Lena setzte sich neben sie und legte den Arm um ihre Schulter. Schließlich gab sie Büttner einen Wink, der ihr zunickte und die Küche verließ.

»Wann genau ist Arne Postel denn wieder gegangen?«, fragte Lena, die die Antwort schon zu kennen meinte.

»Heute Morgen«, presste Mareike leise hervor.

»Also nach dem Frühstück?« Lena wollte Zeit gewinnen, damit Büttner das Haus durchsuchen konnte. »Wir wissen beide, dass das nicht stimmt, Mareike.«

Die junge Frau schwieg und senkte den Kopf.

»Arne kann sich nicht lange vor uns verstecken. Das wissen Sie doch auch. Wir müssen etwas mit ihm klären. Es ist besser, wenn er jetzt mit uns redet, als dass wir ihn mit einer großen Mannschaft suchen müssen und …«

»Arne ist nicht hier!«

Lena musterte Mareike. »Sie lieben ihn sehr, oder?«

Mareike nickte.

»Aber Sie helfen ihm nicht, wenn Sie ihn hier im Haus verstecken. Ganz im Gegenteil.«

Büttner trat leise in die Küche ein und schüttelte fast unmerklich den Kopf.

»Mareike. Gucken Sie mich bitte an.«

Die junge Frau hob den Kopf.

»Wo ist Ihr Freund? Es ist wirklich wichtig. Ralf Ollmers ist verschwunden und wir vermuten, dass Arne etwas damit zu tun hat.«

»Nein!« Mareike richtete sich auf und warf Lena einen wütenden Blick zu. »Das kann gar nicht sein.«

Büttner trat einen Schritt vor. »Wir brauchen den Schlüssel zum Keller. Ist er hier irgendwo?«

Mareike erstarrte. Ihr war anzusehen, dass Büttner ins Schwarze getroffen hatte. Schließlich schüttelte sie heftig den Kopf und flüsterte: »Nein.«

Büttner öffnete eine der Küchenschubladen, warf einen Blick hinein und schloss sie wieder. Als er die nächste öffnen wollte, sprang Mareike auf. »Das dürfen Sie gar nicht!«

»Doch, das dürfen wir. Hier ist Gefahr im Verzug«, erklärte ihr Lena, während Büttner bereits die Schublade durchsuchte und kurz darauf einen Schlüssel hochhielt. »Ist er das?«

»Nein«, presste Mareike hervor. »Der ist …«

Aber Büttner war bereits auf dem Weg nach draußen, Lena folgte ihm. Der Schlüssel passte. Lena zog ihre Waffe und ging nun voraus. Als sie den Lichtschalter betätigte, leuchtete eine Neonröhre auf und tauchte die Kellertreppe in grelles Licht. Vorsichtig stieg Lena eine Stufe nach der nächsten hinunter. Von einem kleinen Flur gingen zwei Türen ab.

»Polizei! Postel, kommen Sie mit erhobenen Händen heraus!«, rief Lena, als sie unten angekommen war. Hinter ihr stand Büttner, der sie jetzt mit kräftiger Stimme unterstützte: »Postel, Sie haben keine Chance. Kommen Sie raus!«

Sekunden vergingen, die Kommissare verharrten in ihrer Position, während sich eine bleierne Stille über den engen Kellerflur legte. Gerade als Lena sich entschlossen hatte, eine der beiden Türen zu öffnen, hörte sie ein leises Scharren. Die hintere der beiden Türen wurde langsam aufgeschoben und Arne Postel kam mit erhobenen Händen heraus.

»Wollen Sie uns verarschen?«, fuhr Lena Postel an. Seit einer halben Stunde saßen sie im Büro des Polizeireviers und verhörten ihn. Immer wieder gingen sie die Geschehnisse der letzten Wochen durch, aber Postel bestritt vehement, etwas mit den Erpressungen zu tun zu haben.

»Es ist also jemand bei Ihnen eingebrochen, hat mal eben so Ihren wirklich gut geschützten Laptop gehackt und Ihnen dann diese Dateien aufgespielt«, sagte Lena. »Müssen wir uns das ungefähr so vorstellen?«

Postel zuckte mit den Schultern. »Woher soll ich das denn wissen? Vielleicht haben Sie mir ja auch diesen ganzen Mist untergejubelt.«

»Die Beweislage ist so eindeutig, wie sie nur sein kann«, sagte Büttner ruhig. »Sie können sich jetzt entscheiden, ob Sie uns entgegenkommen. Das kann der Staatsanwalt später als Kooperation werten und Ihnen dann beim Strafmaß entgegenkommen. Ansonsten wird er sich nicht scheuen, die Höchststrafe für Sie zu fordern. Wenn Sie weiter alles abstreiten, werden Sie definitiv einsitzen. Und das für bis zu fünf Jahre.«

Postel schluckte. »Fünf Jahre?«

»Das ist die Höchststrafe für Erpressung. Mit viel Glück können Sie aber auch mit einer Bewährungsstrafe davonkommen. Vorausgesetzt, Sie haben weder Nele Habers noch Torben Althuis getötet und sind nicht nur geständig, sondern arbeiten auch mit uns zusammen.« Bisher hatte Büttner ruhig und sachlich gesprochen. Jetzt beugte er sich über den Tisch und fügte erheblich lauter und energischer hinzu: »Haben Sie das verstanden?«

Es folgte ein minutenlanges, betretenes Schweigen, bis Postel tief durchatmete und sagte: »Ich habe Nele und Torben nichts getan. Das hätte ich niemals gekonnt. Ich habe Nele geliebt.«

»Hat Nele Sie um einen Gefallen gebeten?«, fragte Lena.

Postel nickte kaum merklich.

»Können Sie das bitte laut sagen? Hat Nele Sie darum gebeten, die Männer zu erpressen?«

»Ja«, sagte Postel nach einer Weile. Seiner Stimme war anzuhören, dass er aufgegeben hatte.

Lena legte ihm die Liste vor, die sie auf seinem Laptop gefunden hatten. »Vier der Männer haben wir bereits identifiziert. Eilers senior, Onken, Meister und Hengelsberg. Wer sind die zwei letzten auf der Liste?«

Postel nannte zwei Namen, die zu den ersten beiden Initialen passten.

»Und das O?«, fragte Lena.

Postel sah sich im Büro um. »Wo ist Ollmers?«

»Wer steckt hinter dem O?«, fragte Lena noch einmal.

»Wer wohl! Ihr werter Kollege.«

»Ralf Ollmers?«

Arne Postel nickte.

Postel hatte sich widerstandslos in die kleine Arrestzelle führen lassen, nachdem er das Protokoll unterschrieben hatte. Lena griff zum wiederholten Male nach ihrem Handy und wählte Ollmers' Nummer. Wie zuvor meldete sich die Mailbox. Sie rief bei Carmen Ollmers an und erhielt die gleiche Antwort wie bei den drei vorherigen Nachfragen. Ralf Ollmers hatte sich nicht bei seiner Frau gemeldet. Sie hatte sämtliche Freunde und Bekannte abtelefoniert und ihn nicht finden können.

Büttner warf einen Blick auf seine Uhr. »Kurz vor Mitternacht. Was machen wir jetzt?«

»Eine Suchmannschaft zusammenstellen. Selbst wenn Postel die Wahrheit gesagt hat, ist unser Kollege damit nicht automatisch der Täter. Erstens haben wir noch einen weiteren Kandidaten, der erpresst wurde, und zweitens …« Sie stockte. »Und er scheint wie vom Erdboden verschluckt zu sein. Irgendetwas stimmt da nicht. Wir müssen ihn suchen, immerhin ist er einer von uns.«

»Wollen wir hoffen, dass er es morgen auch noch ist«, murmelte Büttner.

Lena griff zum Telefon und wählte die Notrufnummer der Feuerwehr. Nach dem zweiten Klingelton meldete sich ein Mann, der sich als Gemeindebrandmeister vorstellte. Lena erklärte ihm die Lage und fragte, ob er noch in den nächsten Stunden eine Suchmannschaft zusammenstellen könnte.

»Ralf? Sind Sie sicher? Er ist unser Kamerad. Was sollte ihm passiert sein? Er kennt die Insel wie seine Westentasche.«

»Ralf Ollmers ist bei der Feuerwehr?« Lena fiel ein, dass sie bisher nicht dazu gekommen waren, die Mitglieder der Feuerwehr mit ihren Verdächtigen abzugleichen. Dass Ollmers dort tätig war, hätten sie eher herausbekommen können, auch wenn sie allein wegen dieser Tatsache ihren Kollegen sicher nicht zu dem Kreis der Verdächtigen hinzugefügt hätten.

»Ja, das sagte ich doch gerade.«

»Bis wann können Sie eine Suchmannschaft zusammenstellen?«, wiederholte Lena ihre Frage.

»Wenn ich jetzt Alarm auslöse ... Kommen Sie in einer Viertelstunde zur Feuerwache. Sie wissen, wo das ist?«

»Kein Problem. Finden wir.«

Büttner schien nicht sehr glücklich mit der Entwicklung zu sein. »Und was machen wir mit Postel in der Arrestzelle?«

»Die Frage habe ich mir auch schon gestellt. Er hat bereits sein Geständnis unterschrieben und außerdem einen festen Wohnsitz. Ich denke, wir lassen ihn frei und behalten seinen Pass ein.«

Büttner nickte, holte Postel aus der Zelle, mit der Auflage, die Insel nicht zu verlassen.

Gleich nachdem Postel sich auf den Weg nach Hause gemacht hatte, liefen die Kommissare zur nahe gelegenen Feuerwache, in der bereits elf Männer und eine Frau in der Halle auf sie warteten. Sie bildeten vier Gruppen, die an unterschiedlichen Stellen des Ortes ihre Suche starten würden. Drei der Männer würden nach Loog fahren, dem westlichen Ortsteil des Dorfes, und nachdem sie die Straßen abgegangen waren, dem zweiten Suchtrupp, der von Osten her kam, am Strand entgegenkommen. Die beiden übrigen Trupps würden den Ort absuchen und sich anschließend ebenfalls zum Strand begeben.

Der Gemeindebrandmeister würde währenddessen in der Feuerwache alles koordinieren.

Neunundzwanzig

Bewusst hatten sich David Büttner und Lena Lorenzen dem vierköpfigen Suchtrupp angeschlossen, der aus westlicher Richtung seinen Einsatz startete. Sie sprachen den Feuerwehrmann an, der ihren Suchtrupp anführte und sich ihnen nun als Peter Frerichs vorstellte. Er war ein Mann um die fünfzig mit einem offenen Gesicht und einem freundlichen Lächeln.

»Wir würden gerne in der Lagerhalle von Hinnerk Eilers mit der Suche anfangen«, erklärte Büttner. »Ich hoffe, dass Ihrerseits nichts dagegenspricht.«

»Soll mir recht sein«, erwiderte Frerichs. Seiner kräftigen und auch autoritären Stimme hörte man an, dass er es gewohnt war, Befehle zu erteilen. Vermutlich hatte er eine Führungsposition in der freiwilligen Feuerwehr inne. »Wenn Sie es so wünschen, dann wird es so gemacht.« Er bedeutete der Mannschaft, ihm die paar Hundert Meter durch den Ort bis in die Dünen zu folgen.

Büttner bemerkte zufrieden, dass der Sturm im Laufe der Nacht noch einmal deutlich nachgelassen hatte. Auch der Regen hatte sich verzogen, sodass der Aufenthalt im Freien keiner Tortur mehr gleichkam. Der Wiederaufnahme des Fährverkehrs am nächsten Tag würde nun hoffentlich nichts mehr im Wege stehen. Wenn es ihnen in dieser Nacht auch noch gelingen würde, den Mordfall aufzuklären, dann wäre das Glück perfekt und er könnte seiner Frau in absehbarer Zeit nach Andalusien nachreisen. Sein Bauchgefühl sagte ihm, dass sie nicht mehr weit davon entfernt waren, den Mörder dingfest zu machen – auch wenn es ihm noch immer nicht in den Kopf wollte, dass es sich bei diesem Mörder um Ralf Ollmers handeln könnte. War er womöglich untergetaucht, weil sie ihm zu dicht auf den Fersen waren? Aber woher hätte er das wissen sollen? Denn schließlich war der Stand der Ermittlungen noch ein ganz anderer gewesen, als Ollmers an diesem Tag Feierabend machte. Dennoch war ihm die Sache vielleicht zu heiß geworden. Oder was sonst konnte es für einen Grund geben, dass ein erwachsener Mann plötzlich spurlos verschwand?

Sobald sie die beleuchteten Straßen hinter sich gelassen hatten, wurde es um sie herum plötzlich stockdunkel. Die Männer im Suchtrupp waren anscheinend gut vorbereitet, denn sie zogen nun allesamt Taschenlampen hervor und machten diese an, sodass auch Büttner und Lorenzen keine Mühe hatten, dem unbefestigten Weg durch die Dünen bis hin zur Lagerhalle zu folgen.

Peter Frerichs ließ den Lichtkegel seiner Taschenlampe über die Fassade der Halle wandern und schließlich an der Tür verharren. »Es scheint tatsächlich jemand hier gewesen zu sein«, stellte er fest und deutete auf die Tür. »Sie ist nur angelehnt. Kann mir kaum vorstellen, dass Hinnerk sie absichtlich offen stehen lässt.«

Büttner interessierte vielmehr, dass jemand das polizeiliche Siegel zerrissen hatte und sich so Zugang zu einem behördlich gesperrten Bereich verschafft hatte. Aber er rief sich selbst zur Ordnung, denn schließlich war das gerade nicht ihr drängendstes Problem.

»Die Tür wurde wohl aufgeschlossen«, stellte Frerichs fest, nachdem er das Schloss inspiziert hatte. »Kein Einbruch, so wie es aussieht.«

»Also war entweder Hinnerk oder Enno Eilers hier«, schlussfolgerte Lena Lorenzen.

»Oder Ollmers«, ergänzte Büttner. »Als Feuerwehrmann kommt er problemlos an den Schlüssel heran.« Was ihn, wenn man alle bislang gesammelten Indizien betrachtete, nicht weniger verdächtig machte, fügte er in Gedanken hinzu. Aber was genau sollte Ollmers hier gewollt haben?

Sie betraten nacheinander die Halle, in der es stockdunkel war. Frerichs schaltete das Licht ein. Auf den ersten Blick sah alles friedlich aus, auch waren keine Geräusche zu hören. Die Strandkörbe standen in Reih und Glied aufgestellt. Nichts deutete darauf hin, dass sich hier in den letzten Stunden etwas Ungewöhnliches oder gar Aufsehenerregendes ereignet hatte.

»Vermutlich war jemand hier und hat die Halle in Eile wieder verlassen«, stellte Lena Lorenzen fest. »Ansonsten hätte er wohl kaum die Tür offen stehen lassen. Wir sollten hier alles gründlich absuchen. Vielleicht entdecken wir ja doch einen Hinweis auf Ollmers' Anwesenheit. Oder wessen Anwesenheit auch immer.«

Die Gruppe schwärmte in alle Richtungen aus und für eine ganze Weile war nur das Scharren von Schuhen auf dem Betonboden zu hören. Strandkorb für Strandkorb wurde inspiziert, doch schien sich nichts Auffälliges aufzutun – bis plötzlich jemand rief: »Kommt alle hierher! Ich glaube, ich hab was gefunden.«

Rasch eilten Büttner und Lena Lorenzen in die Richtung, aus der der Ruf gekommen war. Eine junge Frau in Feuerwehruniform streckte ihnen, nicht weit vom Eingangstor entfernt, ein Stück Stoff entgegen. »Sieht aus wie von einer

Polizeiuniform«, sagte sie und deutete auf ihre Schulter. »Eine von den Klappen, würde ich sagen.«

Büttner sah mit einem Blick, dass sie recht hatte. Und da auf Juist nur ein einziger Mensch eine Polizeiuniform trug, war es nicht schwer zu erraten, von wessen Kleidung diese Schulterklappe abgefallen war. Büttner korrigierte sich, als er das Stück Stoff nun in der Hand hielt. Natürlich war es nicht einfach abgefallen, sondern gewaltsam abgerissen worden. Das Ende, das gemeinhin mit der Schulternaht fest vernäht war, sah ausgefranst aus, außerdem waren Flecken darauf, wahrscheinlich Blut. »Da war jemand mit Gewalt am Werk«, konstatierte er. »Gut möglich, dass Ollmers verdroschen wurde.«

»Oder sein Gegner«, erwiderte Lena Lorenzen. Sie deutete auf den Boden. »Es sieht ganz so aus, als hätte hier eine Rangelei stattgefunden. Überall Schleifspuren, als hätten sich mindestens zwei Personen am Boden gewälzt.«

Peter Frerichs ging in die Hocke und untersuchte mehrere Flecken. »Blut«, stellte er fest, nachdem er mit dem Finger über einen der Kleckse gestrichen und daran gerochen hatte. »Eine Prügelei, würde ich auch sagen.«

»Und einer der Beteiligten war Ollmers«, schlussfolgerte Büttner. »Aber wer war der andere? Wir sollten alle noch mal ausschwärmen. Vielleicht gibt es hier auch Hinweise auf die zweite Person.«

Die Inspektion der Halle begann von vorne, doch die Suche blieb ergebnislos.

Büttner versuchte, aus den Fußspuren, die im Staub vom Eingang zum Fundort der Schulterklappe führten, etwas abzulesen. Aber das war nach allem, was hier in den letzten Minuten passiert war, vergebliche Liebesmüh. Er seufzte. Vielleicht war es doch nicht so schlau gewesen, hier mit einer ganzen Armada hineinzumarschieren.

»Jetzt wissen wir zwar, dass Ralf Ollmers hier war«, hörte er seine Kollegin sagen. »Aber wir haben immer noch keine Ahnung, was anschließend mit ihm und der zweiten Person passiert ist. Sie können überall und nirgends sein.«

»Juist ist keine Großstadt«, erwiderte Büttner. »Kaum vorstellbar, dass wir sie mit all den Leuten nicht irgendwo auftreiben.«

»Und das hoffentlich in lebendem Zustand«, ergänzte Lena Lorenzen seufzend. Sie griff zum Smartphone. »Bevor wir hier weitermachen, rufe ich lieber noch mal bei Ollmers' Frau an. Ich habe zwar nicht viel Hoffnung, dass ihr Mann inzwischen nach Hause gekommen ist, aber sicher ist sicher.«

»Sie hätte mich angerufen, wenn es so wäre«, meinte Büttner, ließ seine Kollegin aber gewähren. In solch einer Situation konnte man schließlich nicht achtsam genug sein.

»Kein Lebenszeichen«, verkündete Lena Lorenzen erwartungsgemäß, nachdem sie kurz mit Carmen Ollmers gesprochen hatte. »Also machen wir weiter. Hier gibt es zwei Hallen. Am besten schauen wir erst mal in der anderen Halle. Wer weiß, vielleicht hat der eine den anderen nur von einer Halle in die andere verfrachtet.«

Doch auch diesmal fanden sie nichts. Die zweite Halle war verschlossen, das Polizeisiegel unbeschädigt. Hier war definitiv niemand mehr gewesen, seit sie sich das letzte Mal hier aufgehalten hatten.

»Wir sollten zunächst einmal bei den Eilers vorbeigehen und schauen, ob die beiden zu Hause sind«, schlug Büttner vor. »Vielleicht haben ja auch sie einen Keller, in dem sie jemanden verstecken können. Wenn ich auch nicht weiß, warum irgendwer einen Polizisten kidnappen sollte. Aber nicht jedem Täter ist ja die Fähigkeit zu logischem Denken gegeben.«

»Okay!«, sagte Lena Lorenzen. »Aber es reicht, wenn wir beide uns darum kümmern. Die anderen sollen derweil an anderer Stelle weitersuchen. Falls Ollmers in Gefahr ist, dürfen wir keine Zeit verlieren.« Sie winkte Frerichs zu sich und tauschte mit ihm die Handynummern aus. »Ich rufe Sie an, wenn wir mit unserer Suche fertig sind«, sagte sie, ohne Eilers' Namen zu nennen. »Sollte sie sich als ergebnislos herausstellen, frage ich Ihren Standort ab und wir stoßen wieder zu Ihnen.«

Sie verabschiedeten sich bis auf Weiteres von dem Rest der Truppe und machten sich auf den Weg zum Haus der Eilers. Als sie dort ankamen, lag das Gebäude dunkel vor ihnen. »Keiner da«, stellte Lena Lorenzen fest.

»Oder sie liegen bereits im Bett«, meinte Büttner nach einem Blick auf die Uhr. »Schließlich treibt sich ja nicht jeder mitten in der Nacht auf der Insel herum.« Entschlossen erklomm er die drei Stufen zum Hauseingang und drückte mehrmals ausdauernd auf die Klingel. Nichts geschah.

»Entweder haben sie beide Schlafmittel genommen oder sie sind tatsächlich nicht da«, stellte Lena Lorenzen fest. Sie winkte Büttner, ihr zu folgen, als sie sich jetzt auf den Weg um das Haus herum machte. Bevor sie die Halle verließen, hatte Frerichs ihr eine Taschenlampe in die Hand gedrückt, die ihnen jetzt gute Dienste erwies. Sie leuchtete das Fundament des Hauses ab und stellte schließlich fest: »Das Haus scheint gar keinen Keller zu haben. Zumindest keinen mit Fenstern. Sollte Ollmers hierher verschleppt worden sein, dann müsste er sich im Wohnbereich aufhalten.« Kurz entschlossen ging sie noch einmal um das Haus herum und leuchtete in jedes der Fenster hinein, doch war im Haus alles ruhig. Eines der Fenster gehörte zu einem Schlafzimmer, das Bett jedoch war unberührt, soweit sie es erkennen konnten.

»Ich würde mal sagen, die Vögel sind ausgeflogen«, bilanzierte Büttner. Dennoch lief er noch einmal zur Haustür zurück und klingelte erneut Sturm. Währenddessen versuchte seine

Kollegin, Hinnerk und Enno Eilers auf ihren Smartphones zu erreichen, doch lief auch dieser Versuch ins Leere.

Also galt ihr nächster Anruf Peter Frerichs, der sich nach dem ersten Klingeln meldete. »Wir sind hier fertig«, sagte sie. »Wo sind Sie? … Okay, wir kommen zu Ihnen.«

»Ist nicht ganz einfach im Dunkeln«, stellte Peter Frerichs trocken fest, als sie sich Minuten später an einem der westlich gelegenen Strandaufgänge trafen. Seine Leute suchten den Strand mit Taschenlampen ab, in der Ferne war das Rauschen der Wellen zu hören. Doch war der Juister Strand so weitläufig, dass es ein schier aussichtsloses Unterfangen war.

»Rufen Sie Ihre Leute zurück«, forderte Büttner ihn auf. »Es würde schon an ein Wunder grenzen, wenn wir hier etwas finden würden. Sollten wir Ollmers bis zum Sonnenaufgang nicht gefunden haben, werde ich einen Hubschrauber ordern, der den Strand abfliegt.«

Peter Frerichs nahm eine Trillerpfeife zur Hand und blies kräftig hinein. Dann machte er ein offensichtlich vereinbartes Zeichen mit der Taschenlampe, denn sofort bewegten sich die Lichtkegel der anderen Mitglieder des Suchtrupps wieder auf sie zu.

»Irgendwelche Rückmeldungen von den anderen Gruppen?«, fragte Lena Lorenzen.

»Nein. Nichts«, antwortete Frerichs.

Für einen längeren Moment herrschte Schweigen, bis Büttner ein Gedanke kam und er fragte: »Wissen Sie eigentlich, warum sich Ollmers' Schwester das Leben genommen hat?«

»Andrea?« Frerichs stieß einen tiefen Seufzer hervor. »So richtig bekannt geworden ist es nie. Die Familie hat ein ziemliches Geheimnis um ihren angeblichen Selbstmord gemacht.«

Büttner horchte auf. »Ihren *angeblichen* Selbstmord?«, hakte er nach. »Sie glauben nicht daran?«

»Da glauben wohl nicht alle dran«, erwiderte Frerichs nach kurzem Zögern. »Für ihre Freunde war es völlig unverständlich, warum sich ein so fröhlicher Mensch wie Andrea von jetzt auf gleich umbringen sollte.«

»Sie haben Andrea gut gekannt?«, fragte Lena.

»Ja. Wir kannten uns von Kindesbeinen an. Als sie die Insel verließ, haben wir uns ein wenig aus den Augen verloren. Die Familie behauptet, sie hätte Depressionen gehabt und keinen Ausweg mehr gesehen. Aber ich kann mir das nicht vorstellen. Wirklich nicht.«

»Warum sollte die Familie lügen?«, fragte Büttner.

»Das kann ich Ihnen nun wirklich nicht beantworten, auch wenn ich zugeben muss, dass ich mir die gleiche Frage gestellt habe.«

Inzwischen waren alle anderen wieder bei ihnen eingetroffen. »Ich würde vorschlagen, wir suchen jetzt die Strandpromenade ab«, wechselte Frerichs sogleich das Thema. Anscheinend wollte er nicht länger über Ollmers' tote Schwester reden, denn er wandte sich von den Polizisten ab und marschierte schnellen Schrittes in östlicher Richtung voraus.

»Wir sollten uns die Familienverhältnisse der Ollmers mal ein wenig genauer ansehen«, meinte Lena Lorenzen. Sie hatten sich ein Stück hinter die anderen zurückfallen lassen, um ungestört reden zu können.

»Wenn es nach dieser Nacht noch nötig ist«, brummte Büttner.

»Das sehen wir ja dann«, lautete die knappe Antwort.

»Nicht dass Sie uns gleich den nächsten Fall auftischen«, meinte Büttner. »Nachher ist die gute Andrea ermordet worden, und dann haben wir den Salat.«

»Nicht wir«, grinste Lena Lorenzen. »*Sie*, werter Herr Kollege, *Sie* hätten dann den *Salat*, denn das fiele allein in Ihre Zuständigkeit.«

Noch ehe Büttner etwas erwidern konnte, wedelte plötzlich jemand aus ihrem Suchtrupp mit seiner Taschenlampe und rief: »Hierher! Ich glaube, ich höre was aus der Strandtoilette!«

Dreissig

Lena lockerte im Laufen den Verschluss ihres Halfters und blieb kurz vor der Strandtoilette stehen, um auf Büttner zu warten. Dem Mann von der freiwilligen Feuerwehr gab sie ein Zeichen, sich weiter zurückzuziehen. Trotz der verschlossenen Tür hörte sie Schreie und Lärm aus dem Toilettengebäude dringen. Als Büttner endlich, nach Atem ringend, neben ihr stand, zog sie ihre Waffe und entsicherte sie.

»Ich gehe vor. Halten Sie sich mindestens zwei Meter hinter mir.«

Ohne auf Büttners Antwort zu warten, griff sie nach der Türklinke und schob vorsichtig die Tür auf. Der Lärm wurde lauter, während sich Lena langsam in die Richtung vorarbeitete und sich dabei eng an der Wand hielt. Sie hörte jemanden vor Schmerz aufschreien, dann ein metallisches Geräusch. Lena drehte sich zu Büttner um und zeigte auf die verschlossene Zwischentür. Büttner hob die Taschenlampe und leuchtete den Bereich aus. Lena griff mit der linken Hand nach der Klinke, zog die Tür mit einem Ruck auf und stürmte in den Raum.

»Polizei!«, schrie sie und versuchte gleichzeitig, die Situation zu erfassen. Ralf Ollmers und Enno Eilers standen einander drohend gegenüber, der Inselpolizist hatte seine Waffe auf den jungen Mann gerichtet. »Waffe runter!«, fuhr Lena ihn scharf an. »Sofort!«

Beide Männer hatten blutende Wunden im Gesicht, Ollmers' Uniform war verdreckt. Hasserfüllt und mit hochroten Köpfen starrten sie sich an. Langsam senkte Ollmers die Waffe und trat zwei Schritte von Eilers zurück.

»Er hat mich gekidnappt«, stieß der Inselpolizist hervor und hielt zum Beweis einen Arm hoch. Das Handgelenk hatte einen dunkelroten Streifen.

»Das werden wir alles auf der Wache klären«, sagte Büttner und trat vor. Entschlossen nahm er seinem Kollegen die Waffe ab und forderte ihn auf, ihm zu folgen.

Lena zog die Handschellen aus dem Gürtel. »Drehen Sie sich zur Wand und die Arme nach hinten«, forderte sie Enno Eilers auf, legte ihm die Handschellen an und führte den jungen Mann aus dem Toilettenraum.

»Das Schwein hat Nele umgebracht!«, war das Einzige, was er hervorstieß.

Enno Eilers, der sich schweigend hatte abführen lassen, saß in der Arrestzelle, während sich Lena und Büttner Ollmers' Version der Geschichte anhörten. Eilers habe ihn auf dem Weg nach Hause abgefangen und ihm seine Waffe entrissen. Anschließend habe er ihn gezwungen, mit in die Strandkorbhalle zu kommen, und ihn dort mit – wie Ollmers es ausdrückte – vollkommen durchgeknallten Theorien bombardiert.

»Die da wären?«, fragte Büttner, bei dem der lange Arbeitstag seine Spuren hinterlassen hatte.

»Ich soll Nele Habers und ihren Freund umgebracht haben«, sagte Ollmers und wedelte dabei mit der rechten Hand vor dem Kopf. »Der ist absolut durchgedreht. Einen Polizisten zu entführen und …«

»Dafür wird er sich strafrechtlich verantworten müssen«, unterbrach Lena den Inselpolizisten. »Wo ist Ihr Laptop, Herr Kollege?«

Ollmers sah sie irritiert an. »Mein Laptop? Was ist das für eine Frage? Und bitte schön, warum sitze ich hier und werde verhört? Ich bin das Opfer und der Kerl da drinnen …« Er zeigte in Richtung Arrestzelle und tastete vorsichtig mit den Fingern das Pflaster ab, das ihm einer seiner Feuerwehrkollegen auf die Wunde über dem rechten Auge geklebt hatte. »… dem sollten wir auf den Zahn fühlen. Das ist ein Psychopath. Der weiß doch gar nicht mehr, was er alles gemacht hat. Wer sagt Ihnen denn, dass nicht er Nele umgebracht hat? Und wenn ich das richtig mitbekommen habe, war er auch in Sankt Peter-Ording. Deshalb sind Sie doch überhaupt hier, Frau Lorenzen. Oder wollen Sie mich gleich fragen, ob ich schon mal in SPO war?«

»Waren Sie?«, fragte Büttner wie beiläufig.

»Sind Sie vollkommen übergeschnappt? Nein, ich war noch nicht dort. Und schon gar nicht im letzten Herbst.«

»Es wäre nett, wenn Sie jetzt meine Frage beantworten könnten«, hakte Lena nach.

»Mein Laptop? Zu Hause, wo denn sonst?«

»Wie häufig haben Sie Nele Habers für Sex bezahlt?«, fragte Lena weiter.

»Wer behauptet denn diesen Schwachsinn? Eilers?«

»Nach unseren Unterlagen sind Sie erpresst worden und haben die viertausend Euro auch bezahlt.«

»Unsinn!«

»Die Transaktion nach Singapur wird elektronische Spuren hinterlassen haben, die wir nachvollziehen können«, konterte Lena.

Ollmers schwieg.

Büttner räusperte sich. »Verstehen Sie doch, Ollmers. Sie haben sich verdächtig gemacht, indem Sie Ihre Beziehung zu Nele verschwiegen haben. Wenn Sie nichts mit der Sache zu tun haben, machen Sie jetzt reinen Tisch. Das gibt, wenn überhaupt, einen Eintrag in Ihre Personalakte. Und den werden Sie ja wohl verschmerzen können.«

Ollmers warf Büttner einen wütenden Blick zu. »Sie sind beide auf dem Holzweg. Verhören Sie diesen Verrückten und nicht mich.«

»Im Moment befragen wir Sie«, antwortete Lena ihm. »Wieso ist es Ihnen entfallen, dass Ihre Frau nicht nur auf Mohnblumen steht, sondern auch einen Bogen über der Eingangstür hatte, in dem zahlreiche Mohnblumen eingeflochten waren?«

Lena hatte bemerkt, dass Ollmers leicht zusammengezuckt war. »Was hat das mit dem Ganzen hier zu tun?«

»Wollen Sie uns verschaukeln?«, fuhr Büttner ihn an. »Mohnblumen! Sie sollten die Geschäfte abklappern und danach fragen. Wie wir wissen, haben Sie mit Berta schon vor einer Weile darüber gesprochen und erfahren, dass sie momentan ausverkauft sind. Das hätten Sie uns mitteilen müssen, haben es aber nicht getan. Warum?«

Damit, dass die Kommissare an diese Informationen gelangt waren, schien Ollmers nicht gerechnet zu haben. Für einen Augenblick erstarrte er, richtete sich aber im nächsten Moment auf und sagte: »Jeder kann mal was vergessen. Als ich bei ihr war, hatte sie keine Mohnblumen. Was Sie da jetzt reininterpretieren, ist nicht meine Sache.«

Lena stand auf. »Wir unterbrechen hier kurz unser Gespräch.« Auffordernd sah sie zu Büttner, der sich ebenfalls erhob.

»Mir wird das hier alles zu albern«, meinte Ollmers ärgerlich, stand auf und fügte hinzu: »Ich gehe jetzt nach Hause. Sie wissen ja, wo Sie mich finden.«

Lena warf ihm einen scharfen Blick zu. »Wenn Sie jetzt diesen Raum verlassen, werde ich Sie vorläufig festnehmen. Entscheiden Sie selbst.« Sie zog ihre Handschellen aus dem Gürtel und stand lauernd vor ihm.

Einen Augenblick schien es so, als wollte sich Ollmers auf Lena stürzen, dann ließ er die Schultern hängen und setzte sich wieder. »Okay, aber machen Sie schnell mit Ihrer Besprechung. Ich will hier nicht die ganze Nacht verbringen.«

Lena und Büttner verließen den Raum.

»Wir haben nichts gegen ihn in der Hand«, sagte Büttner leise. »Sehen Sie das auch so?«

»Zumindest nicht genug, um beim Richter damit durchzukommen. Wir brauchen mehr Informationen. Können Sie Hasenkrug aus dem Bett klingeln? Er muss uns einen Durchsuchungsbeschluss besorgen. Und zwar bis spätestens morgen früh.«

Als Büttner schon zum Handy griff, hielt sie ihn auf. »Außerdem brauchen wir Name und Telefonnummer des Kollegen, der zu der Zeit, als der Junkie aufgegriffen wurde, hier seinen Sommerdienst abgeleistet hat. Von diesem ganzen Vorgang muss es Protokolle geben. Die brauchen wir auch.«

Büttner nickte, während er zu wählen begann. Hasenkrug schien sein Handy neben dem Bett liegen zu haben, da er sich schon nach dem zweiten Klingeln meldete. Büttner erklärte ihm die Situation und bat darum, dass er sich sogleich ins Kommissariat begab.

»So, das ist erledigt«, sagte Büttner, nachdem er das Gespräch beendet hatte. »Sie glauben also ernsthaft, dass Ralf Ollmers für die Tat infrage kommt?«

»Warum sollte uns Arne Postel anlügen? Er hat ihn erpresst und ihm ist auch klar, dass wir weitergraben und herausfinden würden, wenn er nicht die Wahrheit gesagt hat. Das würde seine Situation nur verschlimmern. Ollmers hat uns die Erpressung verschwiegen und seine Kontakte zu Nele ebenso. Er hatte Zugang zu den Blumen …«

»Schon klar. Auch dass er von dem Fall in Sankt Peter-Ording gewusst haben könnte, erscheint mir plausibel. Es mag ja sein, dass er weiß, wie man Spuren vermeidet …«

»Aber? Ihnen reicht das Motiv nicht aus?«, fragte Lena. Als Büttner nickte, fuhr sie fort. »Wenn ich ehrlich bin, mir auch nicht.« Sie sah auf die Uhr. »Schon nach zwei. Im Moment können wir niemanden erreichen, der uns mit weiteren Informationen versorgt. Aber Ollmers jetzt einfach nach Hause gehen zu lassen würde mir Bauchschmerzen bereiten.«

Büttner stand auf. »Ich hole Eilers her. Vielleicht kann er uns ja weiterhelfen.«

Wenige Minuten später saß der junge Mann vor den Kommissaren und schien inzwischen wieder klarer zu sein. »Ich musste es tun«, sagte er und senkte leicht den Kopf.

»Wie kommen Sie darauf, dass unser Kollege etwas mit dem Tod von Nele Habers und ihrem Freund zu tun haben könnte?«, fragte Lena.

»Mareike. Sie hat mir gestern erzählt, dass Arne dieses Schwein erpresst hat, weil er mit Nele rumgemacht hat. Und dann, aber eine ganze Weile später, ist mir das mit den Mohnblumen aufgegangen. Ich war noch mal in der Toilette, nachdem man Nele und Torben weggebracht hatte. Das Polizeisiegel war aufgebrochen. Da hab ich die Blumen gesehen. Später habe ich mich dann plötzlich an den Bogen vor Ollmers' Haus erinnert.« Er atmete schwer. »Da habe ich eins und eins zusammengezählt.«

»Es gab eine ganze Reihe von Männern, die Nele für Sex bezahlt haben«, sagte Büttner. »Deshalb bringt man doch niemanden um. Kann es sein, dass Sie etwas mit dem Mord zu tun haben oder uns etwas verschweigen? Wo ist übrigens Ihr Vater?«

»Vater? Hab ich nicht mehr! Allenfalls noch einen Erzeuger. Selbst da bin ich mir nicht mehr so sicher. Dieser Schlappschwanz ist saufen gegangen und schläft wahrscheinlich bei einem seiner dämlichen Kumpel seinen Rausch aus.«

»Kennen Sie die Schwester von Ralf Ollmers?«, wechselte Lena das Thema.

»Andrea? Klar kenne ich die ...« Er schluckte. »Besser gesagt, kannte ich sie. Selbstmord. Dabei ... Aber dieses verdammte Teufelszeug bleibt für immer in deinem Körper. Trotz Entzug und diesen ganzen Sachen.«

»Sie sprechen von Drogen?«, fragte Büttner erstaunt. »Ollmers' Schwester hat auch Drogen genommen?«

Enno Eilers nickte. »Sie hatte es von Torben.«

»Torben Althuis?«, bohrte Lena nach und versuchte dabei, so ruhig wie möglich zu bleiben. Waren sie gerade einem möglichen Motiv auf der Spur?

»Wer sonst«, sagte Eilers. »Er hat eine Zeit lang mit dem Scheiß gedealt. Dem war doch vollkommen egal, ob jemand dabei draufgeht.«

»Gedealt?« Büttner schaute ihn ungläubig an. »Nele will hier eine Einrichtung für Drogenabhängige aufmachen und ihr Freund dealt?«

»Quatsch! Früher, meine ich natürlich, als er selbst noch auf Drogen war. Er hatte sich geändert, aber trotzdem ...«

»Und er hat Ralf Ollmers' Schwester Drogen verkauft?«

»Fragen Sie lieber, wieso Andrea überhaupt mit den Drogen angefangen hat. Ich war mit ihr befreundet, sie war ja nur ein paar Klassen über mir, und sie hat mir erzählt, dass Torben ihr das Zeug quasi aufgedrängt hat. Was meinen Sie, warum sie so ungern nach Juist gekommen ist, wo Torben hier immer noch rumlief?«

In der nächsten halben Stunde gingen sie die Ereignisse des frühen Abends bis in die Nacht Schritt für Schritt durch. Eilers gestand, Ollmers entführt und in der Halle festgehalten zu haben. Lena schrieb ein Protokoll und ließ es von ihm unterschreiben, bevor sie den jungen Mann nach Hause schickte. Auch hier würde der Staatsanwalt entscheiden, welche Maßnahmen ergriffen werden sollten.

Nachdem Enno Eilers die Polizeistation verlassen hatte, fragte sie Büttner: »Was halten Sie von dieser Geschichte mit Ollmers' Schwester?«

»Wenn das wirklich stimmen sollte, wäre das ein starkes Mordmotiv. Dann könnte die Erpressung der Tropfen gewesen sein, der das Fass zum Überlaufen brachte.«

»Sehe ich auch so. Eventuell hat Ollmers erst vor Kurzem erfahren, was wirklich mit seiner Schwester passiert ist. Können Sie noch mal Hasenkrug darauf ansetzen? Wir brauchen dringend die Todesursache der Schwester.«

Büttner nickte und hatte schon das Handy am Ohr. Hasenkrug war bereits im Kommissariat und versprach, sich gleich darum zu kümmern.

»Eilers könnte uns natürlich auch ein Märchen aufgetischt haben, um von sich oder seinem Vater abzulenken«, warf Büttner nachdenklich ein.

»Und warum hat er dann Ralf Ollmers entführt? Um ihn zu töten? Das ergibt doch alles keinen Sinn.«

»Und wenn die Entführung nur inszeniert war, um sich von Ollmers erschießen zu lassen? Vielleicht kann er mit seiner Schuld nicht leben und jetzt, da wir seinen Plan durchkreuzt haben, hat er schnell umdisponiert.«

»Möglich, aber trotzdem eher unwahrscheinlich«, konterte Lena. »Ich sehe kein Motiv bei Eilers. Auch wenn Nele nicht das für ihn sein wollte oder konnte, was er sich vorgestellt hat, führt das nicht zwangsläufig zu solch einer Tat. Nein, solange wir keine neuen Erkenntnisse in dieser Richtung haben, sollten wir erst mal Ollmers komplett durchleuchten. Ich sag ja nicht, dass er der Täter ist, und ehrlich gesagt hoffe ich, dass wir uns irren. Aber letztendlich können wir unsere Augen nicht davor verschließen, dass im Moment so einiges gegen ihn spricht.«

Büttner nickte. »Ich hasse es, wenn einer von uns unter Verdacht gerät. Noch schlimmer, wenn er sich dann auch noch als Täter herausstellt.«

Büttners Smartphone brummte. Er las die Nachricht und stöhnte leise. »Andrea Ollmers ist an einer Überdosis Heroin gestorben. Laut Hasenkrug hat nichts auf ein Fremdverschulden hingedeutet.«

Lena gähnte und warf einen Blick auf die Uhr. Kurz nach halb drei in der Nacht.

»Sprechen wir jetzt noch einmal mit Ollmers oder verschieben wir das auf morgen früh, wenn wir die Hausdurchsuchung hinter uns haben?«

Büttner wiegte den Kopf hin und her. »Und was machen wir so lange mit ihm?«

»Vorläufig festnehmen. Er übernachtet in der Arrestzelle. Die Gefahr ist zu groß, dass er Beweise vernichtet.«

Büttner stöhnte auf. »In seiner eigenen Zelle? Hart.«

»Durchaus, aber ich sehe keine andere Möglichkeit. Falls sich der Verdacht gegen unseren Kollegen nicht weiter erhärtet, bin ich die Erste, die sich bei ihm entschuldigen wird.«

»Okay.« Büttner stand auf und ging zusammen mit Lena zu dem Inselpolizisten. Dieser nickte nur erschöpft, als Lena ihm die Situation erklärte, und ließ sich ohne Widerstand in die Arrestzelle bringen. Lena bot Büttner an, den Rest der Nacht in der Polizeistation zu bleiben, und verabredete sich mit ihm für acht Uhr. Büttner rief seinen Assistenten an, informierte ihn über die Lage und bat darum, alle neuen Informationen auch an Lena Lorenzen zu übermitteln. Schließlich machte er sich auf den Weg in die Pension.

Lena richtete sich ein Lager auf dem Büroteppich ein, schaute noch einmal nach Ralf Ollmers und legte sich dann zum Schlafen hin.

Das Klingeln ihres Handys riss sie aus dem Schlaf. Sie nahm das Gespräch an und murmelte eine Begrüßung.

»Hasenkrug hier. Herr Büttner meinte, ich solle Sie informieren, wenn ich etwas habe.«

Lena warf einen Blick auf die Uhr. Kurz vor sieben.

»Was gibt es Neues?«

»Ich habe zwar kein Protokoll der damaligen polizeilichen Maßnahme bezüglich des Drogenabhängigen gefunden, allerdings habe ich den Namen der Kollegin, die Ollmers letztes Jahr in der Sommersaison unterstützt hat.« Er nannte ihr den Namen und die Telefonnummer. »Der Durchsuchungsbeschluss sollte spätestens in einer Stunde da sein. Ich faxe ihn dann gleich.«

»Danke, Herr Hasenkrug.«

Lena wusch sich das Gesicht und lüftete das Büro, bevor sie die Nummer von Linda Schaubach wählte. Die Polizistin meldete sich schon nach dem zweiten Klingelton. Lena stellte sich vor und fragte nach dem Vorfall im Sommer.

»Da Sie über den Anschluss der Polizeistation anrufen, gehe ich mal davon aus, dass ich Ihre Identität nicht weiter prüfen muss«, sagte Linda Schaubach zunächst. »Wir, also Ralf Ollmers und ich, wurden im letzten Sommer, es muss Ende Juli gewesen sein, frühmorgens an den Strand gerufen. Dort haben wir eine bewusstlose männliche Person vorgefunden. Die hatte sich, wie sich schnell herausstellte, eine Substanz gespritzt. Es wurde ein Arzt herbeigerufen – den Namen habe ich leider gerade nicht parat –, der ihn untersucht und Entwarnung gegeben hat. Wir haben den jungen Mann dann vom Krankenwagen abholen lassen.«

»Wie ging es weiter?«

»Er schlief erst mal seinen Rausch aus und anschließend haben wir ihn auf die Fähre begleitet und empfohlen, dass er sich nicht so schnell wieder auf der Insel blicken lassen soll.«

»Haben Sie ihn durchsucht, als er nicht ansprechbar war?«

»Natürlich. Er hatte einen Ausweis dabei und, soweit ich weiß, auch einen Führerschein.«

»Drogen?«

»Ja, wir haben bei ihm ein Plastiktütchen gefunden, in dem sich wiederum, in Pergament eingewickelt, ein bräunliches Puder befand, vermutlich Heroin.«

»Was ist damit passiert?«

»Das sollte eigentlich im Protokoll stehen. Allerdings hat das damals alles der Kollege abgewickelt. Am besten, Sie fragen ihn.«

Lena bedankte sich für die Auskunft und verabschiedete sich.

Kurz darauf erschien Büttner, der Lena ablöste, damit sie sich in der Pension frisch machen konnte. Sie verabredeten, dass Lena anschließend die Hausdurchsuchung allein durchführen würde.

Carmen Ollmers öffnete ihr die Tür. Lena hatte sie noch in der Nacht informiert, dass ihr Mann in der Polizeistation sei und dort auch übernachten würde.

»Wo ist mein Mann?«, fragte sie als Erstes.

»Guten Morgen, Frau Ollmers.« Lena reichte ihr den Beschluss. »Er ist noch im Büro. Ich habe hier einen Durchsuchungsbeschluss für Ihr gesamtes Haus.«

Mit weit aufgerissenen Augen starrte Carmen Ollmers auf das Dokument. »Warum?«

»Wir müssen leider ein paar Verdachtsmomente überprüfen. Es kann sich alles als vollkommen harmlos …«

»Gegen meinen Mann?« Ihre Stimme war schrill und laut.

»Ja, so ist es«, antwortete Lena ruhig und drängte sich an Carmen Ollmers vorbei. »Lassen Sie mich einfach meine Arbeit machen. Wie gesagt, vielleicht klärt sich alles schnell auf.«

Lena fing im Obergeschoss an, durchsuchte systematisch jeden der Räume. Falls Ralf Ollmers tatsächlich der Täter war, würde sein Haus genauso *sauber* sein wie der eigentliche Tatort, an dem sie bisher keine verwertbaren Spuren gefunden hatten. Allerdings wusste Lena, wie leicht man etwas übersehen konnte. Sie rechnete nicht damit, im Haus den Laptop zu finden oder die restlichen Mohnblumen. Wenn sich überhaupt etwas finden würde, dann wäre es eine Kleinigkeit. Und genau die durfte sie nicht übersehen.

Das Schlafzimmer war sehr übersichtlich. Sie konzentrierte sich auf den Schrank, räumte jedes einzelne Fach aus, fand aber nichts. Währenddessen stand Carmen Ollmers in der Tür und beobachtete sie mit Tränen in den Augen.

Der zweite Raum im Obergeschoss war eine Art Büro und Hobbyraum in einem. Carmen Ollmers schien hier an der Nähmaschine zu arbeiten, der Schreibtisch war wohl das Reich des Inselpolizisten. Nach einer Viertelstunde gab Lena auch dieses Zimmer und das Badezimmer wieder frei. Weder hatte sie den Laptop gefunden noch irgendwelche anderen Hinweise, die auf eine Täterschaft von Ollmers hinwiesen.

Es folgten die Küche und das Wohnzimmer, ebenfalls ohne Resultat. Lena atmete auf, als sie erfuhr, dass das Haus keinen Keller hatte. Sie durchsuchte den Hauswirtschaftsraum, konnte aber auch hier nichts Verdächtiges finden. Schließlich konzentrierte sie sich auf den Schuppen, der direkt ans Haus anschloss. Der Raum schien als Werkstatt genutzt zu werden. An den Wänden hingen akkurat sortierte Werkzeuge, der große stabile Holztisch wies diverse Arbeitsspuren auf. Als Lena den Schuppen schon verlassen wollte, fiel ihr Blick auf die Mülltonne. Als sie den Behälter öffnete, kam ihr der typische Müllgestank entgegen.

»Das ist wegen des Sturmes nicht abgeholt worden«, sagte Carmen Ollmers, die mit in den Schuppen gekommen war.

Lena zögerte kurz, bevor sie den Inhalt der Tonne auf einer Plastikplane, die sie im Regal gefunden hatte, ausschüttete. Nach und nach durchwühlte sie die einzelnen Tüten. Plötzlich stoppte sie mitten in einer Bewegung. Irgendetwas war ihr aufgefallen, ohne dass sie es sofort zugeordnet hatte. Sie nahm sich noch einmal die letzte Mülltüte vor und entdeckte eine kleine handliche Tüte, die von außen mit Essensresten verschmutzt war. Sie säuberte sie und hielt für einen Moment die Luft an. War es das, was sie vermutete?

Auf dem Rückweg machte sie halt in der Pension und zog sich um, bevor sie zur Polizeistation eilte.

Büttner saß mit Ollmers an einem Tisch, jeder von ihnen hatte eine Tasse vor sich stehen. Lena nickte beiden zu, zog ihre Jacke aus und schenkte sich eine Tasse Kaffee ein. Schließlich setzte sie sich zu den beiden Männern an den Tisch.

»Haben Sie etwas in meinem Haus gefunden?«, fragte Ollmers.

Ohne auf Ollmers' Frage einzugehen, forderte sie ihn auf, von seiner Schwester zu erzählen.

Seine Augenlider zuckten, er erstarrte. »Was soll das?«, fuhr er sie an. »Das ist Privatsache, Frau Kollegin. Ich habe nichts zu dem Thema zu sagen.«

»Haben Sie nicht mitbekommen, dass Torben Althuis auch hier auf der Insel gedealt hat? Oder haben Sie weggesehen, weil Nele Sie darum gebeten hat?«

Ollmers kreuzte seine Arme vor der Brust und schwieg.

»Ihre Schwester hat keinen Suizid begangen«, sagte Büttner. »Sie ist an einer Überdosis Heroin gestorben.«

»Ist das nicht dasselbe?«, zischte Ollmers ihn an.

»Nicht unbedingt«, antwortete Lena. »Vielleicht hat sie ja bewusst eine zu hohe Dosis genommen, das kann durchaus sein. Oder …« Sie machte eine kurze Pause und fixierte Ollmers. »… der Stoff war weniger gestreckt als der von Torben Althuis.«

Ollmers starrte sie zornig an. »Sie fantasieren sich da was zusammen.«

»Okay«, sagte Büttner. »Dann fangen wir noch einmal von vorne an.« Sie gingen die Todesnacht durch, fragten nach seinem Alibi. Ollmers war allein zu Hause gewesen, da seine Frau eine Freundin auf dem Festland besucht hatte. Anschließend gingen sie Stunde um Stunde der folgenden Tage in der Befragung durch, ohne dass Ollmers sich in Widersprüche verwickelte. Als sie ihn fragten, warum er offensichtlich keines der Geschäfte zu den Mohnblumen befragt hatte, schob er Zeitmangel vor. Außerdem habe er ja ohnehin gewusst, dass niemand außer Berta die Blumen anbot und sie bei ihr ausverkauft waren.

»Sind Sie wegen Ihres Kontakts zu Nele Habers erpresst worden?«, fragte Lena schließlich ein weiteres Mal.

Ollmers nickte. »Ich weiß, dass es ein Fehler war, das zu verschweigen. Und ein noch größerer Fehler war es, mich auf Nele einzulassen. Das hätte nie passieren dürfen. Ich werde dafür die Verantwortung übernehmen.«

Lena hatte nicht damit gerechnet, dass Ollmers zugeben würde, Nele für sexuelle Dienste aufgesucht zu haben und daraufhin erpresst worden zu sein. »Sie erinnern sich an Linda Schaubach?«

»Natürlich.«

»Ich habe heute Morgen mit ihr telefoniert.«

Ollmers zuckte mit den Schultern.

»Sie hat mir bestätigt, dass bei einem Drogenabhängigen im letzten Sommer Heroin gefunden wurde.«

»Unsinn!«, fuhr Ollmers sie an. Lena hatte sofort bemerkt, dass er beim Namen seiner Kollegin unruhig geworden war. Seine rechte Hand zitterte leicht, sein Atem war flach, am Hals hatten sich rote Stellen auf der Haut gebildet. »Das hat sich als irgendein harmloses Puder herausgestellt. Wahrscheinlich wollte dieser Typ das hier ...«

Ollmers verstummte, als Lena eine größere Plastiktüte auf den Tisch legte, in der sich wiederum die kleine befand, die Lena in der Mülltonne gefunden hatte.

»Ihr Müll wurde während des Sturmes nicht abgeholt. Haben Sie das gar nicht mitbekommen?« Als Ollmers nicht antwortete, fuhr Lena fort: »Was meinen Sie, was für Rückstände wir in der kleinen Tüte finden werden? Heroin? Hatten Sie Latexhandschuhe an, als Sie mit der Tüte hantiert haben? Das glaube ich kaum.«

Aus Ollmers' Gesicht war schlagartig sämtliche Farbe gewichen. Er starrte durch die beiden Kommissare hindurch und schien es nicht mehr mitzubekommen, als Lena aufstand und verkündete, sie würde ihn wieder in die Arrestzelle bringen. Erst mit Büttners Hilfe schaffte sie es, Ollmers zum Aufstehen zu bewegen und ihn abzuführen.

Einunddreissig

Als der Helikopter vom Festland eintraf, bestiegen ihn Ralf Ollmers, Arne Postel und Enno Eilers in Begleitung zweier Polizeibeamter. In Emden würde Sebastian Hasenkrug die drei in Empfang nehmen und alles Weitere in die Wege leiten, bis Büttner und Lena Lorenzen mit der Fähre nachkommen würden.

»Ich glaube, Ollmers steht nach wie vor unter Schock«, stellte David Büttner fest. »Er ist ja mehr über den Flugplatz getaumelt, als dass er gelaufen ist.«

»Im Gegensatz zu Eilers«, erwiderte Lena Lorenzen. »Er machte einen fast zufriedenen Eindruck. Ich denke, er ist froh, dass der Mörder seiner geliebten Nele gefasst ist.«

»Ich finde, er kann auch ganz zufrieden sein«, meinte Büttner. Er schirmte seine Augen gegen die Sonne ab, die nicht mehr lange brauchen würde, bis sie auch die letzten Wolken am Himmel vertrieben hatte. »Schließlich hat er mit seiner ständigen Schnüffelei genau das erreicht, was er wollte, nämlich den Mord an seiner Freundin aufzuklären. Sein eigenes Schicksal schien ihm dabei ziemlich egal zu sein. Normalerweise halte ich ja nichts von den selbst ernannten Privatdetektiven, die sich in polizeiliche Ermittlungen einmischen. Erst recht nicht, wenn sie dabei auch noch andere Leute auf fragwürdige Weise in ihre

Gewalt bringen. In diesem Fall aber hatte Eilers' Aktion einen nicht unerheblichen Anteil am Erfolg.«

Lena Lorenzen meldete sogleich Zweifel an. »Anhand der Indizienlage hätten wir ihn über kurz oder lang auch ohne Eilers' Entführung drangekriegt. Kann sein, dass unsere Arbeit dadurch ein wenig beschleunigt wurde, aber …«

Büttner unterbrach sie, indem er schulmeisterlich den Zeigefinger hob. »In Anbetracht der Tatsache, dass heute Nachmittag die erste Fähre von hier zum Festland ablegen wird, darf man diese Beschleunigung nicht zu gering schätzen. Stellen Sie sich vor, wir hätten Ollmers nicht vermisst und stattdessen die ganze Nacht in unseren Betten gelegen. Gut möglich, dass es dann einen größeren Aufwand bedeutet hätte, ihn dingfest zu machen.«

»Wie auch immer«, lenkte Lena Lorenzen ein. »Ich persönlich hätte nun nichts gegen eine heiße Dusche und ein verspätetes Frühstück einzuwenden.« Sie warf einen Blick auf die Uhr. »Bis zur Abfahrt der Fähre haben wir noch ein paar Stunden Zeit. Wurde denn ein Kollege vom Festland als Vertretung für Ollmers nach Juist abgeordnet?«

»Ja. Er wird mit der Fähre eintreffen, auf der wir dann zurück aufs Festland fahren, sagte mir Hasenkrug.«

»Gut. Dann müssen wir nach dem Frühstück nur noch schauen, dass Sie alles, was wir zusammengetragen haben, mit nach Emden nehmen und es dort den zuständigen Stellen zukommen lassen.« Lena Lorenzen legte den Kopf in den Nacken und sog tief die Luft ein. »Wäre es nicht herrlich, noch ein paar Tage hierzubleiben und diese Insel in aller Ruhe genießen zu können? Gerade jetzt, wo das Wetter schöner wird?«

Büttner brummte. Unter anderen Umständen sicherlich, dachte er. Aber was ihn anging, so wollte er nun so rasch wie möglich nach Andalusien zu seiner Frau. Das raue Nordseeklima hatte er vorerst mehr als genug genossen. Und so anstrengende

Frauen wie Lena Lorenzen auch, fügte er innerlich schmunzelnd hinzu, aber das würde er natürlich nie laut aussprechen. Alles in allem war das Arbeitstempo der Kollegin in diesem Fall ganz sicher von Vorteil gewesen. Grundsätzlich aber wusste er nach dieser Erfahrung die besonnene Art seines Assistenten Hasenkrug einmal mehr zu schätzen.

Sein Smartphone kündigte einen Anruf an. Kaum dass er sich gemeldet hatte, rief eine ihm wohlbekannte Stimme: »Wie ich höre, ist der Fall abgeschlossen. Tragisch, dass es ausgerechnet ein Polizist war.« Staatsanwalt Arnold Franzen zögerte kurz, bevor er hinzufügte: »Bitte verzeihen Sie meine unpassende Ausdrucksweise in unserem letzten Telefonat. Es war nur … Sie verstehen …«

»Sicher, sicher. Kein Problem«, brummte Büttner.

»Meine Nichte …«

»Ja, Herr Staatsanwalt?«

»Sie scheint etwas übers Ziel hinausgeschossen zu sein. Seien Sie nicht zu streng mit ihr, wenn Sie die Protokolle schreiben.«

»Wie meinen Sie das?«, fragte Büttner.

»Meine Schwester und ihr Mann sind im Moment nicht so belastbar. Ich würde Sie bitten, ihnen gegenüber nicht ganz so konkret zu werden.« Als Büttner seine Stimme erhob, um Protest einzulegen, kam der Staatsanwalt ihm zuvor. »Im Prozess wird selbstverständlich alles zur Sprache kommen. Ich werde meine Schwester bis dahin darauf vorbereiten.«

»Wie Sie meinen«, murmelte Büttner. »Wir sehen uns, Herr Staatsanwalt.« Er legte auf.

»Was wollte Franzen denn?«, fragte Lena Lorenzen.

»Danke sagen.«

»Na dann.«

»So«, meinte Büttner und klatschte in die Hände. »Und nun lassen Sie uns die Sache hier sauber abschließen. Nicht dass

Franzen auf die Idee kommt, mich mit der nächsten Fähre wieder auf die Insel zurückzuschicken.«

Lena Lorenzen lachte und sie machten sich auf den Weg.

Die Fähre legte am Nachmittag pünktlich ab. Zur Feier des Tages erklang aus den Lautsprechern des Schiffes der Titel »Biscaya« von James Last. Vielen Passagieren war es anzusehen, wie erleichtert sie nach dem unfreiwillig verlängerten Aufenthalt auf der Insel waren, diese wieder verlassen zu können. Andere hingegen konnten sich gar nicht genug darüber freuen, dass ihnen noch ein paar zusätzliche Urlaubstage geschenkt worden waren.

Als der Hafen von Norddeich in Sicht kam, fragte Büttner, wann Lena Lorenzen abreisen würde.

»Wenn Sie nichts dagegen haben, würde ich Sie gerne noch bei der Übergabe des Falles an Hasenkrug unterstützen.«

Büttner hatte Mühe, sein Staunen zu verbergen. »Gerne, Frau Kollegin. Ein oder zwei Tage werden wir allerdings wohl brauchen.«

»Sehe ich auch so.« Sie hielt ihm die Hand entgegen, er schlug ein. »Dann auch weiterhin auf gute Zusammenarbeit.«

Zweiunddreissig

Lena Lorenzen stellte ihre Reisetasche auf Büttners Schreibtisch. In den letzten zwei Tagen hatten sie Ralf Ollmers mehrere Male gemeinsam verhört und waren sämtliche Fakten und Zeugenaussagen durchgegangen. Sebastian Hasenkrug würde mit einem kleinen Team die restliche Arbeit erledigen und den Staatsanwalt bei der Anklageerhebung unterstützen.

»Mein Zug geht in zwanzig Minuten.«

Büttner schüttelte den Kopf. »Tut mir leid, Kollegin. Hasenkrug hat mich gerade angerufen. Wegen eines Triebwerkschadens fällt Ihr Zug aus. Der nächste geht erst eine Stunde später.«

Lena stöhnte leise. »Das fängt ja gut an.«

Büttner stand auf. »Was halten Sie von einem letzten Kaffee in unserer ausgezeichneten Cafeteria?«

Lena lächelte. »Zu der Einladung kann ich schlecht Nein sagen.«

In den letzten zwei Tagen hatten sie aus Lenas Sicht erfreulich gut zusammengearbeitet und mit Ollmers' abschließendem Geständnis den Fall so weit abgeschlossen, dass Büttner beruhigt seiner Frau in den Urlaub folgen konnte. Seine Koffer standen bereits im Auto, wie er ihr erzählt hatte.

Jetzt kam er mit zwei Tassen vom Tresen zurück und setzte sich zu Lena an den Tisch. Er räusperte sich leise. »Vielleicht kann ich die Gelegenheit nutzen, Ihnen für die gute Zusammenarbeit zu danken.«

»Gern geschehen.« Lena trank einen Schluck aus der Tasse. »Wie ich gehört habe, sind Postel und Eilers wieder zurück auf Juist?«

»So ist es. Zwar mit klaren Auflagen, aber bis zu dem jeweiligen Prozess sind sie auf freiem Fuß. Eilers wird wohl mit einem blauen Auge davonkommen, Postel muss, fürchte ich, mit einer Haftstrafe rechnen.«

»Unser Ex-Kollege kann wohl kaum auf mildernde Umstände hoffen. Oder was meinen Sie?«

Büttner trank einen Schluck Kaffee. »Das wird wohl aufs psychologische Gutachten ankommen. So planmäßig, wie er ans Werk gegangen ist, wird es schwierig sein, auf Totschlag zu plädieren. Ich denke, dass es auf eine Anklage wegen Mordes hinausläuft.«

Lena nickte. »Ohne die Mohnblumen wären wir ihm nicht so schnell auf die Spur gekommen.«

»Auch da war uns Enno Eilers einen Schritt voraus. Er hat gleich geschaltet, als er die Blumen gesehen hat. Klarer Heimvorteil, würde ich mal behaupten, denn woher hätten wir von dem Bogen zum Geburtstag seiner Frau wissen sollen?«

Lena schob ihre leere Tasse zur Seite. »Ollmers muss ganz schön unter Druck gestanden haben, als er sich dazu entschloss, die Blumen am Tatort zu platzieren, damit wir von einem Serienmörder ausgehen.«

»Er war vermutlich sehr überrascht, als wir plötzlich mit der gesamten Mannschaft angerückt sind – Staatsanwalt, Gerichtsmedizinerin und meine Person –, und hat dann überreagiert. Eine Art Kurzschlusshandlung. Er hat ja zugegeben, dass er uns auf die falsche Fährte locken wollte. Aber diese Reaktion war dann doch etwas zu überhastet, würde ich mal sagen.«

»Zum Glück für uns.« Lena warf einen Blick auf die Uhr.

»Sie haben noch Zeit. Der Bahnhof ist hier gleich gegenüber.« Büttner hielt kurz inne. »Was wird jetzt mit Ihrem Fall in Sankt Peter-Ording?«

»Der liegt weiter auf Eis. Leider. Ich hasse ungeklärte Fälle.«

Büttner grinste. »Was Sie nicht sagen.«

Sie unterhielten sich noch eine Weile über Emden und Ostfriesland, bevor sie zum Bahnhof aufbrachen. Büttner hatte darauf bestanden, Lena zu begleiten.

Als der Zug in den Bahnhof einfuhr, drückte Büttner Lena Lorenzen die Hand und sagte feierlich: »Es war nicht immer leicht, mit Ihrem Tempo mitzuhalten, Frau Kollegin. Aber dennoch war es mir ein Vergnügen, mit Ihnen zusammenzuarbeiten.«

Lena schmunzelte. »Es war mir ebenfalls eine Ehre, mit Ihnen zusammenzuarbeiten. Falls Sie in der nächsten Zeit mal nach Nordfriesland kommen sollten, melden Sie sich doch. Wir könnten eine schöne Tasse Tee zusammen trinken.«

Büttner musste unwillkürlich lächeln. »Das werde ich gerne machen. Aber erst einmal freue ich mich darauf, endlich meinen Urlaub anzutreten. Und vor allem freue ich mich auf meine Frau.« Er winkte seiner Kollegin hinterher, als der Zug wenige Minuten später aus dem Bahnhof fuhr. Dann machte er sich auf den Weg zum Flughafen.